GW00871363

Lynn Kelly
Cambridge
February 2014

Katherine Pancol est née à Casablanca en 1954. Depuis l'enfance, elle s'immerge dans les livres et invente des histoires qu'elle raconte à qui veut l'entendre. Pour elle, la fiction est plus réelle et intéressante que la réalité. Elle était la plus fidèle adhérente de la bibliothèque municipale où elle lisait tous les livres par ordre alphabétique. Balzac et Colette sont ses deux maîtres absolus. Après des études de lettres, elle enseigne le français et le latin, mais attrape le virus de l'écriture et du journalisme : elle signe bientôt dans *Cosmopolitan* et *Paris-Match*. Un éditeur remarque sa plume enlevée et lui commande l'écriture d'un roman : *Moi d'abord* paraît en 1979 et connaît un succès immédiat et phénoménal. Elle s'envole pour New York où elle vivra une dizaine d'années, écrira trois romans et aura deux enfants. Elle rentre à Paris au début des années quatre-vingt-dix. Elle écrit toujours, et sa devise est : « La vie est belle ! »

www.katherine-pancol.com

Katherine Pancol

LA BARBARE

ROMAN

Éditions du Seuil

TEXTE INTÉGRAL

ISBN 978-2-7578-3093-2

© Éditions du Seuil, 1981

A mon amour Pitou
A Norman M. pour les chevilles
A Patricia et à Bruno pour
la grosse gomme et le crayon rose.

Chapitre 1

Le télégramme disait : « Père décédé. Présence souhaitée. Tendresse. Serge Alsemberg. » Il était adressé à Anne Gilly, 43 rue Jean-Jaurès, Levallois-Perret. La concierge expliqua à l'employé des postes que la petite Gilly s'était mariée, qu'elle s'appelait Riolle et habitait au 74 de l'avenue Raymond-Poincaré.

Anne ouvrit la porte à un jeune garçon blond et essoufflé qui répétait : « Anne Riolle, c'est ici ? » Elle lui donna un franc et déchira l'enveloppe bleue.

Pas une larme ne lui vint. Elle resta un long moment assise sur la moquette blanche, les mains sur les genoux, essayant de se rappeler. Papa mort, papa Maroc, papa barbe-bleue et pom-pom-pom-pom... Rien d'autre. Elle pensa à téléphoner à sa mère ou à son mari pour leur demander ce qu'elle devait faire, puis elle se ravisa et décida d'agir toute seule. Elle télégraphia à Serge Alsemberg : « Arrive Casa mercredi 27 mars. Vol AT 751. 21 h 40. Affection. Anne. » Puis elle appela son mari à son bureau. Il voulut demander quelques jours de congé pour l'accompagner, mais elle dit que ce n'était pas la peine. Il fut surpris de la sentir aussi déterminée et n'insista pas. Il demanda seulement où elle logerait, et elle répondit qu'elle irait vraisemblablement chez Serge Alsemberg, l'ami de son père, celui qui avait envoyé le télégramme.

– Tu vas rester longtemps ?

– Je ne sais pas... Le temps de m'occuper de ses affaires.

– Pourquoi n'a-t-il pas prévenu ta mère ?

– Tu sais bien que maman et papa n'étaient pas au mieux depuis leur divorce...

Alain hocha la tête et se mit à tripoter le presse-papiers posé devant lui. C'est un cerf en bronze, hideux. Ses ramures sont écaillées et ses sabots tachés d'encre noire.

– Tu pars quand ?

– Demain.

Avec sa mère, ce fut plus facile. La simple évocation des frais de voyage suffit à la dissuader d'accompagner sa fille. Elle voulut savoir quelques détails sur la mort de son ex-mari, mais Anne n'en connaissait aucun. Elle se montra vexée que le télégramme n'ait pas été envoyé à son nom. Après les recommandations d'usage – prends bien soin de toi et fais attention à ce que tu signes – elle raccrocha. Anne se dit que ce n'était pas si difficile de décider. Il suffit de faire le premier pas et le reste suit. Elle alluma une cigarette, s'étendit sur la moquette et se remit à penser à son père.

Plus tard, bien plus tard, elle devait se rappeler que c'était ce jour-là qu'elle avait commencé à exister : la main longue et fine de son père était venue la chercher pour l'emmener loin de ses apparences...

Quand Alain Riolle rentra chez lui vers dix-huit heures trente, comme tous les soirs, il fut surpris de trouver sa femme, les yeux secs, occupée à faire sa valise. Il se laissa tomber dans un fauteuil et la regarda aller et venir entre la penderie et la petite valise écossaise.

Alain a connu Anne à un bal de l'École polytechnique. Au premier regard, il avait compris que cette jeune fille aux cheveux blonds, à la frange un peu trop longue, aux épaules voûtées et au regard presque jaune, allait devenir quelqu'un d'important dans sa vie. S'il n'avait pas été aussi bien élevé, il se serait approché et lui aurait demandé : « Voulez-vous que nous ayons un enfant ? » Au lieu de cela, ils avaient valsé en silence et il avait souri en l'entendant compter ses pas...

Alain allait rarement à ces bals du samedi soir qu'il appelait avec ses copains « vente à l'étalage, tout doit partir ». Il prétendait avoir assisté à de véritables braderies où des jeunes filles à tête de veau mais à avantages sociaux étaient refilées à de jeunes niais diplômés. Ce soir-là, il s'était laissé entraîner par des amis persifleurs et s'était incliné devant une jeune fille blonde qui balançait du bout de ses longs gants un petit sac verni noir. Pour la revoir, il avait dû suivre la liste des bals des grandes écoles et, plus tard, s'était assis, les fesses au bord du vide, dans une bergère bleu ciel qui encombrait le petit salon de l'appartement de la rue Jean-Jaurès. Ce jour-là, il avait fait sa demande en mariage. Ses parents auraient préféré une alliance plus rayonnante de lustre social mais, respectueux du bonheur de leur fils, ils acquiescèrent et ne relevèrent pas l'expression de triomphe minaudeur de Mme Gilly, sur les marches de l'église Saint-Ferdinand.

Anne et Alain partirent en voyage de noces en Écosse puis, de retour à Paris, s'installèrent dans un appartement près du Trocadéro, quartier célèbre pour ses pâtisseries. « C'est important les gâteaux », avait déclaré Anne en choisissant l'avenue Poincaré. L'appartement se trouve au quatrième étage sans ascenseur. Anne a fait poser de la moquette blanche, a acheté des meubles en bois blond comme on en voit dans les revues de décoration et disposé un peu partout des plantes vertes. Elle s'est arrangée avec la concierge pour que celle-ci monte, deux fois par semaine, faire le ménage.

Tous les mercredis soir, Mme Gilly vient dîner. Elle arrive en autobus, et Alain la raccompagne après le dernier journal télévisé. Elle ne pose aucune question personnelle à sa fille car elle a pour principe de laisser les jeunes vivre leur vie. Elle s'extasie de longues minutes devant la vue qu'offre la place du Trocadéro, la compare à celle de Levallois-Perret et conclut qu'elle n'a vraiment jamais eu de chance dans la vie.

Quelques mois après son mariage, Alain a été nommé conseiller technique au cabinet du secrétaire d'État à la

Jeunesse et aux Sports, et Mme Gilly a beaucoup de mal à retenir l'emploi exact de son gendre. Cela l'embarrasse parce qu'elle ne peut pas le placer tout naturellement dans une conversation. Elle hésite, bredouille, finit par dire « quelque chose au ministère des Sports », ce qui n'est guère prestigieux et ne produit pas l'effet souhaité. Chaque mercredi, Anne doit le lui rappeler et, un soir, elle décide de le marquer dans son agenda et de le réviser de temps en temps. Ce qui lui plaît surtout, c'est « secrétaire d'État ». Bien que ce ne soit pas aussi solennel que ministre...

Mme Gilly se raccroche à des mots : « secrétaire d'État » ou à des situations : « mon gendre » qui lui assurent une position sociale. Elle est de ces gens qui ne possèdent rien d'autre qu'une surface visible et qui luttent pour l'entretenir et la décorer. Sinon, ils deviennent transparents et c'est comme s'ils étaient morts...

Au bureau, chez Simon et Simon, devant ses collègues, pendant la pause café, il lui arrive de raconter :

– Hier, j'ai dîné chez ma fille, et mon gendre, qui est au cabinet du ministre des Sports, m'a avoué qu'il se faisait bien du souci pour la conjoncture actuelle...

Et c'est comme si elle passait à la télé.

Alain remarque tout ça, mais il n'en parle pas à Anne. Depuis qu'il la connaît, le monde n'est plus qu'un cercle rose et doré au centre duquel il a placé son amour pour sa femme. Tout ce qu'elle fait est bien. Ou drôle. Ou intéressant. Il insiste pour qu'elle continue ses études et ses leçons de dessin, pour qu'elle choisisse les plus beaux tapis, sans regarder l'étiquette, les meubles qu'elle aime et les fleurs les plus exotiques. Il connaît une vaste serre, quai de Grenelle, et il l'y emmène. Il lui présente l'arbre du voyageur, le lys carnivore, l'orchidée tachetée, la liane d'appartement. Pour elle, il inventerait les croisements les plus saugrenus. Pour la garder sous son souffle, émerveillée. Anne a vingt et un ans, mais quand elle apprend quelque chose sa bouche s'arrondit comme celle d'une petite fille de douze ans... De son enfance, il ne lui reste aucune enluminure. Rien qu'une culture scolaire qui ne dépasse pas le Larousse et les romans pris sur les étagères de sa mère : Cronin, Maurois, Troyat, Delly... Aucun souvenir de concert, de théâtre, de cinéma, d'abonnement à une bibliothèque. Elle ne s'intéresse pas à la politique et répète les trois théories de sa mère sur le péril communiste, le déficit de la Sécurité sociale et la délinquance juvénile.

Alain lui a appris à lire *le Monde* et lui explique ce qu'elle ne comprend pas. Au début, Anne a eu peur d'émettre un jugement mais, encouragée par Alain, elle a su trouver les mots pour exprimer son accord, sa réprobation, son émotion. Il ne relève jamais ses maladresses. Les seuls moments où elle parle sans hésiter, c'est lorsqu'elle raconte ses leçons de dessin avec M. Barbusse. Alain la conduit à l'exposition Chagall, et Anne en ressort, titubante, une boule de Noël dans chaque œil, serrant très fort le catalogue contre elle.

Quelquefois, son esprit a du mal à se concentrer. Elle se frotte les yeux et soupire, découragée. Elle lui dit qu'elle n'y arrivera jamais, que tout se mélange dans sa tête : Edmond Maire, Georges Séguy, PC, PS, CGT, CFDT... Dans les dîners où ils vont, les gens jonglent avec les initiales. « Il faudrait que je trouve un truc », déclare-t-elle en s'endormant. Le lendemain matin, elle se réveille, bondit hors du lit, secoue Alain en criant : « J'ai trouvé, j'ai trouvé ! » Alain ouvre les yeux et elle lui explique :

– Séguy, c'est la CGT parce qu'il y a un G dans son nom comme dans son syndicat. Maire, c'est l'autre...

C'est pour ça qu'il l'aime. Pour ça et pour tout le reste : ses petites dents pointues sur le côté, sa bouche un peu trop grande, sa peau un peu trop blanche, la langue qu'elle retrousse sur sa lèvre supérieure quand elle s'applique, ses silences têtus et ses cris de Sioux quand elle est contente, le petit ventre rond qu'elle projette en avant. La seule chose qui le déconcerte chez Anne, c'est sa gloutonnerie. Anne est prise d'une véritable frénésie devant la nourriture. Il l'a même surprise, un jour, en train de ronger des croûtes de cantal... Quand ils sont au restaurant, il est souvent gêné par la précipitation avec laquelle elle appelle le garçon et commande. Elle ne s'intéresse à la conversation qu'une fois la première bouchée enfournée, et encore est-il visible qu'elle juge le contenu de son assiette bien plus passionnant que tous les convives autour de la table. Un jour où, doucement, il lui en avait fait la remarque, elle avait répondu, bouche pleine et fourchette pointée en l'air :

– Je suis désolée, mon chéri, mais j'aime me remplir.

Il n'avait pas su quoi répondre.

Dans la journée, au ministère, il pense souvent à elle. Le soir, il lui rapporte une surprise : un œillet blanc, un gâteau au chocolat, un parfum, un bracelet, un shampooing pour cheveux d'or. Il monte l'escalier en courant, sonne, trop impatient pour sortir ses clés, se jette sur elle, mais elle le repousse en disant que ce n'est pas le moment.

A table, ils évoquent leur journée. En fait, ils se racontent toujours les mêmes anecdotes. Il parle de ses collègues, du projet sur lequel il travaille, de Marusier qui l'appuie ; elle de ses cours d'anglais et de dessin, de la voiture qui n'a pas démarré, du potage en sachet qui est vraiment bon – il préfère les potages faits maison –, de sa mère qui a téléphoné, de ses parents qui les invitent à dîner, de la fille la plus populaire de la fac qui vient de gagner un concours de beauté. Il l'attire sur ses genoux, l'embrasse et l'assure que, pour lui, elle est la plus belle. Elle se laisse faire un instant, puis se dégage en gigotant.

Après le dîner, ils font la vaisselle – elle lave, il essuie ; elle a horreur d'essuyer mais elle adore gratter les fonds de casseroles –, puis Anne demande ce qu'il y a à la télé pendant qu'Alain l'attire dans la chambre, la couche sur le lit, se couche sur elle...

Soudain, en la regardant faire sa valise, il pense que, demain, il dormira seul et qu'elle sera loin, à des milliers de kilomètres, et il n'aime pas cette idée-là.

Chapitre 2

Anne a six ans. Ce qu'elle aime par-dessus tout, c'est se glisser dans la salle de bains quand son père se rase. Paul Gilly est si brun que son menton brille bleu après le rasoir. Papa barbe-bleue, chantonne Anne en respirant l'eau de toilette dont il s'asperge généreusement. Quand la bouteille est vide, il la lui donne et elle la met sous son oreiller. Paul Gilly dirige le grand garage Simca de Casablanca et représente, pour tout le Maroc, les phares anti-brouillard Cibié. Anne est fière de son père et dédaigne, à l'école, les petites filles dont les parents ne possèdent ni Simca ni Cibié.

Grâce aux cinq étages vitrés de son garage, qui emploie cinquante-six ouvriers et fait l'angle des rues Ibn-Batouta et Diouri, Paul Gilly appartient à la haute société de Casablanca. Sa femme et lui sont invités à tous les cocktails, bridges, bals de la petite communauté européenne du Maroc. Anne n'aime pas les soirs où ses parents sortent. Elle les regarde, dans leurs beaux habits, et se sent rejetée. Pour se consoler, quand ils ont refermé la porte, elle prend sa boîte à secrets et l'emporte dans son lit. Son secret préféré, c'est une rose en plastique que Serge Alsemberg, l'ami de son père, a tirée à la carabine et qu'il lui a offerte ensuite, en mimant une profonde révérence. Elle s'était sentie très importante à ce moment-là. Très importante et différente des autres. C'est toujours comme ça lorsqu'elle est entre Serge et son père. Elle les tient par la main, et ils l'emmènent partout. Ils ont de longues jambes et des regards de pirates qui suivent les filles dans la foule. Anne remarque bien les coups d'œil des femmes sur leur petit groupe. Elle voit aussi les expressions de son père et de Serge : des regards nœuds-coulants-de-gauchos-adroits-au-lasso. Mais elle les tient fermement par la main et ne les lâche sous aucun prétexte...

Tous les dimanches soir, M. Gilly lui coupe les cheveux, la frange surtout, en recourbant la langue sur sa lèvre supérieure, signe de très grande application. Après, c'est la douche, le jet chaud et froid qui lui éclabousse les pieds, le ventre, les bras, qui la fait frissonner et crier :

– Arrête, papa, arrête, tu me chatouilles !

– Je veux que tu brilles, ma fille. Que tu sois aussi belle que la reine du désert devant qui même les chameaux paresseux s'agenouillaient...

Anne n'avait jamais pu savoir de quelle reine il s'agissait, et elle soupçonnait son père d'avoir inventé cette altesse pour l'inciter à plus de propreté.

Après la douche, ils écoutent Georges Brassens, sur le meuble Telefunken, emmêlés dans le grand fauteuil en cuir noir. La chanson qu'Anne préfère est celle où ils font pom-pom-pom-pom avec le chanteur. Quelquefois, M. Gilly fait pom-pom-pom-pom sans la prévenir, et elle ne comprend plus les paroles derrière. Un soir qu'il était occupé à rallumer son cigare, il avait oublié d'entonner son pom-pom-pom-pom et elle avait distinctement entendu des mots défendus. Des mots qui l'avaient remplie d'une joie incommensurable, qui l'avaient fait se tordre de rire et qu'elle avait repris en les claironnant très fort : « Madame la marquise m'a foutu des morpions. Trompettes de la renommée... » Un instant, son père avait dressé le doigt, menaçant, puis devant les hoquets de sa fille, il l'avait posé sur la bouche en montrant du menton la pièce voisine où sa femme téléphonait.

C'est dans ce même fauteuil qu'il l'avait installée, un soir. Elle avait huit ans. Il paraissait absent et embarrassé. « Il va peut-être me révéler la vérité sur la marquise », se disait Anne en frottant ses vernis noirs sur le fauteuil pour les faire briller. Il lui souriait. D'un sourire mécanique qui

16

s'ouvrait et se fermait automatiquement. Sans rien dedans. Et elle s'était méfiée : il devait être arrivé quelque chose de grave pour que son père n'ait plus l'air d'une grande personne...

Soudain, il avait parlé, la tenant si fermement entre ses bras, lui étreignant si fort les poignets qu'elle avait eu mal. Pour des raisons indépendantes de leur volonté, son père et sa mère se séparaient. Ils di-vor-çaient. Elles allaient toutes les deux rentrer à Paris. Sans lui.

– C'est arrivé comme ça, avait-il conclu en secouant la tête.

Elle avait attendu un moment que sa tête s'immobilise et avait demandé :

– Pourquoi on ne reste pas ici, maman et moi ?

– Parce que ta mère préfère recommencer à zéro. A Paris, chez son père...

Elle ne connaissait guère ce grand-père. Elle l'avait vu une fois, il était sévère et chauve.

– Et moi aussi, je vais recommencer à zéro ?

– D'une certaine manière, oui.

– Et toi ?

– Moi, je reste ici. Tu comprends, ma vie, c'est ici. J'ai des responsabilités...

C'était un mot trop vague et elle avait préféré poser une autre question :

– Je te verrai quand ?

Elle se tenait raide dans le grand fauteuil et s'accrochait au col de sa chemise.

– Dis, papa, je te verrai quand ?

– Tu viendras passer toutes tes vacances ici, c'est promis.

Alors, elle avait compris qu'ils avaient déjà tout organisé, et qu'elle était la dernière formalité à remplir. Elle avait agrippé encore une fois le col de chemise de toutes ses forces et avait fait des grimaces pour bloquer ses larmes. Elle ne voulait pas aller à Paris. Elle ne voulait pas quitter Casa, l'école, ses amies : Sandrine qui fait des pâtés avec du sable et son pipi, Nadine qui porte des grosses

17

lunettes aussi roses que les Malabars. Et Amar le liftier...
Les trajets en ascenseur avec les boutons des étages qui
s'allument... C'est comme ça qu'elle a appris à compter.
Les palmiers brûlés qui se balancent nonchalamment, les
odeurs de cumin et d'eucalyptus dans les souks, les mains
brunes qui pèsent les oranges, glissent les amandes dans
des cornets en papier, les doigts de Tria, la fatma, qui
pétrissent le couscous, le rire de Tria quand elle verse le
thé de si haut, de si haut qu'Anne crie : « Il va tomber à
côté ! » C'est à elle tout ça. Elle a besoin de se faire réson-
ner Casablanca dans la tête. C'est bien plus beau que Paris.
Bien plus chaud. C'est plein de couleurs, de klaxons, de
cheveux gras qui brillent, de regards bordés de khôl, de
pantalons verts, violets et roses qui bouffent sur les mol-
lets, de ciel bleu glacé, de figues de Barbarie dont elle
crache les pépins en faisant beurk-beurk... On va lui enlever toutes ses couleurs.

– Je n'irai pas à Paris.

M. Gilly soupire, se gratte la lèvre en regardant sur le
côté.

– Je n'irai pas à Paris.

Elle crie pour qu'il arrête de gratter sa petite rougeur
au coin de la bouche, pour qu'il la regarde.

– Je ne veux pas te quitter. Jamais... Jamais...

Elle s'était jetée contre lui. Il l'avait prise dans ses bras
et l'avait serrée à l'avaler. Elle s'était dit un instant « j'ai
gagné », puis à la manière dont il l'étreignait, silencieux,
immobile, elle avait compris. Perdu. Elle avait eu beau
alors multiplier les grimaces, les larmes avaient éclaté sur
le col blanc de la chemise. Papa jamais... C'est tout ce
qu'elle bredouillait en pleurant.

Elle ne l'avait plus jamais revu.

Mme Gilly avait récupéré Paris, mais pas comme elle
le souhaitait. Partie jeune mariée en robe blanche,
confiante, toute la vie devant elle, elle revenait amère et
chef de famille. Son père lui ferma sa porte quand elle
mentionna « divorcée » et elle fut obligée de travailler.

Elle n'était plus femme de colon blonde et bronzée mais

colonialist

secrétaire chez Simon et Simon, une entreprise de contre-plaqués. Elle prenait le métro tous les matins à sept heures dix et rentrait le soir à moins le quart. Dans le deux-pièces de la rue Jean-Jaurès à Levallois, la moquette était usée, et rien ne brillait. Elle passait l'aspirateur en le branchant sur le palier pendant qu'Anne faisait le guet. « Ce n'est pas avec ce que ton père nous envoie qu'on y arrivera. Mais on s'en sortira, ma chérie, tu verras. Toutes les deux, toutes seules. Il nous a abandonnées, il a gâché ma vie, mais écris-lui que tout va bien, que tu as les meilleures notes en classe et que je n'ai qu'à me baisser pour ramasser les soupirants... Il ne faut jamais plier pour un homme, Anne, retiens bien ça. Jamais. Ne compter que sur soi... que sur soi... Les salauds ! »

Anne avait imaginé, alors, de prendre une amie. Après avoir longuement réfléchi, elle s'était décidée pour Élisabeth Floutier. Ronde et lourde sous son tablier, un sourire humble, des yeux gris qui se fendent sur les tempes, des mains fortes qui bloquent le ballon prisonnier, des croix plein son chandail. Pas aussi séduisante que les trois chefs de classe qui lançaient les modes et les promotions, mais nettement plus abordable. Depuis qu'elle était rentrée du Maroc, Anne rétrécissait sous le regard des autres. On murmurait sur son passage : parents divorcés, vient de Casablanca, soleil dans les rues, fenêtres ouvertes, rires faciles, vit avec sa mère, une femme très bien qui lutte pour l'élever... On montrait ses chaussures sans saison et ses chemises en nylon. On riait parce qu'elle écrivait trop rond...

Élisabeth effacerait tout ça.

Un matin, elle déchira un bout de papier, prit son feutre rouge bien épais et écrivit : « Veux-tu être mon unique amie ? » Elle plia le papier et, à la récréation, le donna à Élisabeth Floutier. Puis elle alla s'asseoir à l'autre bout du préau et attendit... Élisabeth demanda un délai de deux jours avant de donner sa réponse. Pour distraire son impatience, Anne fit des projets. Si Élisabeth dit oui, j'irai habiter chez elle. Je changerai d'adresse officielle et de maman. J'aurai une grande chambre, dans une grande maison, une place autour de la table. On fera des projets pour moi, on me dessinera des robes élégantes, on m'achètera des patins à glace. En échange, j'apprendrai à tenir une fourchette à poisson, à me laver entre les doigts de pied et à ne plus manger mes crottes de nez. Je serai comme tout le monde : mon papa, ma maman, ma belle maison. J'aurai une amie. Une amie, ça vous donne de l'avance dans la vie... Si Élisabeth dit non, je partirai rejoindre Amar dans son ascenseur. Je serai sa fiancée. Il m'offrira des cornes de gazelle, et je les mangerai entre le rez-de-chaussée et le huitième.

Élisabeth déclara qu'elle donnerait sa réponse devant le grand portail de sa maison, et Anne fit tout le chemin, le cœur battant, les mains serrées sur les bretelles de son cartable. Enfin, elle aperçut les deux marronniers qui encadraient le portail. Élisabeth s'arrêta, Anne glissa un pied dans l'entrebâillement du portail, les yeux rivés aux yeux gris d'Élisabeth.

– J'ai bien réfléchi, Anne. C'est non. Tu n'es pas assez populaire. Tu n'es pas comme les autres...

Et elle referma le portail.

C'est peut-être à ce moment précis qu'Anne se promit de ne plus rien avoir affaire avec l'amour. Elle fixait les rosaces en fer forgé du portail et se sentait sinistrée. Pourquoi finit-on toujours mal quand on aime ?

Ce jour-là, quelque chose cassa en elle et elle décida de ne plus montrer à personne qui elle était vraiment.

Elle alla, à la boulangerie, faire provision de boules de coco, Zan, Mistral, caramels, Americo, roudoudous, rois mages en chocolat et serpentins à la réglisse et rentra chez elle dévorer ses sucreries. Ça fait trop mal d'aimer sans vis-à-vis. On a le cœur qui gonfle et c'est lourd à porter. Il gonfle jusque dans la tête et on ne pense plus à rien d'autre. Désormais, elle fera comme sa mère : elle fera semblant, elle travaillera dur pour les épater. Et un jour, elle se vengera. Elle aplatira du regard tous ceux qui l'ont repoussée, humiliée parce qu'elle a des ourlets prolongés et des parents pas au complet... Un jour, elle sera la plus grande, la plus belle, la plus célèbre, la plus riche, la plus terrible...

Quand on lui demandait : « Que veux-tu faire, ma chérie, plus tard ? », elle répondait : « Soldat, pour être générale. » A Noël, elle se faisait offrir volume par volume l'encyclopédie Larousse et apprenait par cœur des listes de mots impossibles. Elle marquait sur un petit carnet toutes sortes de résolutions qui commençaient par « Ne pas ». Ne pas mettre ma barrette comme Béatrice, ne pas les écouter quand elles ricanent dans les rangs, ne pas demander à maman le protège-cahier orange qu'elles ont toutes...

Puisqu'elle ne savait pas être pareille, elle s'appliquait à être différente.

Mme Gilly se félicitait d'avoir une petite fille aussi savante et réservée. Et lorsque Anne, à treize ans, proposa de gagner de l'argent de poche en promenant des enfants, le jeudi après-midi, elle fut au comble de la joie. Sa fille n'avait ni l'insouciance ni la prodigalité de son père. L'hérédité était conjurée.

L'enfant avait six ans et s'appelait Geneviève. Anne était chargée de l'aérer dans les squares environnants de Neuilly et, quelquefois même, jusqu'au Jardin d'acclimatation. Au début, elle ne trouva rien à dire à cette petite fille réservée et timide qui portait un manteau bleu marine, un bonnet bleu marine, des gants bleu marine, des chaussettes bleu marine et une écharpe rouge. Puis, un jour, la petite Geneviève traversa au feu vert et Anne eut si peur à l'idée qu'elle eût pu se faire écraser qu'elle lui lança, de toutes ses forces, une paire de gifles. La petite Geneviève ne protesta ni ne pleura. Elle s'essuya simplement du revers de son gant bleu marine. Cette indifférence troubla Anne qui, à partir de ce jour-là, se mit à la torturer insidieusement. Elle lui interdit de mettre ses mains dans ses poches alors qu'il gelait et lui confisqua ses gants, elle lui enfonça son bonnet sur les yeux et lui intima l'ordre de suivre sans s'en écarter la ligne noire du bitume sur le boulevard. Que la petite Geneviève dévie d'une semelle et une branche de marronnier venait lui cingler le mollet. Un autre jour, Anne lui remplit les poches de marrons jusqu'à en crever la doublure, et la petite Geneviève fut privée de dessert pendant un mois.

La petite Geneviève ne disait rien. Moins elle protestait, plus les inventions d'Anne se faisaient méchantes. Un après-midi, elle lui enfourna une balle de ping-pong dans la bouche et la força à compter jusqu'à cinquante, à haute et intelligible voix. La petite Geneviève bavait, crachait, suppliait, mais Anne lui faisait répéter chaque nombre mal énoncé en la pinçant jusqu'au sang.

Pendant ces promenades, Anne découvrait une volupté trouble et le plaisir d'enfreindre un ordre : celui qui veut qu'on promène gentiment une petite fille contre dix francs d'argent de poche. Ordre en apparence respecté puisque rien ne se voyait. Tout était lisse, bien rangé, mais Anne savait et saccageait, savourant ce double fond qu'elle était seule à connaître...

Les promenades durèrent un an puis les parents de la petite Geneviève déménagèrent. Anne continua à promener des enfants mais, avec les autres, le jeu du double fond ne l'amusa plus.

Il y avait un autre jour qu'Anne attendait impatiemment, c'était le lundi. Jour des cours de dessin de M. Barbusse, matière facultative que peu d'élèves suivaient. Ce fut peut-être cela qui séduisit Anne en premier.

Elles n'étaient qu'une dizaine autour du vieux professeur. M. Barbusse avait autrefois enseigné aux Beaux-Arts et il le rappelait soigneusement au début de chaque leçon. En essuyant les carreaux de son pince-nez. Puis, il plaçait une nature morte sur le petit tapis vert du tabouret et demandait à ses élèves de la reproduire le plus exactement possible en respectant les lois des proportions. Anne clignait de l'œil en tendant son crayon, la langue retroussée, et créait des zones d'ombre et de lumière avec son fusain afin de mettre en valeur les trois pommes ou le vase posés sur le tabouret.

Ces leçons la remplissaient de paix et d'immensité. Elle était sereine quand elle quittait la salle de dessin après avoir nettoyé son gobelet et ses pinceaux au robinet du fond de la classe. Elle ne craignait plus rien, n'avait plus besoin d'amie ou de mollet à cingler. Elle possédait un bout de territoire bien à elle qui l'agrandissait et la rassurait. C'était comme si, pour un instant, le temps s'était arrêté et lui avait donné toute la place. Elle pouvait même écouter le calme de ses pas, l'ampleur de sa respiration quand elle rentrait chez elle après une leçon : elle était Majesté à cause d'un crayon.

Un soir, en mettant la table, elle essaya d'en parler à sa mère mais les mots n'étaient pas bons. Ils sonnaient bêtes et faux. Elle prit alors un raccourci et affirma que, plus tard, elle irait aux Beaux-Arts. Mme Gilly répondit qu'il n'en était pas question, que ce n'était pas des études convenables et que, dès qu'elle aurait son bac, elle s'inscrirait en fac de droit. Anne répondit non, non, non et non. Mme Gilly posa sur la table les deux tranches de jambon qu'elle avait achetées, en courant, à l'heure du déjeuner, et la mère et la fille dînèrent en silence.

Ce soir-là, sur la glace de sa chambre, Anne inscrivit en lettres majuscules : « PLUS TARD, JE FERAI CE QUE JE VOUDRAI ET PERSONNE NE M'EN EMPÊCHERA. » Puis elle poussa son lit juste en face de son serment afin que sa mémoire s'en imprègne pendant toute la nuit. Elle avait lu ça dans une revue du docteur Gorg sur la mémoire.

Chapitre 3

tangled up

Anne fut reçue à son bac. De justesse. Elle avait passé sa dernière année de scolarité empêtrée dans son refus de ne plus jamais aimer et sa manie de tomber toujours amoureuse : de l'électricien qui était venu refaire toute l'installation de la rue Jean-Jaurès, du commis boucher qui livrait la viande le samedi matin, de Johnny qui criait « que je t'aime » à la radio. Mme Gilly voulut l'inscrire en faculté de droit, mais Anne se souvint du serment sur la glace et choisit la licence d'anglais. Pour Mme Gilly, la robe noire à manches amples figurait comme une revanche sur l'injustice du sort à son égard, et elle en voulut à sa fille. Anne lui fit remarquer qu'elle aurait pu s'inscrire aux Beaux-Arts et Mme Gilly préféra ne pas insister. Professeur d'anglais, l'honneur était sauf et le fonctionnariat assuré. Ce que Mme Gilly désirait par-dessus tout, pour sa fille, c'était une « jolie situation ». Fixée une fois pour toutes avec points d'avancement et points de retraite. Un bulletin de salaire perforé chaque mois, une vie pensée et organisée. Il y avait deux expressions qui revenaient toujours dans sa conversation, c'était « à l'abri » et « sous les ponts ». L'une pouvant succéder à l'autre si on n'y prenait garde.

Anne n'avait pas osé affronter ouvertement la colère de sa mère en s'inscrivant aux Beaux-Arts mais s'était arrangée avec son vieux professeur de dessin pour prendre des leçons l'après-midi, dans son atelier. L'horaire des cours en première année d'anglais lui laissait beaucoup d'après-midi libres.

Elle fêta ses dix-sept ans, au mois d'octobre, sur les bancs de la fac. Elle s'y sentit tout de suite plus au large qu'au lycée, mais n'osa pas se mêler aux autres étudiants. Il lui semblait toujours qu'elle portait au front la marque « moins » : moins d'aplomb, moins d'allure, moins d'expérience, moins d'audace, moins d'aisance. Alors que les autres étaient « plus » brillants, « plus » savants, « mieux » habillés, « plus » riches, « plus » au courant. Et cela créait entre elle et eux une barrière de sept lieues. Quand ils lui parlaient, elle répondait très vite, très court, de peur qu'ils ne s'aperçoivent qu'elle était « moins ». Elle apprenait toutes sortes de choses en les écoutant, mais elle réalisait aussi l'immensité qui les séparait ; elle n'avait jamais voyagé, jamais fait d'auto-stop, jamais dansé contre un garçon, jamais fumé de joint, jamais dormi à deux, jamais écouté de la musique anglaise l'après-midi au lieu d'aller aux cours... Tout ce retard lui paraissait impossible à rattraper. Mais c'était surtout avec les autres filles qu'elle désespérait. Elles avaient des amants, prenaient la pilule, discutaient Pink Floyd, twin-set et mocassins américains, sortaient tous les soirs... Face à elles, Anne se trouvait encore plus minable. Dans ces moments-là, elle en voulait à sa mère. Elle détestait l'épargne-logement, le deux-pièces et l'aspirateur qu'on branche sur le palier. A force de penser et d'organiser leur vie, sa mère l'avait vidée de toute substance. Elle avait supprimé le superflu qui donnait à ces filles la nonchalance qu'Anne leur enviait.

Un jour qu'elle rentrait de la faculté, peut-être une semaine avant les vacances de Pâques, le pneu arrière de sa Mobylette creva. Elle n'était pas loin de chez elle et put rentrer en la poussant. Le fils de la concierge, qui se coupait les ongles sur le pas de la porte, lui proposa de l'aider, et ils descendirent ensemble au sous-sol. Elle le regardait enlever la chaîne, démonter le pneu, localiser la crevaison, râper le caoutchouc, poser la rustine. Ses cheveux noirs tombent sur son front et il a des petits boutons rouges entre les sourcils. Ses muscles font deux grosses bosses en sortant du tee-shirt et il porte un jean bien serré.

Elle s'agenouille à ses côtés et fait semblant de s'intéresser.

– Ça marche ?

– Ouais. Heureusement, c'est pas trop grave mais si vous aviez continué à rouler, le pneu était foutu... Et quand il faut changer le pneu ça coûte cher...

Anne hoche la tête. Une chance, en effet... Elle ne sait plus quoi dire. Le silence devient gêne.

– Voilà, c'est fini. Vous allez pouvoir remonter dessus.

Il remet le pneu en place, range ses outils, pousse la Mobylette contre le mur. Elle lui sourit. Pour le remercier.

– Merci. C'est gentil à vous.

– C'est toi qui es gentille...

Elle rougit, détourne la tête, veut s'en aller mais il la rattrape, l'appuie contre le mur humide du garage, met ses deux mains au-dessus de ses épaules. Elle ne pense pas à se débattre quand il approche sa bouche, pose ses lèvres sur les siennes et appuie très fort. « Il m'embrasse sur la bouche, c'est donc ça un baiser. » La minuterie s'est arrêtée. Il fait noir. Elle ne voit ni n'entend plus rien. Il y a juste cette bouche qui l'embrasse, qui glisse sa langue dans sa bouche, qui prend sa langue, qui est chaude. Deux mains qui serrent ses épaules, glissent sous son chandail, lui caressent les seins, le ventre, s'enfoncent entre ses jambes. Elle a envie de se fondre dans cette bouche, de s'attacher à cette langue, d'être avalée tout entière par la vague de chaleur qui monte de son ventre. Elle l'entoure des deux bras pour qu'il n'arrête pas. Il se plaque contre elle, passe sa main dans ses cheveux, l'embrasse derrière l'oreille.

– Encore, encore, murmure-t-elle.

La minuterie se rallume, des pas approchent et elle s'enfuit en courant. Elle monte l'escalier, se précipite dans la salle de bains et se regarde dans la glace. Ses cheveux blonds sont ébouriffés, elle porte des marques rouges sur les joues, et ses yeux brillent. Elle touche du doigt ses

lèvres, son cou et rougit violemment. Petite fille pas propre... Mais c'est si bon et elle a tellement envie de retourner dans le garage, de s'appuyer contre le mur qui suinte
et de se laisser embrasser. C'est bon et c'est vrai. Ça existe.
Ce n'est pas un de ces rêves qui la laissent toute seule,
abandonnée, le matin au réveil.

Elle attendit de le revoir, le guetta dans les couloirs,
traîna dans le sous-sol, prétexta mille oublis pour descendre fouiller les sacoches de sa Mobylette.

Un soir, enfin, elle se heurta à lui. Il la prit par la main
et l'entraîna à la cave, devant une porte au chiffre 12 inscrit à la craie.

La cave s'ouvre avec un gros cadenas argenté. Il fait
cliqueter la serrure et ils entrent. Il y a un matelas posé
sur le sol et des bouteilles vides dans un coin. Quatre ou
cinq valises empilées, un lampadaire, une voiture d'enfant
et des petits graviers sous ses pas. Quand la minuterie
s'éteint, il fait noir. Elle sent l'humidité des murs, une
odeur de moisi et perçoit des bruits sourds dans les tuyaux
qui passent au-dessus de leurs têtes.

– Eh bien ! qu'est-ce que t'as ? T'as peur ?

Elle ne répond pas. Ses yeux s'habituent à l'obscurité
et elle distingue le blanc de son tee-shirt dans le noir.

– T'as jamais...

– Non.

– Jamais embrassé ? Jamais couché ?

– Non.

Il rit. Il doit la trouver ridicule.

– T'as quel âge ?

– Dix-sept ans et demi. Et toi ?

– Dix-neuf. T'es mignonne, tu sais.

Elle fait une moue dubitative.

– T'es bête. Allez, viens ici.

Il lui montre le matelas sur lequel il est étalé. Elle
s'assied et serre ses jambes contre elle. Serre ses mains
sur ses genoux.

– Qu'est-ce que tu fais toute la journée ?

– Je vais à des cours. Des cours d'anglais... Et puis je fais du dessin...

Il va encore rire. Elle le déteste. Les autres filles lui auraient répondu autrement, c'est sûr. Elle, elle ne sait pas comment on se conduit dans un cas pareil.

– Il faut que je remonte : ma mère va se demander ce que je fais.

– Tu veux qu'on se file rancard demain... A cinq heures ?

– Oui. D'accord.

Elle a répondu sans réfléchir. Elle est pressée de partir maintenant.

– A cinq heures devant la porte de la cave. Tu ne m'embrasses pas ?

Elle se penche, il l'attrape par les épaules et, de nouveau, elle se sent devenir toute molle. Elle proteste doucement :

– Non, non. Il faut que je remonte...

Il la lâche à regret.

– Bon, d'accord. A demain.

Le lendemain, en se réveillant, Anne est terrifiée. Être étreinte en rêve par un beau jeune homme est romantique mais se retrouver, dans une cave, allongée sur un matelas avec le fils de la concierge frôle le sordide. Elle décide de ne pas y aller et se rend à ses cours, résolue. Sa décision se renforce quand elle se retrouve assise parmi les autres étudiantes. Elles ne donneraient pas, elles, de rendez-vous dans une cave, au fils de leur concierge. Mais, à cinq heures, elle attend devant le cadenas argenté. Elle se laisse conduire jusqu'au matelas, se laisse allonger, embrasser, déboutonner, noue ses bras dans son dos, sa langue à la sienne et soupire. La minuterie s'allume et s'éteint. Elle ne le voit que par intermittence. Elle préfère quand il fait noir.

Pendant toute l'année où Anne rejoignit le fils de la concierge dans la cave, Mme Gilly ne se douta de rien. Elle avait d'autres préoccupations : Anne approchait de ses dix-neuf ans, il fallait songer à la marier.

Un dimanche après-midi, alors qu'elle rendait visite à son amie Pauline, qui a quatre filles et un pavillon à Meudon-Val-Fleuri, elle en profita pour lui demander conseil. Pauline n'hésita pas et déclara :

– Les bals des grandes écoles, c'est ce qu'il y a de mieux.

Mme Gilly opina. Il n'arriverait pas à Anne la même mésaventure qu'à elle.

Les bals ont lieu, en général, le samedi soir.

Tous les samedis donc, Mme Gilly et sa fille quittent leur immeuble de Levallois pour s'engouffrer dans un taxi commandé par téléphone. Anne tressaille en passant devant la loge où il dort mais monte, sans murmurer, dans la voiture. Ses cheveux blonds sont tressés en chignon, ses yeux ombrés de poudre d'or, un échantillon que Mme Gilly a pris chez le pharmacien, et ses chaussures vernies lui serrent un peu le pied. Elle est l'héroïne satinée de ses rêves. Elle glisse sans trébucher sur les parquets blancs de l'Opéra ou de la fac de droit, incline la tête en souriant quand on vient l'inviter, tend le bras, ploie la taille, se renverse en arrière et sourit en découvrant des petites dents pointues et blanches si on la serre de trop près.

Derrière elle, Mme Gilly observe.

Dans les bras de ses danseurs, elle pense à la cave. Elle y passe des heures délicieuses. Ils s'y enferment de plus en plus souvent, et oublient de trouver des excuses à leur absence prolongée. Ils ne parlent guère. Un jour qu'il lui demandait si elle « faisait attention », elle avait secoué la tête, et il l'avait traitée de petite bête.

A la rencontre suivante, il lui avait jeté une plaquette de pilules, et elle avait croqué, éblouie, sa première ressemblance. Elle était comme les autres filles maintenant...

Elle ne sait rien de lui mais il lui apprend du bout des

doigts tout un monde de sensations. Elle est belle dans ses bras. Grande, toute-puissante. Elle n'a plus jamais peur. Elle lui écrit de petits billets, lui donne des noms étranges tirés de son encyclopédie et mime ses préférés : potorou, mammifère de petite taille communément appelé kangourou-rat. Elle saute dans la cave, accroupie, les genoux écartés, ses longs cheveux blonds balayant les graviers en criant : je suis un potorou, je suis un potorou. Il se jette sur elle et l'attrape.

– Tu sais que les hommes mangent les potorous tout crus ?

Elle recule, effrayée.

– Mais je ne sais pas par quel morceau commencer...

Il s'agenouille à ses pieds. Elle attend. Sa bouche souffle sur ses chevilles. Elle gémit doucement. Ses dents la mordillent, la mordent. Remontent sur ses genoux. Elle sent sa langue sur ses cuisses et ouvre les jambes. Quand il enfonce sa bouche entre ses jambes, elle appuie sa main sur sa tête pour qu'il ne s'arrête jamais... Potorou vaincu. Parfois, il est obligé d'étouffer ses cris quand la minuterie s'allume et qu'il entend des pas. Mais elle lèche la paume de sa main, la mord jusqu'à ce qu'il capitule et s'étende sur elle. Elle se creuse et se colle si fort à lui qu'il a l'impression de maîtriser un petit animal. Il n'y a que lorsqu'elle est triste que son corps se détend. Elle parle alors, en chuchotant, la tête sur sa poitrine et raconte Amar le liftier, papa et sa barbe bleue qui sent si bon une eau de toilette de Paris, Tria et le thé... Mais elle est rarement mélancolique. Elle a même tendance à narguer les gens avec son secret. Car, au fond, elle est fière de son aventure souterraine. Elle vit une histoire que peu de filles de son âge connaissent ou oseraient connaître et ça la rend téméraire.

Ils ne peuvent s'aimer qu'en sous-sol et font semblant de s'ignorer quand ils se croisent dans l'escalier. C'est peut-être ce qu'Anne préfère dans toute cette histoire, ce qui fait qu'elle a encore plus fort envie de lui quand elle le retrouve dans la cave.

Ils ne parlent jamais de ce qui va arriver : pacte tacite de silence. Elle ne raconte pas les soirées du samedi soir, il ne lui dit pas qu'il la regarde monter dans le taxi et laisse retomber, rageur, le rideau de la loge.

Un samedi, au bal de l'École polytechnique, Anne fut invitée par un jeune homme de belle prestance dont le sabre claquait sur la couture. Elle s'inclina doucement et se laissa entraîner dans une valse dont elle ne maîtrisait pas tous les pas. Elle sourit pour s'excuser et le jeune homme l'enlaça d'un peu plus près. La valse terminée, il la raccompagna auprès de sa mère et se présenta :

– Alain Riolle, ancien élève de l'École polytechnique et de l'École nationale des ponts et chaussées.

Le visage de Colette Gilly frémit : un X Ponts ! Les meilleurs, les mieux placés dans la course aux grandes carrières ! Vingt-huit ans... Célibataire...

Dans le taxi du retour, cette nuit-là, Mme Gilly jubilait. Anne, dans son coin, pensait que demain, dimanche, elle trouverait une excuse pour descendre à la cave.

Le samedi suivant, elle ne dansa qu'avec Alain Riolle, sous le sourire protecteur et épanoui de sa mère. Il lui demanda son numéro de téléphone, elle le lui écrivit sur un napperon en papier dentelle taché d'un peu de crème anglaise qu'il respira avant de le plier et de le mettre dans sa poche, en lui adressant un clin d'œil. Il l'appela trois jours après et lui proposa de l'emmener voir *Autant en emporte le vent*. Anne entreprit une danse de Sioux dans le petit couloir. Pour la première fois de sa vie, elle allait sortir officiellement avec un garçon et pas n'importe lequel : grand, blond, bien diplômé et qui fait des clins d'œil complices.

Le soir où il devait venir la chercher, elle l'attendit, l'œil collé au judas, téléphona à l'horloge parlante, changea plusieurs fois de barrettes et se fit finalement la raie au milieu.

Elle pleura beaucoup au cinéma. Il l'emmena goûter les macarons du « cousin Pons » au Luxembourg et lui raconta des histoires drôles sur Balzac qui n'habitait pas loin et Lamartine qui inscrivait dans les marges de ses poèmes toutes les sommes qu'on lui devait...

Ce soir-là, en s'endormant, elle fit le compte de ce qu'Alain avait dépensé pour elle et fut heureuse de valoir une si grosse addition !

Alain prit l'habitude de voir Anne régulièrement. Il lui apportait des livres, l'emmenait à des expositions, au cinéma, lui faisait connaître des quartiers qu'elle ignorait. Un jour, elle affirma que Bécon-les-Bruyères n'existait pas, que c'était un village d'opérette qu'on avait inventé pour les rimes dans les chansons. Il la conduisit à la petite gare de Bécon et elle reconnut son erreur en pouffant. Puis, il lui demanda quelle était la différence entre Bécon-les-Bruyères et Florence. Elle chercha mais ne trouva pas. « Eh bien ! lui dit-il, à Bécon-les-Bruyères, il y a des filles qui s'appellent Florence tandis qu'à Florence... » Elle rapporta le soir même l'anecdote à sa mère, sans lui dire que c'était Alain qui la lui avait racontée, et Mme Gilly la trouva très vulgaire.

Un jour qu'ils sortaient tous les deux, ils croisèrent le fils de la concierge. Anne rougit violemment et lâcha le bras d'Alain. Elle fut bizarre tout l'après-midi.

Elle attendit plusieurs jours avant qu'il ne revienne devant le cadenas argenté et, quand elle l'aperçut, elle comprit qu'il était inutile d'expliquer. Il la jeta sur le matelas sans dire un mot. Il devint ironique et cruel. Prit l'habitude de ricaner quand elle parlait, la fit attendre devant le cadenas et déchira un dessin qu'elle avait fait pour lui tout seul. Il lui promit que personne, jamais personne, ne voudrait l'épouser avec sa peau toute blanche et sa bouche encombrante. Anne pleurait. Un jour, il lui pinça le sein si fort qu'elle faillit hurler mais, en même temps, elle eut chaud dans tout le corps et attendit qu'il recommence. Ils ne se parlaient plus. Il l'entraînait sur le matelas, la déshabillait brutalement et cherchait tous les moyens de l'humilier. « Tu es sale, je n'ai pas envie de toi, tire-toi, j'en connais des bien plus belles, arrête de pleurer, t'es encore plus moche quand tu pleures. » Quand il se relevait, elle avait peur de ne plus le revoir. Alors, elle accepta de sortir un soir avec lui. Elle le rejoignit au bout de la rue Jean-Jaurès. Il lui fit faire un tour du périphérique en moto et elle hurla qu'elle étouffait. Il l'emmena voir un film de karaté puis ils mangèrent un hamburger sur les grands boulevards. En rentrant, il l'attira dans la cave et la féerie commença.

– Tu vois, on est bien mieux ici, lui dit-elle pour lui faire plaisir.

– T'as pas aimé la balade ?

– Si. Mais on est bien ici aussi, non ?

Enfin, un dimanche, il lui annonça qu'il ne voulait plus la voir. Elle crut à une ruse, à un jeu, mais il insista, un mauvais sourire sur les lèvres.

– T'es jetée. Finie.

– Mais pourquoi ?

– J'ai trouvé mieux. Beaucoup mieux. Une qui ne se pousse pas du col, qui a pas peur en moto et qui ne me fera pas chier avec ses fréquentations. T'as compris ?

Elle ne comprenait pas. Elle entendait mais les mots n'allaient pas jusqu'à son cerveau. Ils s'arrêtaient avant et elle restait là, idiote, assise sur le matelas à le regarder fixement.

– Allez, tire-toi.

Il l'empoigna, la poussa dans le couloir. Elle avait envie de le supplier : Attends, explique-moi, je ne comprends pas, touche-moi, une dernière fois... J'ai tellement envie, je ferai tout ce que tu voudras. Mais elle n'osa pas, lui jeta un dernier regard implorant. Il lui fit un geste obscène et elle s'éloigna en courant.

Alain redoubla de prévenances. Un après-midi où il la raccompagnait, il passa son bras autour de ses épaules et l'attira contre lui. Le taxi, une vieille 403 Diesel, sentait le cuir déchiré et les ressorts crevaient les banquettes, leur meurtrissant le dos à chaque cahot. Il posa ses lèvres sur les siennes. Elle le laissa faire et soupira oui quand il lui demanda de l'épouser.

Un an plus tard, elle s'agenouillait sur un prie-Dieu en

FORMAL.

velours rouge au côté d'un jeune homme en habit d'appa-
rat. Son père, prévenu de son mariage, lui avait envoyé un
mot au stylo-bille où il s'excusait de ne pouvoir assister
à la cérémonie mais il était retenu au Maroc par d'impor-
tantes responsabilités. Anne eut envie de pleurer et fit des
grimaces. Elle se rendit compte alors que le temps avait
passé lent et vide depuis qu'elle était arrivée en France.
Elle chercha des souvenirs vrais et ne trouva que le lourd
portail en fer forgé, les leçons de dessin et le matelas dans
la cave. Le reste, elle pouvait le raconter aussi mais c'était
comme si c'était arrivé à une autre. Elle était absente de
son curriculum vitae. Elle ne se demanda pas pourquoi
elle se retrouvait sur le fauteuil en peluche rouge à dire
oui. Cela aussi faisait partie des choses qui lui arrivaient.
Elle avait vingt ans et elle se mariait. Elle avait juste le
sentiment de s'être laissée aller. Elle respira l'odeur de
l'encens et de pierre froide et frotta son alliance sur la
peluche rouge du fauteuil.

Après, quand tout fut fini, elle se dit qu'elle était mariée,
qu'elle avait changé de nom, d'adresse. C'est tout ce
qu'elle se dit. C'était quand même le jour de son mariage.

Chapitre 4

C'est une maison blanche dans la rue Mohammed-Smiha. Posée sur le mur, à droite de la porte d'entrée, une plaque en cuivre doré annonce : Clinique du docteur Alsemberg, ancien interne des hôpitaux de Paris. A l'intérieur s'arrondit un patio carrelé de mosaïques bleues au milieu desquelles jaillit un jet d'eau. C'est la reproduction fidèle d'une gravure représentant les appartements d'un riche patricien romain, dans le vieux livre d'histoire de Serge Alsemberg. Il avait douze ans et rêvait qu'un jour, il serait noble patricien et posséderait son patio. Aujourd'hui, toutes les images sont en place : la plaque dorée, le jet d'eau, les infirmières en blanc, les chariots chromés, les malades qui attendent la consultation du matin, les médecins qui traversent le hall à grandes enjambées...

Il est huit heures, Serge Alsemberg salue un collègue et se dirige vers son bureau.

Hilda est déjà là. Elle trie son courrier et lui adresse un large sourire. Hilda est polonaise comme lui. Il l'a rencontrée à la suite d'une petite annonce parue dans le *Maroc-Soir* alors qu'il venait d'ouvrir sa clinique et cherchait une assistante. L'air résolu et solide d'Hilda, les deux macarons tressés au-dessus de ses oreilles, ses petits yeux vifs et bruns, ses taches de rousseur lui avaient rappelé sa grand-mère Bouba, et il lui avait tout de suite proposé de travailler avec lui. Elle avait dit oui sans hésiter, avait empoigné le cabas où elle gardait ses deux chats et l'avait suivi. Depuis, elle ne l'a jamais quitté. Secrétaire, assis-

35

tante, instrumentiste, rempart, présence : elle est toujours là. Les soirs où il reste seul dans son bureau, les pieds sur ses dossiers, la chaise en équilibre, les mains dans les poches de sa blouse, les soirs où il est fatigué, elle dépose sur sa table un verre de vodka à l'herbe aux bisons et des petits pâtés de viande qu'elle prépare chez elle tous les matins. Puis, en polonais, ils parlent de Varsovie. De sa maison à elle, de la maison de ses grands-parents – Serge a été élevé par son grand-père et sa grand-mère –, de la place du Marché où elle accompagnait sa mère, du curé habillé tout en noir qui venait dîner chez Bouba le dimanche soir, de la boucle du fleuve Bug où ils se baignaient en été... Ils refont la guerre et les luttes partisanes. Serge Alsemberg avait dix-huit ans et se cachait dans les forêts avec les résistants de l'AK, l'armée du pays dirigée de Londres. Hilda avait le même âge et se battait, dans la forêt voisine, pour l'AL, l'armée populaire qui, à la Libération, sous l'impulsion de Gomulka, devait devenir gouvernement provisoire puis gouvernement tout court.

Quand les communistes prirent le pouvoir, Serge s'enfuit, traversa des champs, des rivières, des montagnes, des armées, des frontières de barbelés et arriva en France. C'est là qu'il fit ses études de médecine. Bien plus tard, il découvrit le Maroc et voulut s'y installer. C'était l'époque du protectorat et des facilités accordées aux Français. Il ouvrit un petit cabinet de chirurgie générale et opéra, chez des confrères, dans des cliniques privées. Jusqu'au jour où il épousa Alice Blanquetot, une Marseillaise venue en vacances au Maroc. Alice était riche et elle proposa à Serge de lui acheter une clinique. Serge hésita puis céda. Il quitta le cabinet de la rue Sidi-Belyout pour la maison blanche de la rue Mohammed-Smiha. Il prit deux associés, un Marocain et un Français, et n'eut plus qu'une idée : faire de sa clinique l'une des meilleures du Maroc. Il organisa des consultations gratuites, un service de planning familial et un département « urgences » ouvert jour et nuit. Il travaillait d'arrache-pied et tous les bénéfices étaient aussitôt réinvestis dans la clinique. Alice disait en riant qu'elle n'aurait pu faire meilleur placement.

Souvent le soir, alors que les docteurs Latif et Petit sont partis, Serge Alsemberg travaille encore dans son bureau. Hilda attend qu'il ait quitté la clinique pour rentrer chez elle. « C'est moi qui ferme, dit-elle, car les Polonaises sont consciencieuses. » Elle habite un deux-pièces en face de la clinique, avec ses chats Dimitri et Dimitra, et passe tous ses dimanches à écrire à sa sœur Andréa qui est restée en Pologne. Son plus grand plaisir est de recevoir le docteur Alsemberg et sa femme à dîner. La date est encadrée longtemps à l'avance sur le calendrier mural de l'entrée, mais quand Serge et Alice sonnent, elle proteste que rien n'est prêt et court à la cuisine. Pendant tout le dîner, elle les regarde manger et tâte avec inquiétude les croûtes de ses soufflés.

– Alors, Hilda, quoi de nouveau ce matin ?

Hier, en fin d'après-midi, il a été obligé de s'absenter pour régler les formalités de la mort de Paul Gilly, et c'est Hilda qui a reçu les visiteurs médicaux.

– Le représentant des laboratoires Spécia est passé. Je lui ai renouvelé la commande comme vous me l'aviez demandé. Celui de la maison Granger a dit qu'il voulait vous parler personnellement et qu'il prendrait rendez-vous. Je crois qu'il s'agit des nouvelles tables d'opération que vous avez commandées.

Elle a noté sur son calepin tout ce qu'elle a à dire et pointe chaque information énoncée.

– Je suis allée à la banque déposer vos chèques et en ai profité pour vous faire établir un nouveau chéquier.

Elle se penche sur ses notes. Il la soupçonne d'être un peu myope mais de refuser de porter des lunettes.

– Votre vésicule se porte bien et le docteur Latif, qui a fait la visite hier, est satisfait. Il pense que la convalescence se fera sans problèmes...

Serge regarde sa montre. Il a une longue journée aujourd'hui et, ce soir, il va chercher la fille de Paul à l'aéroport.

– Nous avons trois nouveaux bébés à la clinique depuis hier soir. Ce fut une rude nuit, docteur ! Mais tout s'est bien passé. Les mamans se portent bien et les papas ont récupéré...

Elle a un sourire attendri et fait passer tout son poids d'une jambe sur l'autre. Puis elle annonce l'ordre du jour et il se dit qu'il n'aura pas le temps de déjeuner.

Il pleut sur Casablanca. Dans la nuit noire et froide, les palmiers se tordent sous le vent. Les essuie-glaces de la voiture de Serge ont du mal à effacer les rafales d'eau qui tombent sur le pare-brise, et il conduit en clignant des yeux. « Elle n'a pas de chance pour ses retrouvailles avec le Maroc », pense-t-il en se garant dans le parking de l'aéroport.

Il remonte le col de son imperméable et court vers l'aéroport. Sa cigarette est mouillée. Il veut en allumer une autre mais s'aperçoit que son paquet est vide. Pourvu que le kiosque à journaux soit encore ouvert ! Parmi les gens qui attendent le vol de Paris, il reconnaît un infirmier et, plus loin, deux anciens malades. Il répond d'un petit signe de tête au salut de ces deux derniers et va serrer la main de son infirmier.

– Vous attendez un parent ? demande l'infirmier.

– Non. La fille de Paul Gilly.

– Ah ! Le monsieur qui...

– Oui, interrompt Serge brusquement.

Il n'a pas envie de répondre au regard avide de l'infirmier et s'éloigne vers le kiosque à journaux. Une voix confuse annonce dans le haut-parleur l'arrivée du vol AT 751 en provenance de Paris, provoquant un attroupement autour des barrières. Serge se tient à l'écart.

Les portes de l'aéroport claquent sous les rafales de vent, les pas font de grandes flaques dans le hall, les gouttes d'eau roulent sur les peaux bronzées. Serge essaie d'imaginer Anne. Sûrement grande, blonde, avec la démarche haute de sa mère ou les épaules ramassées de son père ? Les yeux marron ? Petite, elle avait des yeux brun doré et une bouche qui béait au vent, une bouche qui ressemblait à la fente d'une tirelire à baisers... Elle a vingt et un ans maintenant, la petite Anne. Il l'appelait Cadichon tellement elle était têtue. Serge n'avait pas d'enfant. Il installait Anne sur ses épaules et la promenait. Ou il l'emmenait à la fête avec Paul. Ils tiraient des fleurs à la carabine, montaient dans les manèges, la décoraient de barbe à papa et de pâtes de guimauve verte et rose. Après, elle voulait faire l'avion. Il la prenait par un bras et par un pied pendant qu'elle étendait l'autre bras et l'autre pied bien droit pour imiter les ailes de l'avion. Il commençait à la faire tourner doucement mais elle commandait « plus vite, plus vite ». Paul, sur le côté, applaudissait. Serge avait le tournis mais Anne n'était jamais fatiguée. Anne suçant son bâton de barbe à papa, Anne derrière sa frange quand elle boudait, Anne nettoyant ses vernis sur le bas de son pantalon...

Elle le prenait par la main et ordonnait :

– Raconte-moi quand tu as quitté la Pologne. Avec les chiens policiers et tout et tout...

Il la posait autour de son cou comme une longue écharpe et il racontait. En obéissant aux règles de l'aventure, en usage dans les volumes de la bibliothèque rose : la nuit, les barbelés, les phares qui balaient le fleuve, les sirènes, les miradors...

– C'est quoi un mirador ?

– C'est une tourelle au sommet de laquelle un homme fait le guet et tire sur tout ce qui bouge, sans sommation.

– C'est quoi une sommation ?

– C'est un avertissement.

Ordinairement, Anne écoutait jusqu'à la dernière frontière : la longue marche, les fossés remplis de boue où il plongeait, le soldat qu'il avait désarmé et assommé, les fermes où il dormait en fouillant la paille pour trouver des œufs frais... Puis elle s'endormait. L'aventure finie, les chiens policiers rangés, les œufs de poule gobés, la vie de

Serge à Paris ne l'intéressait plus. S'inscrire à l'université après toutes ces aventures lui paraissait assommant.

C'est pour avoir une petite fille comme Anne qu'il s'était marié.

– Vous êtes Serge Alsemberg ?

– Oui...

– Bonsoir, je suis Anne Gilly.

Chapitre 5

– Anne !

Elle sourit et il reconnaît les petites dents pointues sur le côté, elle repousse sa frange et il retrouve le front blanc et le duvet doré des tempes. Elle a les yeux marron piqués de jaune, un nez long et droit, et une bouche qui prend toute la place... C'est elle. Ce n'est pas elle. Elle est grande et se tient un peu voûtée. Maladroite. Elle porte une jupe à fleurs trop longue, un chemisier blanc, un sac en bandoulière avec un foulard à la lanière, des mocassins à barrette. On dirait une dame...

– Vous ne me reconnaissez pas ?

– Si. Mais vous avez changé...

Elle se demande s'il va s'arrêter de la dévisager. Il fait froid et elle n'a rien sur les épaules. Elle se demande aussi si elle doit l'embrasser ou lui serrer la main. Finalement, elle ne fait ni l'un ni l'autre. Mais elle l'a reconnu tout de suite. A l'école, quand elle avait appris Gengis Khan et ses invasions, elle avait aussitôt pensé à Serge. Les pommettes brûlées, les cheveux noirs et raides rejetés en arrière, les yeux noirs, les bras croisés sur la poitrine, il domine l'aéroport comme avant les chevaux des manèges où il l'attachait. Il n'a pas vieilli, pas rétréci. Toujours droit et haut. Juste quelques cheveux blancs sur les tempes et le sourcil gauche qui se casse quand il est étonné.

– Vous avez des bagages ?

Elle montre la petite valise écossaise.

– C'est tout ?

– Oui. Je ne resterai pas longtemps vous savez...

LA BARBARE

Il fait « ah ! bon... », lui pose son imperméable mouillé sur les épaules et la pousse vers la sortie.

Il est surpris. Ce n'est pas du tout le genre de fille qu'il attendait. Il imaginait plutôt une grande blonde délurée. Il ne sait plus comment se conduire avec elle. Elle a un air jeune dame un peu coincée qui l'embarrasse.

Dans l'air humide et froid, Anne respire. Ca-sa-blan-ca. Elle est revenue chez elle. Elle regarde les palmiers, les hommes en djellaba, les femmes qui courent en criant... Elle a envie de s'asseoir sur le gazon qui borde le parking, de coller son oreille à terre, de manger l'herbe.

Il ouvre la portière de la voiture et elle s'assoit, cherchant à dire quelque chose d'aimable.

– Elle est jolie votre voiture. Qu'est-ce que c'est ?

– Une Jaguar 4,2 litres. Ton père l'aimait beaucoup. Il disait qu'à son volant, il se sentait immortel... Il exagérait toujours...

– Papa...

Elle a la bouche grande ouverte et elle oublie de la fermer. Papa...

– Parlez-moi de lui.

– Plus tard. A la maison...

Serge Alsemberg se concentre sur la route. Il ne sait pas comment le lui dire. Si elle n'avait pas autant changé, ç'aurait été plus facile. Il l'aurait prise dans ses bras, par exemple. Il l'aurait embrassée... Il ne sait même pas s'il doit la tutoyer ou non.

La pluie redouble et il n'aperçoit plus distinctement la route. Il a peur de heurter une charrette ou un chien. Il se penche en avant et nettoie son pare-brise.

– Parlez-moi de papa...

– Je ne peux pas vous parler et surveiller la route en même temps. Les routes sont horriblement dangereuses ici...

Il étend la main pour prendre celle d'Anne mais elle s'est tassée contre la portière.

– Qu'est-ce que c'est, ces lumières là-bas ? dit-elle, en montrant du doigt des lampes qui tournoient.

42

Il cligne des yeux et jure :

– Merde ! Un barrage de police... Et je n'ai pas mes papiers !

Un policier lui fait signe de se garer. Il se range en fulminant, baisse sa vitre, laissant entrer des paquets d'eau qui trempent son pantalon. Le policier s'approche. Il a une lampe électrique à la main, la braque sur le visage de Serge, puis sur celui d'Anne, descend sur son chemisier, sur sa jupe, s'attarde sur ses genoux. Elle a des genoux ronds et de longues cuisses. Elle tire sur sa jupe et la lampe revient sur Serge.

– Vos papiers.

– Je suis désolé, je ne les ai pas. Je les ai laissés à Casa.

– Ah ! C'est embêtant, ça.

Le policier hoche la tête et sa lampe repart vers Anne.

– C'est votre femme ?

– Non, dit Serge.

Le policier sourit.

– Et vous venez d'où ?

– De l'aéroport.

Il sourit, encore plus sûr de lui, et ses doigts se mettent à pianoter sur la portière avec une cadence qui énerve Serge.

– Écoutez, commence-t-il, je suis le docteur Alsemberg, le propriétaire de la clinique de la rue Mohammed-Smiha et...

– Vous êtes docteur ?

La lampe cherche le caducée sur le pare-brise, le trouve, le déchiffre et revient sur Serge.

– Excusez-moi, docteur. Vous auriez dû me le dire plus tôt. Dites, j'ai ma femme qui s'est cassé la jambe, on la lui a mal remise et depuis elle boite un peu...

– Envoyez-la-moi. A ma consultation du lundi, c'est gratuit. De neuf heures à midi...

– Merci, docteur. Elle s'appelle Fatima, vous vous souviendrez ?

– Bien sûr, dit Serge en embrayant et en démarrant. Encore une qui a fait confiance au rebouteux local et qui s'en sort avec une malformation... Il faut vraiment que je me fasse refaire un permis. J'ai laissé le mien dans ma chemise et la bonne l'a lavée... Il est complètement illisible depuis.

– Pourquoi m'a-t-il déshabillée avec sa lampe ?

– Parce qu'il vous a trouvée jolie.

Elle se renfonce dans son coin et ne parle plus. Elle a froid, ne sait pas quoi lui dire. Il ne fait aucun effort. Pourtant, quand elle était petite, il la prenait sur ses genoux et l'appelait Cadichon.

– C'est encore loin ?

– Non. On arrive. Ça, c'est la colline d'Anfa et j'habite au sommet.

– Et papa, il habitait où ?

– Dans le même appartement où vous viviez.

– Il n'avait pas déménagé ?

– Non. Il avait tout gardé, même la bonne... Elle travaille chez nous maintenant. Vous allez la voir.

– Et Amar ?

– Amar ?

– Le garçon d'ascenseur. Tria ne vous a jamais parlé d'Amar ?

– Non. Je ne connais pas Amar.

Elle paraît étonnée et se tait. C'est normal après tout qu'il ne connaisse pas les garçons d'ascenseur : il habite un quartier résidentiel où il n'y a que des villas et des jardins. Le silence retombe entre eux. Anne colle son nez à la vitre et essaie de reconnaître les rues qu'elle a grimpées à bicyclette. Serge se dit que son séjour chez eux ne va pas être aussi facile qu'il le pensait. Leurs rapports vont être tendus si elle continue à se montrer aussi muette et distante.

Il klaxonne plusieurs fois devant le portail de la villa, et Mohammed accourt pour lui ouvrir.

La maison de Serge Alsemberg est grande, blanche, recouverte de larges palmes, entourée de massifs de fleurs et de pelouses. L'entrée est éclairée par des spots cachés dans deux grandes jarres de terre. Serge lance les clés à

Mohammed pour qu'il gare la voiture et empoigne la valise d'Anne.

Ce n'est pas une maison, pense Anne en entrant, c'est un palais. Intimidée, elle reste sans bouger sur les carreaux de marbre blanc à sentir l'eau qui dégouline de l'imperméable. En plus, elle est persuadée d'avoir le nez rouge et les joues qui clignotent. La pluie et le froid ne lui vont pas bien. Le soleil non plus d'ailleurs. Elle rougit tout de suite. Serge ouvre une lourde porte en bois et lui fait signe de le suivre.

– Comme ça ? Avec mes chaussures mouillées ?

Il éclate de rire. C'est la première fois qu'elle l'entend rire depuis les manèges.

– Tu ne veux tout de même pas que je te donne des patins ?

Elle sourit, timide, et fait un pas en avant. La pièce est grande et descend en plusieurs niveaux vers une piscine illuminée. Ce doit être le salon. Il n'est séparé de l'extérieur que par de larges baies vitrées. Envahi de plantes, d'arbres, de bouquets, il ressemble à une serre.

– C'est beau, murmure-t-elle, en faisant le tour des canapés, des tables en verre fumé, des livres reliés, des disques sur les étagères, des tableaux au mur, des coussins éparpillés partout.

C'est beau et vivant. Le centre d'un monde raffiné et élégant.

A ce moment-là, une femme surgit d'une cloison en bois sombre. Petite, menue, des cheveux blonds mi-longs, des dents éclatantes dans un visage bronzé brûlé. Belle. Nefertiti décolorée. Elle porte une djellaba en laine et des babouches cousues de perles de toutes les couleurs. Anne reconnaît Alice, la femme de Serge. Au bridge, elle jouait toujours en équipe avec son père et, quand elle distribuait, on étendait tinter ses bracelets. Sa mère prétendait qu'elle avait dû suivre un entraînement pour soulever autant de bijoux.

Alice s'approche d'Anne et la serre dans ses bras. Elle parle beaucoup, lui demande si elle a fait bon voyage, comment elle se sent, lui fait promettre de la tutoyer, de l'appeler par son prénom et de se sentir chez elle. Elle a des yeux à infraverts et Anne répond oui à tout. Serge et Alice l'installent dans un fauteuil, et Anne pense que maintenant on va lui annoncer quelque chose. Mais Alice repart vers la cuisine pour leur préparer à boire. Serge se met à tourner en rond, les mains dans le dos, les yeux posés à terre. Il marche en parlant doucement. Si doucement qu'Anne doit tendre l'oreille. Voilà : Paul avait été hospitalisé parce qu'on croyait à un ulcère. En lisant les radios, Serge s'était rendu compte que ce n'était pas un ulcère mais un cancer. « Alors, il est mort d'un cancer », se dit Anne en suivant des yeux Serge qui a agrandi son cercle et tourne un peu plus loin dans la grande pièce. Elle le suit avec tellement d'attention qu'elle a soudain envie de crier « stop ! ». Ça lui donne le vertige, cet homme qui n'arrête pas de tracer des cercles et de lui annoncer de mauvaises nouvelles. Il doit sentir son malaise parce qu'il s'immobilise, l'aperçoit toute blanche, toute vide au bord du fauteuil, revient vers elle, s'accroupit à ses pieds et serre ses mains très fort dans les siennes.

– Le cancer était trop avancé. On ne pouvait plus rien tenter. Je lui ai dit la vérité parce que je ne voulais pas lui mentir. Il est resté très calme, a plaisanté avec l'infirmière et m'a dit de ne pas m'en faire : il allait jouer un bon tour à la médecine. Il a pris son repas du soir normalement. Il m'a parlé de toi, de ta mère, de sa vie qu'il considérait comme un échec. Nous avons fumé une cigarette. Je crois que ce qu'il regrettait le plus, c'est d'avoir été coupé de toi. Pour de mauvaises raisons. Il se sentait coupable, étranger, lâche. Puis il m'a dit bonsoir avec un long regard d'amitié et je me suis félicité de la manière dont il prenait les choses. Je suis rentré à la maison en pensant qu'il était mon seul ami et que j'allais le perdre.

Anne sait qu'il y a une suite. Elle fixe le sourcil gauche de Serge, celui qui se casse toujours en deux. Il est tendu comme un arc prêt à lancer une flèche. Elle ne cesse de regarder cet arc : la petite cicatrice qui coupe le sourcil en deux et les poils qui poussent par-dessus et par-dessous.

Et puis ?

Il se relève, étend les jambes et reprend sa marche en rond. Elle se tend à nouveau vers lui pour comprendre ce qu'il va dire.

– Le lendemain, quand je suis arrivé à la clinique, on m'attendait...

Il s'arrête et la regarde.

– Il s'était pendu au petit matin au cordon des stores, dans le pyjama bleu ciel qu'il avait apporté pour son séjour en clinique.

Il a parlé si bas qu'elle n'est pas sûre d'avoir bien entendu et qu'elle l'écoute encore.

– Il a laissé un mot sur la table de nuit. Je le connais par cœur. « Pardonnez-moi mais je ne pouvais pas attendre et si je ne le faisais pas tout de suite je n'aurais plus eu le courage. Serge merci. Anne pardon. Ma chérie, c'était trop tard pour l'amour. Mais souviens-toi que tu es belle, que tu es reine et ne subis jamais rien. Je t'embrasse comme je t'aime. Ton papa. »

Anne glisse et tombe sur le tapis. « C'est trop tard pour l'amour. Je t'embrasse comme je t'aime. Ton papa. » Coupée en deux de douleur, de sales petites bêtes qui lui rongent le ventre, le cœur, la tête. Un grand voile noir descend sur ses yeux et un couteau froid lui coupe le ventre. C'est une erreur, elle a mal entendu.

Mais les bras de Serge qui la ramassent, sa voix qui murmure des mots de réconfort, témoignent bien qu'il s'est passé quelque chose d'horrible. Elle a envie de hurler, de se lacérer le visage et de repousser cette image qui se met en branle dans sa tête : l'image d'un homme brun à la barbe bleue et au rire tonitruant qui se balance au bout d'une corde en nylon...

« S'il m'avait attendue, j'aurais pu être si tendre avec lui. »

Chapitre 6

Cette nuit-là, très tard, Serge entendit des cris. Il s'était endormi difficilement après avoir couché Anne et bu trois vodkas. Il avait monté la petite valise écossaise dans la chambre d'amis, lui avait montré la salle de bains, les toilettes et la carafe d'eau. Il lui avait demandé si elle voulait un léger somnifère, elle avait secoué la tête. Il ne savait pas très bien comment lui parler et il avait l'étrange sentiment de s'y être très mal pris pendant toute la soirée. En fait, il avait toujours le même problème avec les gens. Il pouvait éprouver des sentiments très forts mais il les exprimait toujours d'une manière très anodine. C'était plutôt des indices qu'il laissait traîner et que les gens ne relevaient pas forcément. Il avait souvent gâché des rencontres à cause de sa manie de ne pas insister. Il avait appris à vivre seul et, la plupart du temps, il était satisfait. Mais, ce soir, il n'était plus sûr d'avoir raison. Anne l'avait suivi les poings en boule et les lèvres muettes. Il y a des gens qui ont la douleur bruyante et ceux-là ne dérangent pas. Et il y a ceux qui, par leur silence, leur raideur, vous font sentir votre maladresse, vos imperfections face à l'imposante perfection de leur douleur. Serge se vit indigne devant Anne, ce soir-là. Indigne et insuffisant.

Les cris venaient de la chambre d'amis. Il enfila sa robe de chambre et sortit sur la pointe des pieds pour ne pas réveiller Alice.

Anne dormait en travers du lit. La tête tournée sur le côté, les poings toujours serrés, les jambes écartées. Elle ne s'était pas déshabillée et ses mocassins pendaient de

48

chaque côté. Elle marmonnait des mots incompréhensibles, respirait par saccades, agitée de violents tremblements. Elle devait faire un cauchemar. Ses paupières étaient rouges et gonflées, sa lèvre supérieure légèrement retroussée. Un peu de salive séchait sur le menton... Anne Cadichon... Il faut que tu te déshabilles, tu ne peux pas dormir froissée...

Il alluma la lumière, lui ôta ses chaussures, sa ceinture, descendit la fermeture Éclair sur le côté et fit glisser la jupe sur les hanches. Elle a de longues jambes et un ventre rond. Il la fait basculer, défait les boutons du chemisier, aperçoit un soutien-gorge en coton blanc. Un soutien-gorge de pensionnaire du Sacré-Cœur. Comme la culotte sous le collant... Elle soupire. Le soutien-gorge a laissé des marques rouges sur l'épaule et il frotte doucement la peau irritée. Elle cherche sa main du menton et se frotte contre elle.

– Papa, papa...

– Je suis là, Anne, rendors-toi.

– Papa, t'en va pas...

Il essaie de la faire entrer dans les draps, ouvre grand le lit et rabat la couverture sur elle. Puis seulement, il enlève le chemisier et dégrafe le soutien-gorge. Ses doigts tâtonnent. La petite fille de Paul...

Mais son cauchemar revient et elle se débat. Se dresse sur le lit si violemment qu'elle se réveille et le fixe, étonnée.

– Où suis-je ?

– Tu as fait un cauchemar, Anne, ce n'est rien.

Elle secoue la tête :

– Je ne peux pas dormir. Chaque fois que je ferme les yeux, je le vois. Il se lève, prend le cordon, vérifie s'il est solide, écrit le petit mot, lustre son col de pyjama, se regarde dans la glace au-dessus du lavabo, s'adresse un sourire...

Elle éclate en sanglots. Après... Elle rêve d'une tête qui se tend, se déchire, se balance au bout d'un fil. D'une bouche qui lui sourit et se tord...

Serge la prend dans ses bras et la berce doucement :

– Là... là... Arrête de te torturer. Je vais rester avec toi jusqu'à ce que tu t'endormes, tu veux ?

Elle renifle oui.

– Vous savez, je l'aimais. Et de penser qu'il est mort sans le savoir...

– Je sais, Anne, mais il ne faut plus y penser. Plus ce soir... Une autre fois, si tu veux, on en parlera. Ce n'est pas de ta faute, tu sais, c'était une histoire entre grandes personnes. Tu n'y pouvais rien...

– Si. J'aurais pu...

– Chut... Dors maintenant.

Elle se laisse aller contre lui, se blottit dans ses bras, enfonce son nez dans sa robe de chambre entrouverte et respire une odeur familière, une odeur qui lui fait monter les larmes aux yeux et enfouir son nez encore plus profond dans les plis du pyjama... Une odeur de flacon renversé qu'on met sous son oreiller.

C'est Tria qui lui apporta son petit déjeuner. Anne se jeta dans ses bras et son chagrin revint. Papa-Tria-Papa-Tria...

– Tria, raconte-moi.

– Amar est reparti dans les montagnes. Il ne supportait plus l'ascenseur. Un jour, il a décidé de t'écrire et il est allé trouver un de ses amis qui avait fait l'école. Il lui a demandé de l'aider. Il m'avait dit ce qu'il y avait dans la lettre : des chiffres qui s'allument, des cornes de gazelle et un secret. Mais il n'a pas osé te l'envoyer. Il disait que tu ne te souviendrais plus et qu'il serait ridicule avec son passé. Il l'a gardée longtemps sur lui, il la soupesait quand l'ascenseur était vide. Il disait qu'on lui avait enlevé sa petite fiancée. Tu es mariée, maintenant... Tu es heureuse ? Il est beau ?

– Raconte-moi papa.

– Quand tu es partie avec ta maman, on était très tristes.

L'appartement était trop grand, trop silencieux. Et, un jour, tu as envoyé une lettre avec une photo. Dans la lettre, tu disais que tu avais une amie et que tu dormais avec elle. On a mis la photo dans la salle à manger et c'était comme si vous étiez deux à table. Et ta famille, en France, elle va bien ?

Son turban blanc barre son front et elle a un tatouage entre les deux yeux. Un tatouage à l'encre violette et une dent en plaqué or sur le côté. Quand elle était petite, elle lui paraissait étrange, cette dent.

– La plus méchante, c'était Mme Bruscis. Elle lui demandait tout le temps : « Alors vous avez des nouvelles de France ? Vous nous l'amenez quand la petite Anne ? »

Mme Bruscis, leur voisine de palier, qui se méfiait du vide-ordures et descendait sa poubelle tous les soirs en grommelant contre la prolifération des microbes.

– Pourtant, elle l'aimait bien papa. Elle disait qu'il la faisait flancher...

– Elle racontait, dans tout l'immeuble, qu'il séduisait des femmes de mauvaise vie et que c'était pas étonnant que ta maman, elle ait cassé le carton...

Papa avec des femmes...

– Et ta maman, elle a pris un autre mari ?

– Non. Elle vit toute seule. Elle va bien.

Tria a l'air satisfaite. Elle ne parlera pas. Anne la serre dans ses bras et l'embrasse.

– Tu me feras couler le thé de très haut comme lorsque j'étais petite ?

A midi et demi, elle déjeune seule avec Alice. Serge est retenu à la clinique. Anne trouve Alice douce et jolie. Elle aurait bien aimé avoir une maman comme elle. Pourquoi Alice n'a-t-elle pas eu d'enfant ?

Alice pense que la fille de Paul ne ressemble guère à son père. Blonde, blanche, les épaules voûtées, les yeux flous... Qu'aurait-il pensé de cette jeune fille aux poignets fragiles ? Et pourtant, elle est attirée par Anne. Il y a chez

LA BARBARE

elle, derrière sa timidité apparente, un éclat métallique, une force qui demande que l'on gratte un peu la croûte qui l'empêche de jaillir. Elle n'était pas si maladroite, enfant. Elle avait même une manière de planter ses yeux dorés dans les vôtres qui vous faisait abandonner votre table de bridge pour refaire le nœud en satin rouge de sa tresse, ou mettre du mercurochrome sur le genou plein de terre qui saignait.

– Anne, tu as vu Tria, ce matin ?

– Oui, elle m'a apporté le petit déjeuner... Elle n'a pas tellement changé.

Elle voudrait dire « elle ne m'a pas parlé de papa » mais elle trouve que c'est impudique.

– Tu as pensé à apporter un maillot ?

– Non...

Un maillot ! Elle n'osera jamais se mettre en maillot devant une femme aussi bronzée !

– Si tu veux, on ira t'en acheter un cet après-midi. Pour que tu profites de la piscine.

– Oh ! Non... Ce n'est pas la peine.

– Mais si. Ton père a laissé un peu d'argent et on va le dépenser ensemble...

C'est faux. Paul n'a rien laissé si ce n'est des dettes chez le boucher, le teinturier et l'épicier. Mais elle a envie de s'occuper d'Anne. De la coiffer, de l'habiller, de lui mettre des couleurs sur la peau. Même si ce n'est pas de circonstance.

Anne revoit un cordon qui se balance. Elle fixe sa fourchette de toutes ses forces pour chasser le cordon. Elle murmure oui, je veux bien. Merci, vous êtes gentille. Voit la fourchette, le cordon, la fourchette. On va s'occuper d'elle. Elle veut bien ressembler à la dame blonde.

Elles courent d'un magasin à l'autre. Anne se déshabille, s'habille, est projetée en avant, tirée en arrière, lève les bras, passe une robe, un chemisier, un tee-shirt. Alice

52

demande à changer de taille, de couleur, de matière. Elle est surprise : Anne est mince, élastique. En fin d'après-midi, elle l'emmène chez le coiffeur et Anne reconnaît Gisèle, la coiffeuse de sa mère, mais n'ose pas se présenter. Alice explique à Gisèle qu'il faut couper un peu les cheveux trop longs, lui faire une légère permanente pour leur donner du volume et éclaircir un peu la frange. Anne écoute, stupéfaite. Comment Alice sait-elle tout ça ? Elle s'abandonne à ses décisions, enthousiaste. Elle n'aime pas sa tête.

Puis Alice appelle Gabrielle et lui demande de venir maquiller Anne. Très légèrement, elle est si jeune... Gabrielle comprend et opine en se mordant la lèvre. Anne se souvient des samedis soir où sa mère lui coloriait les pommettes avant d'aller tourner sur les parquets en bois blanc. Le fils de la concierge appelait son maquillage de l'attrape-couillons et ils en riaient ensemble.

Alice a tiré une cigarette de son étui argenté et tapote le métal du bout de la cigarette, tout en discutant éperdument avec Gabrielle. Il y a deux initiales enlacées sur le couvercle : A. A. Et Anne se dit que ce pourrait être elle : Anne Alsemberg...

Quand elles rentrent à Anfa, les cheveux d'Anne bouclent sur son front lui donnant une allure de guerrière courroucée et ses yeux sont longs et dorés. Ses lèvres brillent comme si elle venait de se passer la langue dessus. Elle porte un vrai jean bien épais et étroit du bas, porteur du numéro 501, les seuls vrais, a affirmé la vendeuse. Un sweat-shirt rouge comme celui de Stéphanie à l'université, des mocassins américains, un blouson en jean, un petit foulard autour du cou et une ceinture en perles. Elle court à sa chambre, se regarde dans la glace et virevolte de joie. Elle est enfin comme les autres. Elle a mis un pied dans le cercle. Elle prend des poses, bombe le torse, redresse la tête, cambre la taille, secoue ses cheveux, touche ses pommettes, creuse ses joues. Longue, mince, magique. Elle s'approche de la glace et y dépose un baiser. Cette jolie fille, c'est moi. Anne Gilly. Je suis jolie, jolie et je vais faire plier le monde. Rien ne me résistera avec mon jean étroit. Et elle décide de dormir tout habillée et toute maquillée...

Elle descend au salon où Alice repose, les pieds en l'air, une tasse de thé sur le ventre. Se jette à son cou, la serre dans ses bras.

– Alice, tu es formidable !

Puisqu'elle est la belle image dans la glace, elle peut tutoyer Alice, l'appeler par son prénom, s'asseoir près d'elle et discuter. Elle a appris beaucoup de choses cet après-midi...

Mais le téléphone sonne et Alice décroche paresseusement.

– Allô... Ne quittez pas, je vous la passe.

– Pour moi ?

Alice fait oui de la tête et lui passe l'appareil.

– Anne ? C'est Alain... Comment vas-tu, ma chérie ?

Elle avait complètement oublié Alain.

Chapitre 7

Il pose des questions sur un ton ému et grave. Anne répond sur un ton ému et grave. Elle dit que son père est mort, à la clinique du docteur Alsemberg, des suites d'un cancer des intestins, qu'il était trop tard pour opérer. Elle ne dit pas le cordon qui se balance devant le store. Ni le jean 501 ni le sweat-shirt rouge.

Alain s'ennuie. L'appartement est vide, les plantes jaunes et les soirées tristes. Il n'aime pas être seul. Sans elle. Manger seul, lire seul, dormir seul. Le lit est trop grand et il dort plié dans un coin en pensant à son corps chaud. Anne a un petit rire gêné. Elle a l'impression qu'il parle d'une autre et se demande si Alice peut entendre sa voix dans l'appareil.

Enfin, il l'embrasse et elle raccroche. Elle n'a pas demandé des nouvelles de sa mère. Elle n'est partie que depuis vingt-quatre heures mais elle a l'impression que des semaines ont passé.

Alice est toujours enfoncée dans le canapé. Elle fume une cigarette en essayant de projeter des ronds très loin. Satisfaite : cet après-midi elle a servi à quelque chose. Souvent, à force d'écouter Serge, elle a la désagréable sensation de n'être bonne à rien.

– C'est ton mari ?
– Oui. Il s'appelle Alain.
– Tu l'aimes ?
Anne rougit et baisse les yeux.
– Oui... Je crois...
Alice sourit.

– Tu es très amoureuse de lui ?

Anne la regarde, méfiante. Pourquoi toutes ces questions ? Et ça veut dire quoi « être très amoureuse » ? Dans les livres qu'elle lit, les femmes « très amoureuses » ont les mains moites, le cœur battant, les yeux suppliants, les genoux tremblants et se conduisent d'une façon stupide. Elles ont toujours peur qu'on les quitte, qu'on les trompe, qu'on les oublie sur le bord de la route. Elle n'a pas peur avec Alain. Il rentre tous les soirs à six heures quarante-cinq et elle peut le joindre dans la journée à 033.32.34 au poste 2091. Elle ne l'attend pas, elle ne le supplie pas, elle dort enroulée dans ses bras en toute sécurité. Il est là et c'est bon de le savoir. Il lui apprend plein de choses et aucune femme ne l'appelle « mon chéri ». Sauf sa mère...

Alice l'observe, amusée.

– Est-ce qu'il te manque quand tu es loin de lui ?

– Je ne suis jamais loin de lui. On ne s'est pas quittés depuis notre mariage. C'est la première fois...

– Est-ce qu'il te manque en ce moment ?

Anne hésite.

– Non.

Ses joues et son cou s'empourprent. Elle se mordille la peau des ongles. C'est pas très bien ce qu'elle vient de dire. Mais Alice continue ses questions.

– Est-ce que tu as envie de faire des choses folles avec lui ?

– Oh ! Non.

Elle rit. La proposition d'Alice lui paraît complètement déplacée.

– Pourquoi ?

– Je ne sais pas. J'ai peur d'être ridicule si je me laisse aller... Je fais des efforts pour ressembler à la femme qu'il voudrait que je sois : je lis *le Monde* tous les soirs, j'apprends Georges Séguy et Edmond Maire et je me sers de la salade dans la bonne assiette quand on est invités chez des gens chics...

– Est-ce que tu aimes dormir avec lui ?

Alice a parlé à voix basse mais Anne sursaute. La fixe

comme si elle était une ennemie. Elle n'a pas le droit de lui demander ça. Ça ne regarde qu'elle. Elle qui enfonce ses nuits tout au fond de sa mémoire en se convainquant que ça n'a pas d'importance. Qu'en tous les cas, ce n'est pas le plus important. Il y a d'autres choses dans la vie...

Alice se rapproche, veut la prendre dans ses bras mais Anne recule. Loin d'elle.

– Excuse-moi, Cadichon, mais pendant un moment j'ai cru qu'on était comme mère et fille et qu'on se parlait librement... *vraiment / seriously / in earnest.*

Cadichon, mère, fille... Elle s'est trompée. Alice l'aime pour de bon... Anne n'a jamais parlé de ça avec personne. Ni avec sa mère ni avec une copine. Elle n'a pas de copine. Les seules fois où elle a eu envie de parler, elle l'a fait dans le noir de son lit ou contre l'épaule du fils de la concierge. Pour que les mots sortent et arrêtent de tourner dans sa tête, engendrant des millions de questions auxquelles elle ne savait pas répondre.

Mais, aujourd'hui, c'est différent puisque Alice l'aime.

Elle passe ses bras autour d'Alice, se laisse aller sur son ventre, contre la chaleur de sa peau bronzée :

– Je déteste dormir avec lui.

C'est vrai, ce n'est peut-être pas de sa faute à lui mais avec Alain elle n'arrive à rien. Rien sentir, rien vibrer. C'est comme si sa main droite se posait sur sa main gauche. Pas de chaleur ni de douleur. Alors, quand il éteint et qu'il s'étend sur elle en disant mon amour, mon amour, elle attend que ce soit fini. Elle bouge un peu pour ne pas lui faire de peine, pousse même de petits cris mais pas trop, parce que sinon elle repense à la cave et ce n'est pas bon pour son moral. Elle se met la cave dans la tête et plein de questions auxquelles elle ne peut toujours pas répondre. Pour que sa pensée ne dévie pas, elle regarde sa montre lumineuse, juste derrière le cou d'Alain, et elle chronomètre : entre 8 et 12 minutes... La trotteuse lumi- *second hand*

57

neuse court derrière la nuque d'Alain. Elle ne croit pas qu'eux deux, ils soient faits pour ça. Comme elle n'était pas faite pour faire le tour du périphérique en moto...

Quand Serge rentra, il les trouva enlacées et étrangement silencieuses. Il déposa un léger baiser sur le front d'Alice et une rose sur les genoux d'Anne.

Alice lui lança un regard interrogateur.

Il a cherché tout l'après-midi comment faire parvenir à Anne un signe de tendresse. L'impuissance ressentie la veille l'encombre et il ne veut pas être cet étranger courtois et glacé. Il a envoyé Hilda acheter une rose.

Anne prend la rose entre ses doigts, entend des bruits de carabine, des cartons qu'on perfore, des hommes qui s'exclament et le rire d'un homme très brun qui encourage Serge à tirer. Ses vernis noirs raclent la poussière, son menton se pose sur le comptoir en zinc gris du stand, ses mains agrippent le rebord glacé et elle fixe la pointe de la carabine qui vise. La rose en plastique est vert et rouge et pend à un fil. Je la mettrai dans ma boîte à secrets, je verserai du parfum dessus, sa corolle se réveillera et elle deviendra une vraie fleur... Une rafale de petits plombs coupe la ficelle, elle applaudit des deux mains, tend les bras vers l'homme qui a gagné et se laisse hisser dans le ciel plein d'étoiles. Puis il la repose et lui offre la fleur en une profonde révérence. Les femmes autour d'elle la regardent avec envie. Elle accepte la fleur en faisant une moue précieuse mais son cœur bat si fort qu'elle se précipite dans les jambes de son père pour cacher son trouble. Son père rit et trouve que, pour une reine, elle manque vraiment de maintien...

Anne lève les yeux vers Serge, balbutie merci, merci. Il pose sa main sur sa bouche.

– Ne me dis pas merci.

Alors, sans réaliser ce qu'elle fait, sans penser à Alice, assise tout près d'elle, elle écrase sa bouche dans la paume de Serge, appuie de toutes ses forces, enfonce sa bouche, son nez, son visage dans cette main, chaude, ouverte et ferme les yeux en écoutant le frisson qui monte dans son corps.

A peine venait-elle de se dégager, surprise par son audace et par le silence de Serge et d'Alice, que Tria entra dans la pièce en annonçant que le dîner était prêt. Ils se dirigèrent vers la table et Alice poussa Anne en avant, la poussa vers Serge en disant :
– Tu ne la trouves pas changée, notre petite Anne ?
Les yeux de Serge firent le tour d'Anne. Le tour des cheveux et des yeux dorés, du jean qui serre et des pommettes qui brillent, puis il félicita Alice.

Il se lève maintenant toutes les nuits. Dès qu'il entend la première plainte. Elle refuse les calmants qu'il veut lui donner et préfère ses bras. Elle a peur du noir... Elle dort en laissant sa porte entrouverte sur le couloir allumé. C'est toujours le même cauchemar : Paul se lève, vérifie la solidité du cordon, écrit son petit mot, lustre le col de son pyjama, se sourit dans la glace, passe la corde autour de son cou et se disloque. Les mouvements du corps qui se balance la réveillent et elle hurle. Serge accourt, la prend dans ses bras et la berce. Mon bébé... Mon bébé... N'aie pas peur, je suis là. Elle a les cheveux collés et les yeux brillants. Il prend un gant de toilette, l'imbibe d'eau froide, passe le gant sur le visage, le cou, les épaules. Il n'a jamais fait ça pour personne. Elle frissonne, sa tête roule sur l'oreiller et elle le retient par la manche.
– Tu pars pas ?
Il fait signe que non, se glisse contre elle et elle enfouit son nez dans sa veste de pyjama. Elle aime dormir contre lui. Elle crie très fort pour qu'il l'entende et qu'il se lève.

Elle sait que c'est un peu comme lorsqu'elle avait six ans et que son père venait lui manger le ventre en la bordant.

Serge reste une heure ou deux dans le noir à attendre qu'elle respire paisiblement. Ses doigts effleurent la bouche ouverte, dessinent l'ourlet des lèvres, accrochent les canines tranchantes, tracent le triangle doré du duvet des tempes. Elle fera son cauchemar jusqu'à l'enterrement de son père. Le suicide a ralenti la délivrance du permis d'inhumer et les obsèques n'auront lieu que dans trois jours. Après, il la conduira dans l'ancien appartement de Paul, il l'aidera à ranger ses affaires, il lui montrera ses lettres et il lui parlera de son père... Paul si beau, si fort, qui renversait les filles, vidait les carafes de vin, de cognac, déchirait un agneau rôti à pleins doigts, faisait des records de vitesse sur la route toute droite Casa-Marrakech « aiguille bloquée mon vieux, aiguille bloquée ». Paul qui s'étourdissait pour oublier ses échecs : son mariage, sa petite fille jamais revue, la faillite du beau garage à cinq étages, ses changements incessants de situation, le petit portefeuille d'assurances qui le faisait vivoter à la fin de sa vie. Paul affalé sur une chaise en plastique d'un vieux café, à quatre heures du matin, expliquant à Serge pourquoi sa vie n'a pas marché. Mais ça ne marche pas la vie, répondait Serge, ça n'est pas fait pour marcher. Mais si, insistait Paul en rotant du fond de ses talons, avec un grand amour, un amour où on s'aime au quart de tour, où tout est permis, où on s'affronte, on se mutile, on se grandit, on cesse d'être ces nabots qui s'épient et se haïssent en secret... Et il trinquait à la première femme qui passait.

A la clinique, Paul avait perdu sa dimension de fier tambour. Et, dans son lit, il faisait le bilan de ses batailles perdues. Il parlait des autres. De ceux qu'il avait connus à vingt ans, calmes et banals. Qui avaient construit de belles maisons, installé une femme près de la cheminée et ajouté un bébé chaque année. Maintenant, à l'âge où il luttait seul, sur son lit de malade, les autres profitaient en paix de leur commerce, de leur entreprise, de leur retraite. La cigarette au bec, la serviette autour du cou, ils ont une théorie sur tout, eux qui ne lisent jamais un journal, n'ouvrent jamais un livre. Ils condamnent l'avortement, la politique du gouvernement et investissent dans le napoléon. Aucune interrogation ne vient déranger leur routine quotidienne. Tout est calculé, programmé, résolu d'avance. Alors que lui, à cinquante-quatre ans, est toujours la proie d'un nouveau désir, d'une nouvelle révolte, d'un nouvel espoir. Il les haïssait, ces « rétrécis ». Il avait inventé cette expression et elle lui plaisait beaucoup. Ceux qui, sous leur petit bonheur accroché au mur, cachent la haine. La haine de l'élan, de la différence, du doute...

Hilda lui avait coupé les cheveux trop court et il avait l'air d'un caporal en permission. Il lui restait juste une calotte de cheveux noirs au sommet du crâne et des échelles tout autour.

Une des dernières colères de Paul avait été d'apprendre le mariage de sa fille avec un polytechnicien. Un jeune niais, sabre au côté, allait s'étendre sur Anne. La saccager par sa maladresse et sa baise en racine carrée ! Il avait maudit sa femme et s'était maudit lui-même.

Et maintenant, elle dort dans ses bras, la petite femme de polytechnicien, la petite fille de Paul. Il regarde le soleil se lever à travers les rideaux, entend les pas de Tria dans la cuisine, ceux du gardien qui vient prendre sa tasse de café. Il se redresse, secoue son bras ankylosé et sort de la chambre en fermant doucement la porte.

Quand Alice est en ville et Serge à la clinique, Anne enfile son maillot et va à la piscine. Elle a pris des crèmes dans la salle de bains d'Alice et s'enduit le visage, les épaules, le ventre, les jambes, le dos de gels bronzants. Puis, elle s'étale face au soleil, les jambes écartées, et reste ainsi, immobile, pendant des heures. Elle rêve qu'elle brunit. Elle ouvre les yeux : elle est brune. Elle touche du doigt sa peau noire, son maillot vert, tranchant sur le doré des cuisses, du ventre, des bras... Elle se contemple, émerveillée, saute sur ses pieds, court vers la grande glace de la salle de bains et l'obscurité la fait paraître encore plus bronzée... Ce n'est pas possible ! On ne bronze pas en quelques heures !

Elle retourne à la piscine, se met sur le ventre, heureuse, victorieuse. Elle est extrêmement séduisante. Tout est possible puisqu'elle n'est plus blanche.

A six heures, quand le soleil commence à décliner, elle ramasse ses affaires et regagne la villa. Monte dans sa chambre, admire ses couleurs. Joue à la reine de Saba, nue et dorée, et fait des arabesques dans sa chambre. Bronzée, bronzée... Je vais pouvoir montrer mon corps maintenant, le jeter aux yeux des autres comme un défi.

Elle décide de prendre une douche, enjambe la baignoire en chantonnant, fait couler le jet, s'asperge, se savonne... De longues traînées brunes coulent dans la baignoire, dégoulinent de ses épaules, éclaboussent le carrelage. Elle n'est plus bronzée. Interdite, elle regarde son bronzage fuir par le trou de la baignoire. Ce qu'elle a pris pour du bronzage étaient les crèmes colorées d'Alice.

Elle s'assied par terre et pleure. Elle veut rentrer à la maison.

Alain appelle tous les soirs à six heures quinze quand sa secrétaire a quitté le bureau. Il répète toujours un peu la même chose mais ça n'a pas vraiment d'importance. Anne répond à ses questions et raccroche en l'embrassant très fort. Sa mère lui a fait demander, par l'intermédiaire d'Alain, si elle devait venir à l'enterrement, et Anne a répondu que ce n'était pas nécessaire.

Son existence en France recule chaque jour davantage. Comme un petit glaçon détaché de l'iceberg.

Serge et Alice l'emmènent partout où ils vont, et elle se glisse à l'avant de la Jaguar entre eux, regarde la main longue et fine de Serge passer les vitesses. Le soir, quand ils rentrent et qu'elle a sommeil, sa tête tombe d'un côté ou de l'autre. Elle aimerait rouler ainsi des centaines de kilomètres, ballottée entre leurs deux tendresses. Elle voudrait qu'on n'arrive pas tout de suite devant le portail que Mohammed va ouvrir. Mais la voiture monte la rampe d'Anfa, Anne compte les tournants, les lignes droites et soupire... Pourquoi ne continueraient-ils pas tous les trois sur la route toute droite de Marrakech ?

Chapitre 8

L'enterrement eut lieu finalement un jeudi à quatorze heures trente dans le petit cimetière de Zerfati. Paul Gilly avait acheté cette concession, il y a quinze ans, un jour qu'il était tombé en panne, pas loin du cimetière. Il était venu chercher le gardien pour qu'il lui donne un coup de main, et ce dernier, tout en poussant la voiture sur le bas-côté, lui avait proposé une tombe à l'ombre. Il l'avait pressé d'acheter car l'ombre est rare au cimetière Zerfati et l'emplacement était, en plus, suffisamment grand pour qu'on y mette plusieurs cercueils. A l'époque, la concession valait 524 dirhams et Mme Gilly avait fait remarquer à son mari que c'était une bonne affaire. Il pourrait toujours la revendre et, au cas où il viendrait à décéder, on saurait alors où l'enterrer, puisqu'il avait décidé d'être inhumé au Maroc. Mme Gilly avait ajouté qu'il fallait tout prévoir, même sa mort. Qu'il n'était pas correct de laisser ce soin aux autres surtout que, en fait de soin, c'était plutôt des embêtements. Alors Paul Gilly avait acheté bien qu'il n'aimât pas du tout l'idée d'organiser déjà son enterrement. Ils sont tous autour du cercueil. Autour d'un trou rouge aux racines noires. Les racines se tordent et Anne pense aux carottes qu'elle arrachait, l'été, dans le petit potager de sa grand-mère à Perpignan. Elle ne savait jamais de quelle grosseur allait être la carotte, alors elle trichait un peu et enfonçait son doigt dans la terre pour palper le légume. Si elle s'apercevait que la carotte s'arrêtait vite, que c'en était une toute rabougrie, elle l'abandonnait à moitié déterrée, et sa grand-mère criait qu'elle saccageait son jardin, qu'il ne lui resterait plus rien pour remplir ses bocaux de conserves. Mais ce qu'Anne préférait, c'était quand elle tirait sur la carotte. Accroupie, les jambes si écartées qu'elle pouvait sentir son odeur, la langue recourbée, elle l'attrapait par les feuilles et tirait, tirait, en espérant que c'en serait une grosse et longue et droite. La terre crissait, grinçait et elle scrutait le déroulement du légume, secrètement émue par ce jaillissement souterrain. Plus tard, faute de carottes, elle extirpa ses points noirs. Il n'y a rien de plus satisfaisant que de faire sortir un point noir. Un gros bien épais avec sa tête marron foncé et sa racine jaune. C'est très important d'avoir la racine sinon il repousse et c'est comme si on n'avait rien fait. Elle se sentait nettement mieux après : elle avait l'impression de s'être nettoyée de toutes ses impuretés. Depuis peu, elle avait trouvé une autre extirpation passionnante : les poils incarnés. C'était aussi satisfaisant que les points noirs ou les carottes. Aujourd'hui, c'est son père qu'on glisse dans un trou. Dans une petite boîte blanche bien propre. Un petit paquet avec une marque sur le cou qui s'enroule et qui l'étrangle. Une longue racine qui va sortir de la boîte et s'enfoncer dans le sol. Pour toujours. Anne frissonne : papa seul dans le noir. Avec une racine.

Il y a peu de monde à l'enterrement : une dame sans âge couperosée, une autre plus jeune qui sanglote dans son mouchoir et deux hommes rouges et trapus qui tiennent leur chapeau sur le ventre et fixent le sol. Pas de prêtre. Paul Gilly ne raffolait pas spécialement du clergé. Il avait laissé Anne aller au catéchisme par courtoisie vis-à-vis de sa femme mais l'Église n'était pas sa préoccupation préférée. Quand les dernières pelletées de terre rouge recouvrirent le cercueil blanc, Anne ne put s'empêcher de penser que c'était fini et que tout ce qu'elle avait vécu cette dernière semaine était donc vrai : le télégramme, le départ pour le Maroc, l'arrivée à Casa, Serge et Alice... A cette pensée, sa main chercha celle de Serge et l'agrippa.

Serge se disait que Paul ne serait plus tourmenté. Qu'il avait fini ses roulements de tambour et qu'il reposait maintenant comme un petit soldat à côté de son tambour déchiré. Paisible. Même si le curé tout noir qui venait dîner chez ses grands-parents, le dimanche soir, à Varsovie, menaçait du châtiment éternel ceux qui disposaient de leur vie. Paul saurait se jouer du châtiment éternel puisqu'il ne croyait pas vraiment en Dieu.

A la sortie du cimetière, Anne déclara qu'elle voulait aller dans l'appartement de son père, et Serge proposa de l'accompagner. Elle embrassa Alice qui avait le nez rouge et suivit Serge.

Elle reconnut l'immeuble tout de suite. Il a le style faussement moderne des immeubles construits dans les années cinquante. La peinture s'écaille par endroits et les rampes des longs balcons, qui courent le long de la façade, sont rouillées et encombrées de linge qui sèche à même la rambarde. Serge sortit les clés de sa poche mais Anne lui demanda de la laisser seule. Il reviendrait la chercher en fin d'après-midi.

Quand la voiture eut démarré, elle resta un long moment à écouter ses souvenirs revenir à toute allure. Là, sur le trottoir, elle avait ramassé un gros chewing-gum rose qui avait l'air tout neuf et qui brillait empreint d'encore un peu de salive. Elle l'avait savonné à cause des microbes et avait planté deux morceaux de sucre dans la pâte rose : il avait duré tout l'après-midi. Elle avait raconté cela à Sandrine qui ne marcha plus, pendant un moment, que les yeux rivés au sol, à la recherche d'un autre bubble-gum gratuit. C'était une manière formidable de faire des économies. Sur ce même trottoir, sa mère et elle attendaient son père quand ils allaient le dimanche à la mer. Papa sortait du garage en klaxonnant puis chargeait la voiture en faisant voler les paquets. Maman protestait : « Attention, mon chéri, j'ai des sandwichs au thon dedans ! », papa riait et répondait : « Thon vole ! »

Des passants la regardent, plantée là au milieu du trottoir, à sourire toute seule et, gênée, elle entre dans l'immeuble. Monte dans l'ascenseur mais il n'y a plus de liftier. 1 : Monsieur Émile ; 2 : Monsieur et Madame Léger ; 3 : Madame Souissi ; 4 : papa et maman ; 5 : Monsieur Costa... 8 : la terrasse où je recommence à zéro.

Elle a du mal à ouvrir la porte de l'appartement : c'est la première fois qu'elle a les clés. Avant, il y avait toujours quelqu'un avec elle.

Avant, tout était plus grand. Sa chambre a rétréci mais rien n'a changé : l'armoire grince, le bras de Véronique déborde du coffre à jouets, le lit en osier est étroit, la carte des provinces françaises pend sur le mur et les volets métalliques font toujours les mêmes petits carrés en ombre chinoise. La baignoire a des traînées jaunes et la douche fuit, laissant couler un petit filet d'eau rouillée. Une fois par semaine, son père la savonnait, inspectait ses coudes, ses fesses, ses pieds. Il était très exigeant sur le plan de la propreté et, avec lui, elle ne pouvait jamais remettre la même culotte deux jours de suite.

Un jour qu'il la rinçait et qu'il avait dirigé le jet sur elle... Le jet était chaud et fort...

– Papa ! Ça brûle ! Arrête !

– Écarte les jambes.

Elle avait écarté les jambes en protestant et avait senti une décharge délicieuse là où, un instant auparavant, il y avait plein de savon. C'était comme un petit ressort qui s'était tendu dans son corps et avait cédé tout à coup, déclenchant un plaisir inconnu et brûlant.

– Oh papa ! C'est bon...

Il paraissait satisfait de l'avoir bien nettoyée. Les manches retroussées, la langue recourbée.

Après cet épisode, elle s'était toujours présentée au jet chaud avec docilité, mais le petit ressort ne s'était plus jamais tendu. Peut-être était-il cassé ? Peut-être qu'un plaisir comme celui-là ne s'éprouvait qu'une fois dans la vie ?

Jusqu'au matelas dans la cave où, chaque fois, le ressort se tendait et éclatait.

Elle leva la tête et aperçut son visage dans la glace, au-dessus du lavabo. Elle se pinça les lèvres, se mordit les joues. Elle a huit ans. Pourquoi ne la laisse-t-on pas avec son père au Maroc ? Elle ne veut pas recommencer à zéro...

Elle se mit à penser à cela. C'était une chose à laquelle elle n'avait jamais vraiment pensé parce qu'elle ne savait pas très bien quoi en penser. Mais elle se rappelait tous les détails du jour où son père l'avait convoquée dans son bureau et même le petit bouton rouge qu'il grattait au coin de sa lèvre. Parce que, ce jour-là, on lui avait asséné un coup sur la tête et que sa vie avait complètement changé. Ce qui la bouleversait totalement, c'est qu'on ne lui ait pas demandé son avis. Sous prétexte qu'elle était trop petite. Mais elle aurait très bien su décider toute seule. Elle savait, à huit ans, ce dont elle avait besoin pour vivre. Sûrement mieux que maintenant... Elle en voulait aussi à son père de sa promesse jamais tenue. Elle aurait dû se méfier quand il lui avait juré de la faire venir à toutes les vacances : il était très fort pour les promesses pas tenues. Un jour qu'elle avait deux places de première, une en calcul, l'autre en dessin, il lui avait dit qu'à la troisième, il l'emmènerait au Ritz voir *la Ruée vers l'or*. Elle avait eu sa troisième place mais pas la moindre de cinéma. C'est vrai, ce que disait sa mère : on ne pouvait jamais lui faire confiance.

Au milieu de ses souvenirs, le téléphone sonna et elle courut d'une pièce à l'autre pour repérer le poste. Elle courait en se répétant : « il va s'arrêter avant que je décroche ». C'était sa plus grande crainte avec le téléphone : ne pas arriver à temps. A Paris, elle avait fait installer un long fil, bien que ce ne soit pas agréé par les PTT, mais elle avait si bien imploré l'employé des postes qu'il avait fini par fléchir, et elle pouvait emporter le téléphone partout où elle allait. Même aux toilettes. C'était grisant de répondre au téléphone, assise sur la cuvette des toilettes.

C'est Serge : il passera la chercher dans trois quarts

d'heure. Déjà ! Le temps a passé vite. Elle n'a rien rangé, rien trié. Il faudra qu'elle revienne demain.

Demain... C'est aussi Paris et elle n'a pas envie de rentrer à Paris. Elle se sent d'une humeur qui prend tout mal ce soir. Ce n'est pas un bon jour pour elle. Elle veut rester ici à Ca-sa-blan-ca. Pas rentrer dans le froid et le gris et les gens qui courent pressés, en tenant leur fichu d'une main et leur cabas de l'autre. Qui discutent inflation, CGT et faute au gouvernement. Elle pourrait demander à Serge de l'adopter... Puisqu'ils n'ont pas d'enfant. Mais l'idée lui paraît irréalisable et elle se met à pleurer doucement sur son sort. C'est doux les larmes. Ça vous entoure d'eau tiède et si on se plie en deux, on peut même croire qu'on est un bébé.

Quand Serge sonna, c'était trop tard pour prétendre qu'elle n'avait pas pleuré. Elle avait les yeux gonflés et un hoquet qui la faisait sursauter. Elle essuya son nez du revers de la main, renifla et alla lui ouvrir en traînant les pieds. Il la regarda, étonné. Demanda ce qui n'allait pas. Elle voulut expliquer mais tout redoubla : les sanglots et le hoquet. Elle faisait des gestes d'impuissance avec ses mains et continuait à pleurer de plus en plus irrésistiblement. Comme si elle n'était plus qu'une vieille écluse dont les vannes s'ouvraient par lassitude.

Serge l'attira contre lui et elle se laissa aller. Elle est bien avec lui. Il s'occupe si bien d'elle. Elle a besoin de sentir les muscles durs de ses jambes contre son ventre, de frotter sa joue sur sa chemise, là où sont brodées ses initiales. Il sort un mouchoir et la mouche.

– Allez, mon bébé, arrête de pleurer. Tu as eu trop d'émotions aujourd'hui et je n'aurais pas dû te laisser seule dans cet appartement. On va rentrer à la maison et te faire un bon thé à la menthe...

Mais Anne ne veut pas rentrer tout de suite. Elle ne veut pas le partager avec Alice. Elle veut le garder pour elle toute seule. Qu'il s'occupe d'elle comme lorsqu'elle l'appelle la nuit. Il est si beau ! Il a les mêmes petites dimples

fossettes que Rhett Butler... Elle se pelotonne contre lui, accroche ses bras autour de son cou et renifle son odeur.

– Serge, embrasse-moi.

Il dépose un baiser sur sa joue et se dégage.

– Non. Pas comme ça. Embrasse-moi vraiment.

Elle a envie depuis longtemps mais elle n'osait pas. Dans la maison, avec Alice qui dort pas loin, elle ne trouvait pas ça correct. Mais ce soir, elle veut oublier Alice. Elle veut le tenir, le dévorer, sentir sa bouche sur la sienne, sa langue dans son cou, ses mains sur son ventre, son genou entre ses jambes, le revers de sa veste sur sa joue. Là, maintenant, tout de suite. Une force inconnue monte entre ses jambes et elle se plaque contre lui.

– Anne ! Non !

Il la repousse, mais les doigts d'Anne s'agrippent, sa bouche le mord, sa langue glisse entre ses dents serrées.

– Non !

Il se colle contre le mur. Si fort qu'il sent la plinthe entrer dans son omoplate. Il secoue la tête de droite à gauche en répétant « non, non », essaie de lui échapper mais une petite phrase surgit, une petite phrase lancinante et troublante : rien qu'une fois, une seule fois et puis tu t'en iras. Tu en as tellement envie. Rappelle-toi les soirs où tu enfilais ta robe de chambre à la première plainte et même quand tu n'entendais pas de plainte... Où tu la tenais dans tes bras et frottais la marque rouge de sa bretelle de soutien-gorge, où tu l'embrassais à la dérobée pour effacer ses mauvais rêves, où tu te penchais pour respirer son odeur de petite fille fragile. Rien qu'une fois, une seule fois et tu partiras...

Sa langue se laisse happer. Hésite, s'emmêle à la sienne. Leurs dents s'entrechoquent, et maintenant c'est lui qui l'empoigne, qui la jette à terre sur le tapis de l'entrée, qui la déshabille, enlève la jupe noire, le chemisier noir, déchire le collant noir. Rien qu'une fois. Enfonce sa main entre ses jambes. C'est chaud et humide. Elle avait envie. Petite salope. Ils se frottent l'un contre l'autre, se roulent l'un sur l'autre. Il l'écrase, lui meurtrit le ventre, les seins, _slap_

la gifle, la mord, lui tire les cheveux jusqu'à ce qu'elle crie. Elle se tord et gémit, ses yeux sont dilatés, presque jaunes. Elle tend son corps à ses coups, à ses griffes, sa bouche a un rictus féroce quand il lui pince le sein violemment. « Encore, encore. » Provocante. « Prends-moi. J'ai envie de toi. Enfonce-moi. Défonce-moi. » Il lui ouvre les jambes et, furieusement, comme un forçat privé d'amour pendant treize ans, privé de manèges, de tir à la carabine, de rose en plastique, il la prend. Rien qu'une fois, une seule fois. Elle pousse une longue plainte, renverse la tête en arrière, et la plainte se module. Il donne des coups dans ce corps qu'il aime depuis l'enfance, dont il n'aurait jamais dû être séparé, que personne n'aurait dû profaner. Tu es à moi. A moi. Je t'ai toujours aimée mais je ne te le dirai jamais. Jamais. Je veux que tu éclates de plaisir, que tu meures en me suppliant de continuer, que tu sois projetée à des millions d'années-lumière, pulvérisée...

Anne l'enserre de ses bras, de ses jambes. Son plaisir est si grand qu'elle ne fait que répéter « encore, encore » tellement elle est étonnée du feu qui brûle dans son ventre, des milliers de petits ressorts qui se tendent, se tordent, la laissant neuve, si neuve. Réveillée. Elle n'aura plus peur maintenant. Elle est entière. Elle ne savait pas que ça existait comme ça. Aussi fort. Aussi grand.

Chapitre 9

Ils reposent, muets, emmêlés. La main de Serge sur le ventre rond et blanc. Au milieu des vêtements noirs. Anne a les yeux mi-clos et dessine du doigt les roses passées du tapis de l'entrée. Serge la respire. Il a envie de l'emporter, de la manger. Il a envie que le temps s'arrête, que personne ne touche la peau si douce...

Une horloge sonne neuf heures, et Serge se redresse. « Il va falloir que j'y aille. » Il s'appuie sur un coude et Anne se renverse sur le dos. Elle lui passe les bras autour du cou et sourit, confiante et abandonnée. Elle dit qu'elle veut dormir dans son lit de petite fille, ce soir.

Il la porte jusqu'à sa chambre et la dépose sur son lit.

– Tu ne vas pas faire de cauchemars ?

– Plus jamais. Je n'ai plus peur maintenant.

Il n'a pas envie de partir. Lécher ses petits seins, descendre contre ses reins, enfoncer son nez, sa bouche. Anne l'attire contre elle.

– Encore...

– Non. Il faut que je parte. Alice...

C'est vrai, il y a Alice. Elle aime bien Alice.

– Qu'est-ce que tu vas lui dire ?

– Que tu as préféré dormir ici. Que tu l'appelleras demain...

– Oui, c'est ça.

Demain est un autre jour, loin. La rue résonne de klaxons, de conversations, de bruits de terrasse de café, des cris des petits cireurs de chaussures, et elle est là dans son lit en osier, avec son amour juste au-dessus. Elle va dormir dans sa chaleur, dans son odeur.

Serge s'est redressé, et elle se tourne vers lui :

– A demain.

Il lui fait un petit signe de la main et elle entend la porte claquer.

Elle a dit « à demain » comme Alice lance « à ce soir » le matin quand il part. Il s'arrête dans un café, demande un jeton de téléphone et descend au sous-sol. Le mur est carrelé de céramiques blanches et il compte les carreaux pendant que la sonnerie retentit.

– Tria, c'est Monsieur. Passez-moi Madame.

Certains petits carreaux se chevauchent, d'autres sont juxtaposés.

– Alice ? Je sors à l'instant de chez Anne. Oui... Je t'expliquerai... Je dois repasser à la clinique et j'arrive après. Dîne sans moi, je te rattraperai. Non, non, tout va bien. Je te raconterai... A tout de suite.

Il remonte au bar et demande une vodka avec de la glace. Il a besoin d'un répit avant d'affronter le regard d'Alice. Comment font les hommes mariés qui mentent tout le temps ? Ce doit être épuisant de construire des fables...

Il s'accoude près de deux hommes à cravates voyantes et à costumes Bodygraph qui vantent les prouesses au lit d'une dénommée Suzy.

– Ah ! ça pour un bon coup, c'est un bon coup : elle fait tout !

L'autre lui pousse un coude dans les côtes et cligne de l'œil. Il veut le téléphone de Suzy.

– Tu dis pas que c'est moi qui te l'ai donné ?

Il jure que non.

Un bon coup ? Anne ne l'a même pas caressé, elle l'a juste embrassé là... et là... Mais il n'a jamais joui aussi fort. Par terre, le pantalon sur les genoux. Il sourit en buvant sa vodka. Est-ce que le mari d'Anne ressemble à un Bodygraph ? Est-ce qu'il lui fait l'amour comme un Bodygraph, en tirant des caresses bien propres et bien alignées ?

Le mari d'Anne, la femme de Serge. Ils sont déjà quatre dans leur histoire. C'est pas sérieux. Mais s'il avait été sérieux, il serait resté appuyé contre la plinthe et n'aurait pas bougé. Il aurait dit « voyons, mon petit » et aurait rabattu les deux bras enlaceurs. Puis, il aurait pris un air de grande personne qui s'adresse à une petite fille. Grande personne... Une phrase de Malraux résonne dans sa tête : « Le fond de tout, c'est qu'il n'y a pas de grande personne. » Le docteur Alsemberg, cinquante-trois ans, propriétaire de la belle clinique blanche de la rue Mohammed-Smiha, n'est pas une grande personne. C'est un petit garçon qui saute les petites filles avides, referme bien vite sa braguette et rentre chez sa maman. Qui a peur de se faire piquer et concocte des mensonges. Elle m'a dit, et je lui ai dit, alors elle m'a dit... Paul avait raison : il n'y a que les belles et grandes histoires d'amour qui sont glorifiantes, pas les cinq à sept ou les samedi-dimanche. Ça, ça compte pour du beurre dans l'édification de son mausolée personnel. Ça vous fait faire du surplace. Le seul avantage, c'est qu'on n'est pas obligé de se poser des questions trop personnelles dans le genre : Que fais-je ? Fais-je bien ? Qui suis-je ? Où vais-je ? On peut continuer à vivre sans réfléchir.

– Une autre vodka, s'il vous plaît.

Elle doit dormir à présent. Calme, le souffle léger, sur son bras replié. Elle ne se pose pas toutes ces questions. Elle trouve normal de tomber amoureuse d'un homme de cinquante-trois ans qui l'emmenait sur les manèges. Elle dit « à demain » et elle s'endort. Il se regarde dans la vitre, derrière le bar. Trente-deux ans de plus qu'elle... Des rides un peu trop creusées sur le front, autour des yeux et de la bouche, mais pas une ombre de ventre, des épaules carrées et sous le bar, de longues jambes de cow-boy. Déjà, à Varsovie, pendant la Résistance, c'était lui qui était chargé de porter les messages parce qu'il courait si vite qu'on ne l'attrapait jamais...

Il hausse les épaules. La vie est faite de choses qui ne se font pas. La petite fille de cinq ans, violée par son grand-père, qu'il a recousue ce matin pendant que sa mère lui tenait la main... Ça se fait ça ?

Il mélange tout. Il n'est pas habitué à perdre la tête. Il faut qu'il rentre et qu'il trouve une solution. Il laisse trois billets de dix dirhams sur le zinc. Les deux Bodygraph sont partis. Rejoindre Suzy ?

Il fait nuit. Il met ses codes et prend la route d'Anfa. La route tourne, et tourne dans sa tête ce qu'il va dire à Alice.

Le lendemain matin, à sept heures trente, il sonna à l'appartement d'Anne. Elle vint lui ouvrir, enfouie dans une chemise d'homme. Une chemise qu'elle a prise dans le placard de son père. Elle frotte ses yeux endormis, accroche ses longues manches sans mains à son cou et se colle contre lui.

Il garde les bras raides et ballants. Une petite valise au bout d'une main.

– Qu'est-ce que c'est ? Tu pars avec moi ?

Son visage s'éclaire.

– Non, Anne. Ce sont tes affaires. Tu prends l'avion de huit heures quarante pour Paris.

Elle le regarde sans comprendre.

– Hier, j'ai perdu la tête. Je suis marié, j'aime Alice. Tu es mariée et ton mari a téléphoné. Il faut que tu rentres...

Elle ne dit rien. Il est froid et loin. Déterminé. Elle n'a que du vide sous la peau. Un tuyau creux sans fond ni couvercle.

– Allez, prépare-toi.

– Je garde la chemise de papa.

Elle a vécu toute la nuit dans un rêve, et ce rêve tombe en petits morceaux. Balayette, s'il vous plaît. Elle se retire du monde. Elle venait à peine de le rencontrer. Elle redevient la petite jeune fille somnambule de Paris, réintègre sa case départ, renonce à ses désirs expansionnistes... Elle a été sotte de croire à son conte de fées. Seulement dans les contes l'amour devient cet embrasement qui lui a coupé les genoux, hier, et l'a précipitée contre Serge. Dans les contes ou dans les romans-photos que sa concierge lit à Paris et qu'elle remet dans leur bande pour les envoyer gratis à sa sœur à Menton.

Dans la vie, Serge Alsemberg est marié à Alice et il l'aime. Il a perdu la tête, un soir, parce qu'elle s'est mal tenue. Et ce matin, elle est renvoyée.

Chapitre 10

Quand elle arriva à Orly-Sud, elle n'attendit pas long-temps avant d'apercevoir Alain qui faisait de grands signes de main derrière les barrières de l'aéroport. Il la serra dans ses bras, empoigna sa valise écossaise, la félicita sur sa bonne mine, sur sa nouvelle coupe de cheveux et dit qu'il la trouvait changée.

Elle faisait beaucoup d'efforts pour ne pas pleurer mais elle n'avait envie que d'une chose : lâcher son bras et se répandre en larmes sur l'escalier roulant qui les emmenait au parking. Au lieu de cela, elle fit semblant d'écouter. Elle savait très bien faire semblant.

Il a fini tous les potages en sachet, n'a pas eu le temps de réparer la lampe du salon mais le plombier est passé pour la machine à laver. Isabelle Marusier l'a invité à dîner. Tu sais, Isabelle Marusier, la fille de Charles Maru-sier, l'ancien président de la Cour des comptes, la femme de Jean... Anne hoche la tête, souriante, absente. Elle regarde la route grise, les feux noirs, les visages hostiles et pressés. Alain a mauvaise mine. Tout blanc. Son imper-méable est trop court et il a de la salade sur la dent de devant. Sur l'autoroute, il n'y a que des R 5 et des GS, et elle se dit que c'est bien ça : elle est de retour au pays des R 5 et des GS.

A la maison, les plantes ont jauni. Sa valise tombe sur la moquette. C'est elle qui habite ici ? Elle reconnaît la photo de leur mariage, à l'église Saint-Ferdinand. Alain se rapproche, pose ses mains sur ses épaules, sa joue lui caresse les cheveux, son souffle lui chatouille le cou.

— Oh ! ma chérie, j'ai tellement envie de toi...

— C'était bon ?

— Oui, mon chéri, très bon.

Elle mime une moue d'extase.

Mentir, mentir. Parce que la vérité détruirait tout et qu'elle ne se sent pas encore assez de courage pour affronter les décombres. Mentir aussi parce qu'elle est tellement perdue dans ses méandres intérieurs que, pour le moment, la vérité, elle ne saurait pas où la mettre...

Mentir et oublier. Oublier le tapis de l'entrée aux roses fanées où il l'a jetée et enchantée, ses longues mains de magicien, ses yeux noirs fendus et son sourcil gauche qui se casse en deux.

— J'aime quand je suis en toi...

Oui. Oui. Et qu'il se taise ou elle va le détester pour de bon.

— Je t'aime.

Anne a honte. Honte de la haine qui monte en elle. Elle se retourne contre lui, enfonce la tête dans son pyjama rayé, ses souvenirs, le tapis de l'entrée, son envie irrésistible de repartir là-bas...

— Dors, mon chéri, demain tu vas être fatigué.

Anne ment, Alain dort.

Anne ment, Alain monte l'escalier les bras ouverts.

Anne ment, Alain téléphone aux Marusier pour les inviter à dîner.

Anne ment, Alain l'emmène chez Lasserre pour fêter leur premier anniversaire de mariage.

Alain dort, Anne ment.

Entre deux thèmes anglais, Anne descend chez Carette, la célèbre pâtisserie du Trocadéro. Les gâteaux brillent à l'étalage, disposés sur de larges plaques de marbre blanc, séparés par des guirlandes en plastique vertes, gonflés de crème Chantilly, glacés de rouge, de brun, de blanc... Elle choisit deux macarons au chocolat, un baba au rhum boursouflé de caramel, une barquette aux fraises et trois congolais. La vendeuse, une jeune fille au visage piqué de gros boutons rouges à pointe blanche, est lente, et Anne a envie de la bousculer. Elle paie et sort sans regarder les tables. Une fois chez elle, elle tire les rideaux, ferme la porte de la chambre, ouvre les draps et le carton de gâteaux. Elle commence par les macarons, ses préférés, qui croustillent sous les dents et lâchent une épaisse crème au chocolat, puis la tarte aux fraises, dégoulinante de crème à la vanille, et le baba. Mais pas d'un seul trait, le baba : entrecoupé de bouchées de congolais. Pour que le moelleux du baba compense le granuleux un peu sec des congolais... Elle déglutit de plaisir, pelotonnée dans les draps.

Le seul problème avec les gâteaux, c'est que ça ne dure pas longtemps. Ou peut-être est-ce elle qui n'arrive pas à faire durer. Mais elle se retrouve toujours très rapidement à la dernière bouchée et n'a plus de souvenir. Pire même, elle a le sentiment d'un gâchis. D'être allée trop vite et de n'avoir profité de rien. De n'être rien : rien qu'un gros tas affalé sur un lit après avoir avalé trois mille gâteaux-calories...

Un après-midi où la concierge était montée porter le courrier, elle avait surpris Anne en train d'aligner les gâteaux sur la moquette blanche, avant de les manger. Elle avait posé le courrier sur le guéridon puis avait lancé cette phrase terrible qui tourna longtemps dans la tête d'Anne :

– Madame Anne, ce n'est pas raisonnable, ces gâteaux. Vous feriez mieux de faire quelque chose qui vous occupe. Vous mangez parce que vous avez envie de faire quelque chose et que vous savez pas quoi, alors remuez-vous au lieu de vous empiffrer !

Anne avait refermé la porte, furieuse. De quoi se mêlait-elle ? Mais après, elle avait contemplé sa batterie de gâteaux et n'avait plus eu envie de les manger... Elle s'était juste assise à côté d'eux. Ils avaient l'air idiots maintenant qu'elle ne les mangeait pas. Ils étaient comme elle : sans emploi, sans avenir.

Anne a de l'audace plein la tête mais elle n'en fait rien. Ou alors par éclats. Comme le jour où elle s'est jetée contre Serge... Mais, la plupart du temps, elle s'ennuie. Et, petit à petit, l'ennui devient angoisse. Elle tombe dans un état d'hébétude. Débranchée. Voyez la personne à côté. Tout lui paraît irréel. Elle n'a plus de lien avec la terre. Elle devient cosmonaute, en état d'apesanteur, et elle flotte dans son scaphandre. Quand on lui parle, elle répond, mais le son est déformé et ses paroles ne veulent rien dire. Quand ça lui arrive, il n'y a qu'un remède : attendre que ça passe. Qu'elle repose un pied sur terre et enlève ses bottes de cosmonaute. Que la réalité se reforme autour d'elle et qu'elle retrouve ses frontières. Ça arrive. Au bout d'une heure ou deux, d'un jour ou trois... Elle ne sait jamais combien de temps ça va durer.

Lorsque c'est fini, elle devient d'une extrême gentillesse. Pour se faire pardonner son voyage dans le flou. Décide d'être joyeuse, et récapitule tout ce qu'elle peut inscrire au chapitre : « joies de la vie ». Il fait beau, j'ai un bel appartement, mon mari m'aime, il ne me trompe pas, je réussis à mes examens, je suis jeune, mes globules rouges sont au complet, la concierge me sourit, je ne manque de rien, on prévoit un bel été... Puisque la vie est belle, elle téléphone à sa mère sans écarter le récepteur ni se peindre les ongles des pieds, appelle sa belle-mère et lui parle de son fils en gazouillant, prépare une blanquette à la crème pour Alain et se lave les cheveux pour l'accueillir. Enjouée, parfumée, décidée.

Le soir, dans leur lit, elle décide de faire des efforts. Ne suit pas des yeux la trotteuse lumineuse, respire profondément pour se détendre, s'applique à ressentir quelque chose et bouge avec conviction. Alain est si doux, si tendre, il est beau dans le rond rose de l'abat-jour. Elle essaie, essaie, essaie... et abandonne. Sept minutes et demie.

Frustrée, humiliée, elle fait semblant. Frustrée de sa propre histoire. Elle est où, elle, dans tout ça ? Elle sent quoi ? Rien. Nulle part. Le scaphandre se referme, et elle se replie à l'intérieur, devenant peu à peu farouche et méchante.

Même les leçons de dessin de M. Barbusse ne la concernent plus. Il lui dit « rouge-noir-barbare » et elle secoue la tête, navrée. Elle veut bien recopier un escalier de catacombes ou la jeune fille rose de Christina's World mais elle ne sait plus frémir aux couleurs ou aux mots que lui lance le vieux professeur. Il lui conseille de prendre des vitamines et un grand verre de jus d'orange au petit déjeuner, elle promet de suivre ses conseils et pousse la porte de la pharmacie.

Il lui fallut un long mois avant qu'elle ne se décide à crever le scaphandre. Cela arriva, un soir, lors d'un dîner chez les Marusier... Elle avait mis sa robe blanche et laissé ses longs cheveux dans le dos. Iphigénie conduite au sacrifice... Mais Iphigénie, ce soir-là, allait sortir son canif...

Elle était assise juste en face d'un jeune homme bien mis aux dents étincelantes et au regard chasseur de primes. Elle ne prêtait guère attention à lui, tout ce qui l'intéressait était le moment où repasserait le canard aux navets. Mais comme le plat tardait et que la conversation l'ennuyait, elle leva les yeux sur le jeune homme d'en face et le regarda attentivement. Il n'avait pas seulement les dents blanches mais il possédait aussi une manière de vous regarder par en dessous, en appuyant très fort et en faisant briller ses yeux, qui lui mit le rouge aux joues. Il portait une chemise en oxford bleu fermée avec une barrette, et elle trouva ce détail très chic. Il avait des cheveux blonds, un peu dégarnis sur le dessus, des petites dents égales et bien disposées avec un espace au milieu, et des épaules carrées de sportif abonné. Bref, elle le trouva très appétissant. D'autant plus qu'il n'arrêtait pas de la fixer. C'était flatteur d'être remarquée par un si beau convive. Elle jeta un coup d'œil vers Alain pour s'assurer qu'il était occupé, revint au jeune homme blond, et lui confia ses yeux. Pourquoi pas, se disait-elle ? Pourquoi ne pas échapper à mon état d'apesanteur en m'enroulant au corps lourd de ce jeune homme ? Je ne vais pas continuer à vivre sans désir, sur une voie de garage, comme une vieille femme aux cuisses flasques...

Au café, l'invité vint s'asseoir à ses côtés et il profita d'un moment où Anne se penchait vers son paquet de cigarettes pour lui glisser dans le blond de ses cheveux : « Wagram 36... » Anne se redressa, répéta : « Wagram 36... »

Wagram 36... en se démaquillant, en enlevant la robe blanche, en se coulant dans les draps roses, en sentant Alain grimper sur elle. Wagram 36... Demain.

Elle attend le rendez-vous le cœur battant. Revit le trouble brûlant qui s'est emparé d'elle quand l'invité lui a murmuré son numéro de téléphone. Le désir la rend plus belle encore. Plus aimable aussi. Pendant les jours qui précèdent son rendez-vous, elle est tendre et généreuse. Trouve les déjeuners du dimanche chez sa belle-mère divertissants, sa mère absolument attendrissante et ses cours passionnants. Elle ébouriffe les cheveux d'Alain, lui dit qu'il est beau et qu'elle l'aime. Rectifie son nœud de cravate, demande des nouvelles de son dernier dossier, projette d'organiser un dîner avec les Marusier et les Errard afin d'entretenir ses relations de travail. Alain lui baise la main en guise de remerciement. Elle est prête à partager, à le dédommager pour le plaisir de tout à l'heure quand elle va s'allonger et frémir sous un autre.

L'heure du rendez-vous arrive. Elle commande un taxi par téléphone pour ne pas attraper de contraventions ni s'énerver à chercher une place, monte dans le taxi, s'arrête devant la porte cochère, grimpe les étages en doublant les marches, sonne. Il ouvre. Elle se jette dans ses bras. Se déshabille furtivement. Il s'approche et elle ferme les yeux...

Wagram 36... a un buffet Henri II et un slip en panthère. Pyrénées 67... jouit au bout d'une minute mais veut prouver le contraire. Alésia 23... lui fait l'amour pendant une heure quarante et a des renvois de choucroute. Étoile 10... a accroché le portrait de sa défunte mère au-dessus du lit... Elle ne sent rien et attend que ça soit fini. Se rhabille en les détestant tous et rentre furieuse. Dit à Alain qu'il est ridicule avec ce nœud de cravate énorme, refuse catégoriquement d'aller dîner chez les Marusier. Assez des Marusier ! On ne va pas indéfiniment les remercier de t'avoir appuyé lors d'un projet ! Et puis, j'en ai marre de ce petit circuit de mondanité, j'ai envie d'autre chose, d'ailleurs, de plus grand. D'un pays sans Sécurité sociale, sans rétrécis qui gèrent leur carrière et leurs économies. Je ne veux plus être un légume. Je veux qu'il me pousse des bras, des jambes, des dents et que je m'en serve enfin !

Elle hurle, pleure, déverse toute son incapacité à maîtriser ses élans, sa révolte. Elle en veut à tous, elle s'en veut à elle.

Alain assiste, impuissant, à ses crises de désespoir. Depuis qu'elle est rentrée du Maroc, elle passe de l'abattement à l'euphorie, du désespoir assourdissant aux pirouettes. Quand il veut l'approcher, elle s'enferme dans leur chambre. Il sent bien que quelque chose a changé. Il pense que c'est la mort de son père. Ce père qu'elle n'a jamais revu et dont elle refuse de parler. Il est triste derrière la porte.

Chapitre 11

Alice est partie depuis une semaine et Serge souhaite déjà qu'elle rentre. Il l'appelle à Marseille chez sa mère, tous les jours, et Alice est surprise. D'habitude, quand elle s'absente, il ne lui téléphone presque pas. Il ne parle pas beaucoup, mais elle raconte : Marseille, ses amis, les promenades dans les calanques, son déjeuner à la Bistouille, l'appartement de la rue Docteur-Fiolle qu'elle a acheté pour leur retraite, la petite robe à vingt-trois francs trouvée sur le marché, son amie Ginette qui l'a invitée à passer quinze jours à Paris... Alice veut faire des courses, aller au cinéma, au théâtre et voir Anne. Elle ne comprend pas son départ si brusque... Serge regrette d'avoir téléphoné. Il devient bavard, essaie de la dissuader, mais ne veut pas trop insister...

Ce qui se passe en réalité, c'est que Serge n'a pas vraiment expliqué à Alice les raisons du départ d'Anne. Il a mis ça sur le compte de l'émotion, du rangement dans l'appartement, et Alice ne comprend pas pourquoi Anne ne lui a pas téléphoné avant de partir... Serge ne peut s'empêcher de penser à la rencontre entre les deux femmes, et il regrette d'avoir téléphoné.

Il raccroche, pose les pieds sur son bureau, balance son fauteuil en arrière et réalise qu'il est en train de devenir le contraire de tout ce qu'il était avant qu'Anne n'arrive. Il faut absolument qu'il l'oublie. Voilà une chose à laquelle il va s'employer.

La mère d'Alain se tient toujours très droite. Elle vient assez rarement chez son fils à cause des quatre étages à monter à pied et de son asthme. Mais cet après-midi, elle a tenu à voir sa belle-fille car il faut qu'elle lui parle d'un sujet qui ne souffre pas le téléphone. Mme Riolle est pâle et frêle. Ses cheveux noirs striés de blanc sont ramenés en chignon sur la nuque. Elle se maquille légèrement, porte une robe grise en lainage et un collier de perles à trois rangs. A sa main gauche, brillent la bague de fiançailles et l'alliance en platine qui rappellent que Mme Riolle fut jadis une petite fiancée réservée puis une mariée rougissante qui ne prêtait ses lèvres à son fiancé que le temps d'un chaste baiser et qui ne s'abandonna à la copulation que dans le noir et pour fabriquer cinq beaux enfants. Mme Riolle est une dame élégante qui a vécu selon les normes. Aussi pure qu'un glaçon. Elle n'a jamais cédé à un mouvement de déraison ou d'emportement et incarne avec naturel et bonté d'âme le triomphe tranquille de la vertu. Avec tant de naturel d'ailleurs qu'Anne, en sa présence, a l'impression d'être un aggloméré de péchés et de désirs vicieux. Elle est intriguée par sa belle-mère et se demande comment ça marche ces gens-là. Elle les envie d'être aussi imperturbablement lisses et lumineux.

– Anne, mon petit, il y a une chose dont je voudrais vous parler...

Bien qu'elles se connaissent depuis un an et qu'elles appartiennent désormais à la même famille, Mme Riolle vouvoie sa belle-fille.

– Quand vous étiez au Maroc, Alain est venu nous voir souvent. Il se sentait si seul... Il est redevenu mon petit garçon.

Anne se dit que la mère d'Alain parle de son fils avec infiniment plus de tendresse qu'elle-même.

– Un jour, ma fille Claire nous a rendu visite avec ses enfants et j'ai remarqué les regards d'Alain sur les deux petits... Anne, je vais être directe : je crois qu'Alain a très envie d'avoir des enfants. Je ne sais si vous en avez parlé ensemble...

– Non...

Alain ne lui a jamais rien dit de semblable. Et elle a la curieuse sensation d'entendre parler d'un étranger.

– Il n'ose pas. Surtout maintenant... Et pourtant, Anne, je pense que cela vous ferait du bien à tous les deux d'avoir un enfant. Qu'en pensez-vous, mon petit ?

Anne ne sait quoi répondre. « Oui, belle-maman, nous allons faire ce petit bébé Riolle à la peau rose et aux gencives sans dents... » Le visage du bébé se dessine et elle est soulevée de haine. De quel droit ce bébé roterait, gazouillerait, sucerait le biberon avec délice alors qu'elle n'arrive même plus à frissonner sous des corps étrangers ?

« Je hais les bébés », se dit Anne dans son coin de canapé. En réalité, ce qu'Anne déteste chez les bébés tels qu'ils sont exposés en société, c'est leurs mines réjouies collées aux mines bêtifiantes de leurs mères. Elle hait l'image de bonheur candi que véhiculent les bébés. Ce n'est pas vrai. Rien n'est facile, tranquille et rose. Il y a des désirs obscurs qui vous salissent, qui vous font mentir et rougir. Elle ne veut pas se pencher sur une tête gazouillante, elle veut mouiller un tapis marocain sous les coups d'amour de Serge, le sentir s'enfoncer en elle, ressortir, s'enfoncer encore... Mme Riolle peut ranger le bébé dans son placard à idées.

Mme Riolle tourne sa cuillère dans la tasse de thé et Anne se tortille, tripote un coussin, lui adresse des sourires inachevés.

– Je suis jeune encore...

– Oui, Anne. Mais Alain est en âge d'être papa. Et il en a tellement envie !

– Mais il m'a moi !

Elle a presque crié sa réponse comme si elle avait trouvé la solution, et Mme Riolle a un sursaut de stupéfaction :

– Anne, mon enfant, vous n'êtes pas un bébé, voyons !

– Je ne me sens pas prête... trop jeune... plus tard... Excusez-moi.

Plus tard, quand elle aura perdu tout espoir d'une vie personnelle, quand l'avenir sera annulé. Alors, elle se consolera en faisant un bébé et en fourrant dans ses langes toutes ses envies défuntes...

Mme Riolle parle. Dit que, dans la vie, il ne faut pas être égoïste, que les enfants c'est important, qu'ils donnent une autre dimension au couple, qu'il n'y a rien de plus beau qu'un sourire d'enfant.

Anne écoute, fait oui-oui de la tête. Retrousse sa manche à la dérobée et regarde l'heure : dix-huit heures dix. Elle ne verra pas Voltaire 53...

La théière est vide. La table basse jonchée de miettes, la tasse à thé de Mme Riolle porte la marque de son rouge à lèvres. Discret. Elle est partie triste et déçue.

Anne s'en veut un peu de ne pas lui avoir fait plaisir. Mais ç'aurait été un trop gros mensonge.

Alain aurait dû épouser une jeune fille de France droite et transparente comme sa mère. Sans spirales intérieures qui remontent le petit ressort et la projettent ailleurs. C'est un malentendu, Alain. Tu t'es trompé de jeune fille. Repasse le film en arrière et coupe avec de grands ciseaux le moment de notre rencontre. Ce n'est pas moi qu'il fallait agenouiller sur le prie-Dieu en peluche rouge, c'est la petite demoiselle en mauve. Celle qui baisse les yeux sur la photo officielle mais les lève sur le Polaroïd de ton frère. Grands et pleins d'admiration, braqués sur toi. Tu l'as baptisée Chochonnette parce que tu ne te rappelles jamais son nom et que tu la trouves un peu bébête... mais Chochonnette t'aurait déjà fait un beau bébé aux gencives sans dents, que tu embrasserais en rentrant du bureau et qui baverait sur ton col de chemise. Chochonnette pourrait te raconter ses journées sans mentir...

Après la visite de Mme Riolle, et puisqu'elle avait raté son rendez-vous, Anne resta assise à penser à tout ce qui lui arrivait en ce moment. Elle avait le sentiment d'être très nettement coupée en deux. D'un côté, Anne Riolle qui reçoit sa belle-maman et écoute ses propositions de maternité en lui versant du thé à la vanille, de l'autre la même Anne qui court retrouver ses amants, en montant les marches à toute allure...

Elle ne comprenait pas très bien comment elle arrivait à vivre en étant plusieurs à la fois. Elle avait le sentiment confus qu'elle n'arriverait plus très longtemps à maintenir sa belle unité. Elle avait même la certitude d'être assise sur un danger imminent. Le tapis marocain avait fait sauter sa boucle de sécurité et, maintenant, tout pouvait arriver...

Chapitre 12

Alice téléphona à Anne le vendredi 10 juin vers dix heures. Anne sortit de son bain à toute allure et décrocha l'appareil, en contemplant les traces de ses pieds mouillés sur la moquette blanche. Alice demanda à Anne quand elles pouvaient se voir. Sur un ton si affectueux qu'Anne fut rassurée : Alice ne savait rien. Elle n'aurait qu'à inventer un petit mensonge pour justifier son départ précipité du Maroc, un mensonge à l'eau de rose où elle mélangerait, dans un même hoquet, papa, l'enterrement, l'appartement à ranger et la force des souvenirs qui reviennent au galop gna-gna... Bien sûr, ce n'était pas très bien de mettre son père dans ce coup-là, mais, après tout, c'était une histoire entre elle et lui, et elle n'était même pas persuadée que, de là où il était, il ne l'approuvait pas.

Elle proposa le lendemain, et Alice accepta.

Il était près d'une heure lorsque Alice sonna. Anne prit une profonde inspiration afin de calmer le trac qui battait sous sa peau et ouvrit : Alice était encore plus belle vue de Paris. Plus bronzée, plus à point.

Elles s'embrassèrent, se répandirent en multiples effusions et congratulations, et Anne se dit que c'était vraiment agréable d'avoir une amie. Quelqu'un qui arrive avec des pizzas dans les bras, fait voler ses chaussures et a plein de choses à vous confier. Elle se sentit si bien avec Alice qu'après avoir posé les pizzas sur la table et débouché la bouteille de morgon, elle s'appuya sur ses coudes et décida de tout lui raconter. Tout sauf Serge. Parce que Serge, elle n'était pas sûre qu'il faille le lui dire... Et puis, elle y pensait encore trop fort...

Elle commença par son petit mensonge, qu'elle récita très bien, et parvint même à faire poindre deux larmes à ses paupières, puis elle raconta ses nuits avec Alain et ses après-midi avec les numéros de téléphone. A raconter, cela prenait une autre tournure. Ce n'était plus aussi décevant. Ça la posait même. Lui donnait une autre dimension. Et vous que faites-vous, l'après-midi, entre cinq et sept ? Eh bien ! j'ai des amants... Et tout à coup, elle se sentait internationale, plein d'étiquettes sur sa valise et manteau de vison sur les épaules. Elle n'avait jamais envisagé ses amants sous cet angle-là...

Mais quand Alice lui demanda ce que ça lui apportait, elle eut du mal à lui expliquer que, justement, ça ne lui apportait pas grand-chose. Excepté les moments avant où elle était très exaltée et les moments après, où elle était déprimée...

Alice fut étonnée : elle avait laissé une petite jeune fille empêtrée et elle retrouvait une Parisienne dévergondée. Elle se demanda ce qui avait changé Anne, mais ne fut pas vraiment surprise. Ce qui l'avait séduite chez Anne, c'était justement que, sous sa timidité et sa maladresse apparentes, il y avait un gisement de violence et d'audace. Et elle avait eu envie de l'exploiter. Le premier homme sur lequel elle avait testé la métamorphose d'Anne avait été Serge. Elle se rappelait avoir littéralement jeté Anne aux yeux de Serge. Son sourcil s'était cassé et il s'était redressé. Pas étonnant ensuite que les invités plient et livrent leur téléphone.

Et Anne, soudain, n'est plus Cadichon mignonne qu'on conduit chez le coiffeur mais une jeune femme gloutonne qui vit et soupire. Elle est si vivante qu'Alice, en l'écoutant, se sent un peu vieille et dépassée. Alors, elle éprouve à son tour le besoin de faire des confidences. De montrer qu'elle aussi existe et qu'elle a des problèmes. Elle raconte combien elle aime Serge plus que tout, même s'ils sont mariés depuis bientôt quinze ans. Comment il suffit qu'il entre dans une pièce pour qu'elle ne voie plus que lui et que tout s'estompe autour. Il est ce qui lui est arrivé de plus beau au monde, alors qu'elle avait vingt-cinq ans et s'appelait Alice Blanquetot, qu'elle arrivait de Marseille où son père était directeur de la banque privée Blanquetot et Courgeon. Son père aurait voulu qu'elle épouse le fils Courgeon mais Alice avait imposé Serge. Et elle avait tenu à rendre à son amour tout son prestige. Elle lui avait offert une clinique. Plus tard, quand ses parents étaient venus la voir au Maroc, elle les avait conduits, mine de rien, devant la plaque dorée. Pour qu'ils soient fiers, comme elle, de la réussite de Serge. Serge qui travaille quatorze heures par jour et qui, à table, parle de vésicule et de fracture. Mais ça lui est égal. Elle avait pensé, à un moment, reprendre des études de médecine, pour l'assister. Et puis, il avait rencontré Hilda. Et il n'y avait plus eu de place pour elle... C'est pour lui qu'elle s'est décolorée en blonde et qu'elle s'est coupé une frange. Le premier soir où ils avaient dîné ensemble, à la question « quelle est votre femme idéale ? », il avait répondu : « je la vois blonde avec une frange toute droite... ». Elle l'aime tellement qu'elle ferme les yeux sur ses aventures. Serge a des maîtresses, et elle le sait. C'est même pour cela qu'elle vient régulièrement en France. Pour lui laisser le champ libre. Sinon, elle aurait trop peur qu'un jour il se sente à l'étroit et parle de partir ailleurs avec une autre. Ce n'est pas par lâcheté, c'est parce qu'elle ne veut pas le perdre. Mais elle sait tout de ses aventures. Elle sait la petite maison de Mehdia où il emmène ses maîtresses. Elle sait aussi que ça ne dure jamais très longtemps. Elle a appris ces détails par Hilda, un jour qu'elle était dans son bureau et qu'elle avait entendu une infirmière appeler Serge « mon chéri ». Serge avait répondu : « ah ! non ! plus de ça. C'est fini » et Alice s'était laissée tomber dans le fauteuil en pleurant. Hilda, pour la consoler, lui avait dit que ce n'était pas important, que ça ne dépassait jamais la semaine, qu'il savait les renvoyer avec fermeté et qu'elle était la seule à qui il tenait vraiment. Elle s'en doutait un peu depuis le jour où une voix bafouillante au téléphone avait demandé le docteur Alsemberg, puis avait raccroché. Mais elle ne voulait pas y penser. Tant que rien n'était évident, elle ne voulait pas se poser de questions. Parce que, sinon, elle ne s'arrêterait pas de pleurer. C'était comme si le ciel lui tombait sur la tête. Avec le mot Fin écrit dessus.

Alice est heureuse de parler librement. Elle n'a jamais pu confier ces choses-là parce que toutes ses amies à Casa l'envient d'avoir un mari aussi exemplaire. Serge et Alice Alsemberg : couple modèle, tendresse et fidélité à visiter. Elle est si émue que des larmes lui montent aux yeux. Alice parle, mais cela fait longtemps qu'Anne ne l'écoute plus. Sa tête est occupée par deux mots qui lui font reconsidérer entièrement la question et changent tout : Serge-maîtresses. Elle ne comprend pas. Elle croyait que Serge aimait Alice. Pourquoi l'a-t-il renvoyée alors ? Et dire qu'elle avait eu l'impression de dévoyer un grand amour ! La magie du déjeuner est cassée. Alice lui paraît brusquement banale. Vulgaire même. C'est vulgaire d'enlever ses chaussures pour déjeuner. Vulgaire d'être aussi bronzée. La mère d'Alain a de la poudre blanche sur le visage et garde ses jambes bien repliées quand elle s'assied pour prendre le thé. Elle n'aurait jamais dû faire de confidences à une femme aussi banale. On l'a trompée. Rien n'est sacré.

Elle ne ressent plus rien pour cette femme qui pétrit un vieux Kleenex taché de rouge à lèvres. Elle est même gênée de la voir pleurnicher... Elle voudrait qu'elle parte et la laisse seule à faire le tri dans sa tête.

– Alice ?

Alice se redresse. Elle a le tour des yeux fripé et du rimmel sur les joues.

– Alice, j'ai un cours à trois heures. Il va falloir que je me prépare...

Alice dit oui, bien sûr, je suis désolée, je vais te laisser... Elle remet ses chaussures, sort son poudrier aux initiales enlacées, défroisse sa jupe, passe les doigts dans ses cheveux.

Elles s'embrassent sur le paillasson, promettent de se rappeler, s'étreignent encore une dernière fois... puis Anne referme la porte. Soulagée.

Elle gagne sa chambre, s'enroule dans le dessus-de-lit et fait le point. Entre ses anciennes naïvetés et ses nouvelles informations. Flash spécial. Si Serge a l'habitude d'avoir des aventures, pourquoi l'a-t-il renvoyée après un discours moralisateur ?

A trois heures et demie, on sonna à la porte et Anne pensa que c'était la concierge. Elle courut lui ouvrir.

Ce n'était pas la concierge, c'était Alice. Elles se regardèrent un moment, étonnées, puis Alice tendit une enveloppe à Anne.

– Anne, j'avais cette lettre à te donner et j'ai oublié. Je m'en suis souvenue dans le taxi, je suis revenue, j'ai voulu la laisser chez ta concierge mais elle m'a dit que tu étais chez toi, qu'elle ne t'avait pas vue sortir... Anne, il n'y avait pas de cours à trois heures.

Anne ne répondit pas. Alice lui tourna le dos et dévala l'escalier. Anne resta sur le palier, la lettre à la main. « Merde et merde et merde, elle va encore pleurer... »

Serge ne put s'empêcher de téléphoner à Alice ce soir-là. Il savait qu'elle déjeunait avec Anne. Alice fut brève. Elle avait la voix enrouée. Paris est humide au printemps. Anne va très bien, elle a un joli appartement, de la moquette blanche, des plantes vertes et la photo de son mariage dans un cadre en cuir bordeaux...

– Ah ! j'oubliais : des amants aussi. Des cinq à sept. Elle les appelle par leur numéro de téléphone. Tout à fait libérée, Cadichon...

Serge raccrocha, bouleversé. Quel imbécile il a été ! Parce qu'elle était la petite fille aux vernis noirs, il l'avait imaginée différente, à part. Comme la petite Cadichon qu'il plaçait sur les chevaux de bois et qui tendait les bras pour qu'il la détache. Si différente qu'il avait jugé sacrilège de la renverser. Il se rappela que, tenant le ventre rond et blanc sous ses doigts, il avait souhaité y enfoncer un long couteau pour que personne, plus jamais, ne la touche...

Il ne la touchera plus jamais. Elle est comme les filles qu'il emmène à Mehdia : légère et facile. La tête de l'idole barbare roule et il ne reste plus qu'une statue mutilée, avec des jambes écartées et un sexe avide. Il renverse la tête en arrière, étend les jambes sur son bureau et éclate d'un rire terrible. Cadichon n'est plus. Elle a disparu dans la banalité d'après-midi parisiens. Comme toutes celles qui s'ennuient : un amant, des amants et un mari qui paie le loyer et la scolarité des enfants. Dérisoire.

Il appela Hilda et lui demanda un de ses petits pâtés avec un verre de vodka à l'herbe aux bisons. Il fallait célébrer sa délivrance.

Assise sur le lit, un doigt tournicotant une mèche de sa frange, le pouce dans la bouche, Anne relit la lettre, celle que Serge lui avait récitée le soir de son arrivée à Casa, gravement, lentement, pour effacer le mouvement inexorable d'un corps suspendu à un cordon...

« Souviens-toi que tu es belle, que tu es reine et ne subis jamais rien. »

C'est parce qu'elle avait oublié qu'elle était reine et belle qu'elle avait quitté le Maroc au petit matin. On ne fuit pas quand on est reine.

Chapitre 13

Serge Alsemberg est en retard pour sa consultation ce lundi matin et Hilda passe sans arrêt la tête dans la salle d'attente pour répéter aux patients que le docteur est retenu en salle d'opération. Il y a là d'anciens malades venus pour une visite de routine mais aussi de nouveaux visages : un couple d'Européens dont la femme porte le bras en écharpe, trois personnes âgées qui ont étalé leurs sacs tout autour de leurs fauteuils et une jeune fille absorbée par la lecture d'un vieux *Paris-Match*. Hilda note de songer à renouveler les journaux et referme la porte. Ce retard l'intrigue. Le docteur Alsemberg tient beaucoup à ces consultations gratuites des lundi et jeudi matin, et il arrive toujours scrupuleusement à l'heure. Il les appelle « mes gazettes en direct », et quand elle lui fait remarquer qu'il perd son temps à soigner des malades le plus souvent imaginaires, il répond qu'elle a tort et que la médecine, c'est aussi ce service gratuit rendu à tout un chacun. Malgré tout, elle pense qu'il ferait mieux de s'occuper d'autre chose plutôt que de se pencher sur une diarrhée ou une migraine. Depuis l'enterrement de son ami Paul, il ne va pas fort. Absent, détaché, travaillant dur, il reste de longs moments à rêvasser les pieds sur son bureau. Il ne touche plus à sa raquette de tennis ni à son club de golf.

Pourtant, vendredi soir, il avait paru se ragaillardir. Il l'avait appelée par l'interphone et lui avait demandé un verre de vodka. Pour faire zdrowie. Quand il parle polonais, c'est qu'il a pris une décision. Zdrowie et la crise s'éloigne. Ils avaient porté des toasts : à la clinique, à vous

Hilda, à vous docteur, à Alice, et il avait même ajouté, comme s'il se parlait à lui-même, à Anne. A ce toast-là, Hilda n'avait pas tendu son verre parce qu'elle n'était pas sûre d'avoir bien compris et qu'elle ne voulait pas commettre d'impair. Ils avaient fini les petits pâtés, et Dimitri et Dimitra n'avaient rien eu, ce soir-là, quand ils s'étaient frottés aux jambes de leur maîtresse. Ils avaient boudé toute la soirée. C'est ça l'ennui avec les bêtes : leur affection est souvent alimentaire. On brode de belles légendes sur leur dévouement mais il se résume souvent à une histoire de gamelle. En règle générale d'ailleurs, Hilda se méfie des sentiments. La seule exception à sa réserve est le docteur qui, lui aussi, fait preuve de la même distance. C'est peut-être pour cela qu'elle s'entend si bien avec lui...

Elle plante son crayon dans un de ses macarons et se met à réfléchir à l'affection, aux chats, au docteur, à la Pologne, à l'avenir de sa nièce Katya qui veut venir au Maroc. Elle se demande si la tête ne va pas lui tourner. La vie est vénale à Casablanca. Il n'y a pas beaucoup de morale dans cette ville poussée n'importe comment. Katya aura peut-être vite fait de se coucher près d'un homme, sous prétexte qu'il a une voiture puissante et qu'il lui a fait faire un tour de côte... Elle est en train de balancer le pour et le contre, tirant sur sa blouse blanche qui la serre à la poitrine, quand le docteur entre, les mains pleines de cambouis, les manches retroussées.

– J'ai cassé ma courroie de ventilateur. J'ai pu la bricoler mais il faut téléphoner tout de suite au garage pour qu'on la répare.

Il jette un coup d'œil dans la salle d'attente, lui demande de lui laisser le temps de se préparer puis d'introduire le premier rendez-vous.

Deux jours au soleil. Au bord de la mer. Dans sa petite maison de Mehdia. Il a lu, dormi, mangé des fritures de calamars chez Mme Nadia, qui tient le café-restaurant du port. Il s'est promené sur la plage, son revers de pantalon plein de grains de sable, ses chaussures à la main, loin,

loin, jusqu'à la digue où dorment les pêcheurs, enroulés dans les trous des murailles. Il jetait ses bouteilles de souvenirs à la mer. Qu'un autre les ramasse et ôte le bouchon ! Il ne veut plus succomber au charme. L'enchantement s'est éventé : Cadichon a des amants à Paris. Tout rentre dans l'ordre. Il est libéré. Il faut maintenant que son corps oublie. Le corps, ça met plus de temps à oublier. Ça ne fonctionne pas à coups de raisonnements ou de volonté. Et le sien frémit encore au souvenir d'un tapis un peu passé et d'une voix qui commande « encore, encore ».

Dans dix jours, Alice revient. Et Alice le protège des envoûtements malins. Avec elle, il est à l'abri des fièvres. Elle a cette vertu spéciale de calmer, de rassurer.

Serge regarde les doigts déformés, les yeux enfoncés, les bras maigres et blancs de son premier rendez-vous : Mme Zanin, arthrose. Il aime les consultations du lundi et du jeudi. Elles accrochent un poids à sa vie. Après Mme Zanin, M. Cargiel : sinusite chronique mais il refuse de se faire percer les sinus. Puis Mme Limani qui voudrait bien prendre la pilule mais a peur du cancer. Elle reviendra dans quelques mois enceinte de son septième. Elle a vingt-huit ans.

La salle d'attente se vide. Il est presque une heure. Serge s'étire et demande à Hilda d'aller lui chercher un sandwich et une bière.

Seul et paisible sur la plage de Mehdia. La lumière blanche, ce matin, se posait sur les restes des pique-niques du dimanche, et les chiens errants reniflaient les papiers gras.

– Je fais entrer le dernier rendez-vous ? demande Hilda.

– Oui, répond Serge, occupé à se laver les mains. Posez le dossier et allez me chercher mon sandwich et ma bière.

Quand il se retourne, le torchon encore humide entre ses mains, il sursaute : Anne est assise en face de lui. Les avant-bras bien à plat sur ses genoux, le dos droit, les jambes serrées, le front modestement incliné vers le sol. Comme une altesse en visite officielle. Elle porte un blouson en jean, celui qu'Alice lui a acheté il y a bientôt deux mois. Elle a ôté son alliance.

Il regarde la fiche qu'Hilda a sortie du dossier : Josée Ferrari, troubles gynécologiques. Il ricane, lisse ses cheveux, repose le torchon humide, se carre dans son fauteuil et la dévisage. Le moment est venu et il ne doit pas le laisser passer. Elle est à sa merci. Elle croit qu'il suffit de planter ses yeux jaunes dans ceux d'un homme pour qu'il la suive, au bout du monde. Illico. Incognito. Comme ses amants parisiens qu'elle racole dans les dîners...

– Alors ? On fait l'amour avec des numéros de téléphone...

Elle se recroqueville et lève les yeux. Sa bouche tremble, et il se réjouit de la tenir ainsi frémissante.

– Tu fais l'amour avec des numéros de téléphone ?

– Mais, Serge...

– Tais-toi.

Il a mis tout le dédain, la froideur dont il est capable pour lui répondre.

– Tais-toi. Je ne veux pas t'entendre parler. Oui ou non, c'est tout. Ou sinon je te renvoie et je ne te revois plus.

Elle hoche la tête et tripote ses ongles nerveusement.

Il prend plaisir à la faire attendre, à l'humilier, à lui jeter son inconduite au visage. Ça adoucit un peu la fureur qu'il avait ressentie quand Alice lui avait annoncé la métamorphose d'Anne. L'image d'un tiers posé sur Cadichon, la souillant de ses lèvres baveuses et de ses doigts courts, lui avait fait perdre son bel équilibre. Jusqu'à la révélation d'Alice, il n'avait eu à repousser que le souvenir délicieux d'un tapis aux roses fanées et d'un long corps blanc. Mais après s'y était mêlée une douleur qui rendait le tapis encore plus lourd et difficile à oublier, qui le faisait s'arrêter en pleine rue, suffoquant et jurant de s'en débarrasser.

– Tu fais l'amour tous...

– Oui.

C'est elle qui crie maintenant et qui l'interrompt.

– Tous les après-midi ?

– Non.

Pas tous, quelquefois elle a des cours.

– Et tu prends ton pied ?

– Non.

– Menteuse. Sale menteuse. Petite pute. Tu n'es qu'une pute !

Il s'est levé de son fauteuil et se dresse près d'elle. Il se penche, l'empoigne et la renverse en arrière contre le dossier, les doigts incrustés dans ses poignets, le visage tout près du sien, une mèche de cheveux entre ses yeux qui sont comme deux petits pois noirs.

– Tu n'es qu'une pute qui couche avec le premier venu.

Anne ferme les yeux et détourne son visage. Ses poignets lui font mal et les muscles de ses bras se tendent douloureusement. Une minuterie clignote dans sa tête et, plus loin encore, un homme se gratte la lèvre.

– Laisse-moi, Serge, laisse-moi.

Elle a sa voix de petite fille qui veut aller sur les manèges et il la relâche. Il est fatigué soudain. Un sourire tire ses lèvres. Ce matin, il se croyait délivré et fanfaronnait déjà.

– Laisse-moi t'expliquer.

– Que veux-tu expliquer ? Comment partie d'ici, virginale et timide, petite fille qui dort dans son lit en osier, tu t'allonges de bonne grâce sous des inconnus ?

Elle relève la tête et l'affronte du regard. Elle sent ses forces revenir.

– Je m'en fous de ceux-là. C'est toi que je veux maintenant. Je t'aime, Serge. Je t'aime et je veux être avec toi...

Les yeux de Serge la fixent, cruels et froids, et il se croise les bras.

– Eh bien ! ma chérie, tu ne m'auras pas... Mets-toi bien ça dans la tête et retourne vers ton mari et tes amants.

Le sourire s'étire, ironique.

– Et puis d'abord, qu'est-ce qui te fait penser que j'aie envie de toi, hein ? Qu'est-ce qui te rend si sûre ? D'avoir tourné la tête à de jeunes Parisiens ? Mais regarde-toi, ma chérie...

Il la prend par les épaules et la pousse devant une grande glace. Elle a des plaques rouges sur le visage et ses cheveux sont gras. Les émotions, ça ne l'avantage pas. Elle avait oublié qu'elle était laide parfois. Surtout devant les gens qui l'intimident ou qu'elle aime. Elle avait cru si fort à son amour qu'elle était venue se pendre à son cou et lui murmurer : « Sais-tu que je suis magique ? » Mais elle n'est pas du tout magique. Et elle a trop rêvé à Serge. Il la laisse devant la glace et lui lance en se dirigeant vers la porte :

– Je vous laisse vous remettre, ma chère. Désolé de n'avoir pas succombé. Mais essayez ailleurs, on ne sait jamais...

Il sourit, s'incline et referme la porte.

Chapitre 14

Jamais plus on ne refermera la porte sur son amour. Jamais plus. Il croit qu'elle l'a trahi mais il n'a rien compris. Elle lui expliquera plus tard. Pour le moment, il ne faut plus pleurer, ça défigure. Elle prend une profonde inspiration et pense à Hannibal. Il est toujours à ses côtés quand elle flanche. Lui et ses éléphants. Elle le trouve bien plus romantique que tous les empereurs romains. La seule chose qu'elle n'aime pas chez lui, c'est sa défaite devant les légions de Scipion. Anne ne supporte pas les perdants mais elle a toujours fait une exception pour Hannibal.

Il faut qu'elle s'organise. Elle n'a jamais été seule. Elle a toujours vécu en bagage accompagné. Comment fait-on ? Prendre l'avion, c'est facile : on suit les ordres donnés par le haut-parleur. Mais après ?

Après, elle avait pris un taxi et indiqué l'adresse de l'hôtel El Mansour. Hôtel cinq étoiles où son père donnait ses rendez-vous d'affaires. Il lui faut bien tout ce luxe, puisqu'elle entreprend une tâche difficile...

Elle a emporté presque tout l'argent qu'elle avait sur son compte de caisse d'épargne, l'argent que sa mère déposait chaque Noël. 5 550 francs avec les intérêts, avait dit la dame derrière le guichet, mais vous ne pouvez pas tout prendre d'un seul coup à moins de nous le notifier huit jours à l'avance... Je ne peux pas, je pars dans deux jours. Elle avait laissé 550 francs. La dame derrière le guichet portait un élastique au poignet qui lui gonflait la main, et Anne regardait cette main enflée compter les

101

dixeiiingly

billets à l'aide d'un petit capuchon rose posé sur l'index. Elle avait mis les billets dans une grande enveloppe jaune qu'elle avait apportée exprès et était sortie de la poste comme une voleuse. Sa mère tenait beaucoup à ce que ces économies soient employées « à bon escient ». A neuf ans, quand Mme Gilly lui avait expliqué l'importance d'un livret de caisse d'épargne, elle avait confondu « escient » et « essieu », et s'était imaginée qu'elle allait devoir rouler droit. Ce qui, finalement, n'était pas si éloigné de ce que pensait sa mère...

axe

Elle invoque une dernière fois Hannibal, efface les traces de larmes et sort. Il n'est pas dans son bureau. Hilda non plus. Elle traverse le vestibule, jette un coup d'œil au jet d'eau, à la cour blanche, aux micocouliers, aux tamaris, à la plaque en cuivre doré. Et, de nouveau, se sent misérable, exclue, battue d'avance. Ils se sont tous ligués contre elle. Elle tourne le dos à la clinique et regagne son hôtel, à pied.

Ce soir-là, Serge Alsemberg prit son carnet d'adresses, le feuilleta et tomba sur les G. Il fit alors le numéro de Graziella, une fille qu'il avait connue à Mohammedia et qu'il avait revue deux fois. Une grande fille avec de longs cheveux auburn et des yeux verts. Entretenue par un Marocain très riche et très marié. Elle était donc obligée d'être discrète et cela lui convenait parfaitement... Il prit rendez-vous pour huit heures.

Elle appelle. Il raccroche.

Elle rappelle. Il fait répondre qu'il n'est pas là. Qu'il ne sera jamais là pour Josée Ferrari.

Elle lui envoie un télégramme : « Suis à l'hôtel El Mansour chambre 816. »

Elle attend. Le lit est grand. King size. Elle couche les

polochons à côté d'elle pour ne pas avoir l'impression d'être trop seule. La télé parle arabe et passe des feuilletons américains qu'elle a déjà vus en France.

Tous les soirs, elle se prépare. Prend un bain, brosse sa frange, enfile un long cafetan blanc. Et s'assied tout près du téléphone. Elle le soupçonne de mal marcher, écoute la tonalité, secoue le combiné et le repose pas vraiment convaincue.

Elle ne peut rien faire d'autre. Elle compte les pas dans le couloir, regarde la poignée de la porte, imagine qu'il est à la réception en train d'attendre l'ascenseur. Les étages s'allument, l'ascenseur monte et il arrive... Elle se raconte cette histoire plusieurs fois dans la soirée puisqu'il ne vient pas.

La seule chose qui l'occupe vraiment, c'est sa pince à épiler. Elle s'épile les jambes, le gros doigt de pied, les trois poils du nombril, se dessine un sexe de strip-teaseuse, chasse le poil incarné, découpe la peau pour saisir le bulbe, tire sur le fil blond enroulé sous la peau. Fascinée par le long poil qui sort. Extirper, extirper. Elle adore extirper. Elle a l'impression de servir à quelque chose, de faire place nette. Même si pour cela, elle se charcute complètement la peau, creusant sans répit des petites tranchées autour du bulbe qu'elle veut arracher...

Quand elle a dégagé un petit carré bien propre, elle repose sa pince, satisfaite.

Elle suit alors le soleil qui descend sur la ville, la coloriant en rose, orange, violet... Le muezzin chante l'heure de la prière. Amar lui racontait qu'autrefois on crevait les yeux du muezzin pour qu'il ne puisse apercevoir, du haut de la tour où il chantait, les femmes indolentes vaquer dans leur maison. C'était un grand honneur d'être muezzin et d'avoir les yeux crevés.

Le muezzin se tait. Le soleil disparaît. Anne est droite sur le lit. Il ne viendra pas ce soir.

Sur un carnet, elle fait ses comptes au crayon. Elle n'a plus droit qu'à une journée d'hôtel. Après, elle aura fini ses économies et devra dormir sans étoiles. Voilà trois jours qu'elle a envoyé le télégramme et, à moins de tout mettre sur le dos des PTT marocains, elle doit se rendre à l'évidence : il ne veut pas la voir.

Cette nuit-là, elle demande à un taxi de la conduire à la villa de Serge. Il est minuit. Tria dort. Le gardien aussi. Elle sait par où il faut passer pour atteindre la porte-fenêtre de la chambre de Serge. Son cœur bat fort dans le petit taxi qui grimpe la rampe d'Anfa. Et s'il n'était pas seul ? Si Alice était rentrée ?

A cette pensée, elle s'affole et veut faire demi-tour. Elle aurait dû téléphoner avant pour vérifier ! Quelle idiote ! Elle fait un rapide calcul : normalement, Alice ne devrait pas être là. Mais le taxi s'arrête devant la maison et elle décide de prendre le risque.

La nuit est calme, le gardien dort, appuyé contre la porte d'entrée. Anne ne peut s'empêcher de sourire en le voyant bouche ouverte, tête penchée, émettant de longs ronflements et tenant son bâton entre les jambes. Gardien de jour, gardien de nuit, tu dors toujours au Maroc... Elle passe devant lui, silencieuse et légère, se faufile jusqu'à la fenêtre de la chambre. Écoute... Pas de bruit de respiration ni de drap qui se froisse. Personne.

La chambre lui paraît vide. Elle entre par la fenêtre entrebâillée, pose un pied puis l'autre. Doucement. Cambrioleur au cœur qui cogne, aux paumes de mains moites, aux tempes froides de sueur. Elle ouvre les penderies et constate que de nombreux cintres sont vides. Alice n'est pas rentrée.

Elle respire, soulagée. Le lit a deux creux et un bourrelet au milieu. Ils doivent dormir chacun de leur côté. Peut-être même qu'il porte un masque sur les yeux et qu'elle se met de la polléine dans les cheveux... C'est comme ça qu'on illustre le bonheur douillet des vieux couples dans les revues.

Elle se blottit dans un creux et regarde l'heure tourner

sur le réveil électronique de la table de chevet. Il ne va pas rentrer tard s'il opère demain.

Des voitures passent dans la nuit mais aucune ne ralentit. Elle enfonce le nez dans les draps et respire l'odeur de Serge, l'odeur de flacon renversé qu'on met sous son oreiller... Elle ne sait pas ce qu'elle va lui dire. Elle n'a rien préparé. Elle prend l'oreiller dans ses bras et le serre contre elle. Cette fois-ci, elle n'échouera pas. La nuit est le domaine de ses rêves où elle est Majesté.

Tout à coup, elle sursaute. Un bruit de klaxon qui réveille Mohammed, le crissement des pneus sur le gravier, la porte d'entrée qui claque, puis celle de la cuisine, des pas dans le couloir, la porte qui s'ouvre et la lumière qui l'éblouit. C'est lui. Le lit est encastré dans un renfoncement du mur et il ne la voit pas tout de suite. Elle se recroqueville, le drap jusqu'aux yeux, le ventre plein de nœuds.

Il lui tourne le dos. Vide ses poches sur la coiffeuse d'Alice, défait le col de sa chemise, s'assied sur le petit tabouret enjuponné et enlève ses chaussures, ses chaussettes, sa chemise. Elle ne voit que son dos large et bronzé, ses cheveux noirs, sa stature de Gengis Khan. Elle a envie de lui très fort. De ce corps sans regard, sans parole. De cet étranger qui ne se sait pas épié. Elle voudrait qu'il ne se retourne pas tout de suite et qu'elle puisse continuer à l'espionner, à le désirer.

– Anne ! Mais qu'est-ce que tu fous là ?

Elle disparaît sous les draps. Juste les mains qui tiennent le drap par-dessus sa tête.

– Je rêve ! Cette fille est folle ! Dans mon lit maintenant !

Surtout ne rien dire, pense-t-elle. Le moindre mot se retournerait contre elle. Il s'approche du lit et lui arrache le drap des mains. L'arrache du lit, arrache le coussin qu'elle tient serré contre elle, la pousse sur le petit tabouret, la prend par le menton et la force à le regarder. L'audace d'Anne, ce droit d'envahissement qu'elle s'arroge le stupéfient.

– Anne, maintenant tu vas m'écouter. Je croyais que tu avais compris. Mais non... Écoute-moi bien, Anne : je ne veux pas de toi. Compris ? Je me suis trompé le soir où j'ai fait l'amour avec toi. Compris ? Je ne veux pas jouer une de tes belles histoires que tu inventes le soir pour t'endormir. Je ne suis pas Prince Charmant. J'ai une femme que j'aime, une vie très bien organisée où il n'y a pas de place pour toi. Compris ?

Elle ferme les yeux à chaque « Compris ? ». Mais quand il a fini de parler, elle reprend suppliante :

– Je ne prendrai pas beaucoup de place...

Humble, la bouche en supplique.

– Je m'en fiche que tu sois marié. Je ne veux pas la place d'Alice. Je ne suis pas jalouse d'Alice. Je voudrais juste être près de toi...

Elle appuie sa tête sur la jambe de Serge.

– J'ai été si heureuse le soir où tu t'es trompé...

– Si heureuse que tu t'es mise à draguer dans les dîners parisiens !

Il la repousse violemment.

– Tu ne m'as pas laissée t'expliquer.

– Il n'y a rien à expliquer. Quand on a vécu un moment soi-disant inoubliable, on ne s'empresse pas de le reproduire avec le premier venu !

Elle commence à en avoir marre qu'il lui parle sans arrêt de ses amants parisiens. C'est fini ça, c'est le passé. L'important, c'est maintenant. Ils n'arriveront à rien s'ils passent leur temps à ressasser le passé. Est-ce qu'elle lui demande, elle, ce qu'il a fait depuis qu'elle est partie ? A cette idée, elle devient folle de colère et se met à crier aussi :

– Et toi ? Tu ne vas pas me faire croire que tu t'es retiré du monde après cette fameuse soirée !

– Ce que je fais, moi, ne te regarde pas !

Ils sont tous les deux face à face. Écumants de colère. Anne se bouche les oreilles pour hurler plus fort que lui, il tente de la bâillonner pour la faire taire.

– Non ! Je ne me tairai pas. Je veux que tu m'écoutes !

– Je ne veux rien entendre. Je ne te pardonnerai jamais ce que tu as fait !

– Pourquoi ? Parce que j'ai sali la jolie image de Cadichon... Mais il ne fallait pas m'allonger sur le tapis alors ! Il fallait me laisser dans ma boîte de poupée...

Il ne lui répond pas, mais ses yeux la découpent aux rayons laser.

– J'ai changé, Serge, et tant mieux ! Avant, je ne vivais que par intermittence. Ce soir-là, avec toi, je me suis réveillée. Quand je suis rentrée à Paris, j'étais tellement désespérée que j'ai fait n'importe quoi. C'est normal de faire des erreurs quand on commence à vivre !

– Des erreurs ! Tu appelles ça des erreurs ! Un amant par jour !

Il la regarde et son sourire tiré sur le côté revient. Sourire cruel qui l'épingle, comme les papillons qu'elle collectionnait dans un cahier, après les avoir étouffés avec un peu d'éther dans une boîte Guigoz.

A ce moment-là, il sait exactement ce qu'il éprouve pour elle. Il la méprise. Il déteste sa revendication à une existence propre. Elle n'avait pas le droit. Elle était la petite Anne qui dormait dans son lit en osier. Lui seul avait le pouvoir de la réveiller. Il n'était pas jaloux du mari. Mais il ne supporte pas l'idée que d'autres aient pu la toucher, l'embrasser là. Il voudrait l'étrangler pour cela... Il la veut muette, passive, étonnée, levant les bras vers lui pour qu'il la monte jusqu'au ciel.

– Je déteste ce que tu es devenue : une pute.

– Comme la fille que tu viens de voir ce soir ?

– Exactement. Et je l'ai baisée comme tes amants parisiens te baisaient l'après-midi...

Elle ne sait plus quoi faire. Elle croyait qu'à force de crier, sa colère passerait. Mais il continue à lui en vouloir et à la blesser.

Elle se laisse tomber à genoux, sur le sol. Elle est prête à tout pour qu'il oublie. Tout ce qu'elle demande, c'est qu'ils se donnent une nouvelle chance. Qu'ils recommencent à zéro, qu'il pose ses mains sur elle et la fasse frissonner...

Il s'assied au pied du lit. La tête dans les mains, le pantalon à moitié ouvert, la ceinture pendante... Il est las et il ne veut pas céder. Il sent que c'est important qu'il ne lui cède pas. Sinon, il ne saura plus s'arrêter... Et pourtant, il ne fait rien pour la jeter dehors. Et déjà, elle s'approche, en rampant, écarte ses coudes sans qu'il tente le moindre geste pour l'en empêcher, sort la ceinture de ses passants, longue, noire, fine, luisante comme un serpent.

– Venge-toi.

Il relève la tête et la regarde.

– Venge-toi.

« Cesse de me détester en silence. Cesse de comprimer ton amour parce que je t'ai offensé. Arrête de te protéger en t'abritant derrière une fausse haine. Fous-moi des coups, assomme-moi mais qu'il se passe enfin quelque chose... »

Elle le défie des yeux, lui passe la ceinture entre les doigts, referme son poing. Elle est accroupie, nue, ses longs cheveux blonds couvrent ses épaules, ses seins, ses cuisses. Elle se tient sur la pointe des pieds, appuyée sur une main pour ne pas tomber. La tête dressée vers lui. Le sourire insolent. Les yeux brillants. Il repousse les longs cheveux, dégage les épaules, les bras, les cuisses. Lève la ceinture. Les yeux jaunes le narguent, l'invitent. Comme les jeunes gens polis qu'elle rejoignait l'après-midi... Alors, il frappe. Il frappe de toutes ses forces, il frappe encore plus fort jusqu'à ce qu'elle perde l'équilibre, qu'elle s'écroule en gémissant à ses pieds, qu'elle essaie de se protéger en levant les bras, en tendant les mains, mais il frappe toujours et elle se recroqueville par terre et crie qu'elle a mal, qu'il arrête. Il ne l'entend pas, il n'écoute que sa colère qui passe dans son bras et qui lui commande de frapper. Qui lui rappelle tous les soirs où il tentait de l'oublier alors qu'elle se prêtait de bonne grâce à d'autres mains, à d'autres bouches... Elle sanglote à ses pieds mais il ne l'entend pas. Il ne s'arrêtera que lorsque sa fureur sera épuisée. Alors seulement, il la ramassera, la portera sur le lit et l'embrassera.

Quand Tria apporta le petit déjeuner, le lendemain matin, elle aperçut deux têtes emmêlées dans le creux du lit. Une tête blonde enfouie dans l'oreiller et une tête noire, hiératique, renversée, dont la bouche souriait. Alors, elle posa le plateau et sortit. Sans faire de bruit. Superstitieuse : il ne faut jamais réveiller un amour noir et blond qui sourit.

Chapitre 15

Alain Riolle contemple le cerf aux ramures écaillées, aux sabots noircis d'encre. Anne est partie. Il savait qu'elle partirait. Elle regardait toujours ailleurs avec intensité.

Il avait cru la retenir en lui apprenant Georges Séguy et Edmond Maire, Erik Satie et Scott Fitzgerald...

On est toujours perdant quand on aime aussi fort qu'Alain. Perdant et solitaire. Même lorsqu'il tenait Anne entre ses bras, qu'il la retrouvait tous les soirs à dix-huit heures trente ou qu'il l'emmenait dîner au restaurant, Alain était seul. Car le propre de l'amour, de l'amour véritable, c'est d'isoler celui qui aime à la folie, celui qui s'incline sur un parquet blanc en pensant : « Voulez-vous que nous ayons un enfant ? » Seul avec son amour bien trop grand pour les formules en vente dans le commerce, celui qui aime se construit un château où sa passion remplit toutes les murailles. Du haut du donjon, il contemple l'objet aimé avec adoration, se repaît de sa vue, se félicite de sa possession. Prend à partie les pierres des fortifications, les herbes des montagnes, les feux follets de la nuit. Folie. Anéantissement. Pour que son amour dure, il lui faudrait la force de dissimuler le château qu'il porte en lui. Ou prétendre qu'il peut s'écrouler d'une minute à l'autre. Afin de ne pas lasser l'objet aimé par son assiduité. Alain n'avait pas su prétendre. Il avait été trop assidu. Peut-être qu'Anne ne serait pas partie s'il l'avait moins aimée ?

Mais, depuis la mort de son père, elle est douce puis furie. Souriante puis renfrognée. Elle abandonne la surprise sur le guéridon sans l'ouvrir et, s'il lui pose des questions sur son emploi du temps, elle l'accuse de la surveiller.

Un soir, juste avant qu'ils se couchent, elle avait parlé. Droite sur le pas de la chambre. Elle venait de se démaquiller. Les yeux un peu gonflés et luisants, elle avait croisé les bras et avait dit qu'elle partait. Au Maroc. Ne me demande pas pourquoi, je t'en prie, mais il faut que j'y aille. Et, si tu ne me laisses pas partir, j'irai quand même.

Son regard brillait, dur et froid sur le pas de la porte.

Mais pourquoi ?

Parce que. C'est tout ce qu'elle disait : « parce que » et « il faut ». Mais je t'aime, avait-il bafouillé. Il ne savait pas quoi dire d'autre. Elle n'avait pas répondu. Ni « moi aussi » ni « moi plus ». Comme si ce n'était pas son problème. Et quand te reverrai-je ? Je ne sais pas... Ennuyée, impatiente. Elle avait dit ce qu'elle avait à dire et elle ne voulait plus qu'on la dérange.

Mais explique-moi ! J'ai le droit de savoir !

Le droit parce que tu es mon mari ? Elle avait eu une moue méprisante.

Non, parce que je t'aime... Plus que tout au monde. Parce qu'on vient de passer une année merveilleuse ensemble. Il avait conscience d'employer des mots bêtes mais c'était les seuls qu'il avait sous la main.

La moue méprisante s'était effacée. Je n'ai pas envie de te le dire. C'est à moi, ça m'appartient. Tu n'as rien à voir là-dedans.

Tu en aimes un autre ? Elle avait secoué la tête. Tu ne m'aimes plus ? Silencieuse, raide sur le pas de la porte. Loin... Mais approche-toi, viens, parle-moi... C'est à cause de ton père ? Tu veux retourner là-bas à cause de lui ? Pourquoi ne me le dis-tu pas ?

Je ne veux pas parler. Je pars, c'est tout.

Il avait baissé les bras, repoussé ses lunettes de lecture. Il fallait qu'il comprenne, qu'il reprenne tout depuis le début sinon, plus tard, il ne le supporterait pas. Trop d'ombres. Il pense à toutes les questions qu'il va se poser quand elle sera partie. Il faut qu'il ait quelques lumières si les ruines de son château l'ensevelissent.

Tu pars. Mais on passe un accord : tu me donnes de tes nouvelles tous les quinze jours. Je veux savoir où tu es. C'est la seule chose que j'exige de toi.

Elle avait réfléchi et avait dit oui.

Tu as besoin d'argent ? Non. J'ai vidé mon livret de caisse d'épargne. Tu me le diras si tu as besoin d'argent ? Je ne veux pas que tu manques de quoi que ce soit ou que tu fasses des bêtises pour de l'argent.

Elle avait faibli, son regard s'était adouci, elle s'était approchée du lit et s'était assise. Merci Alain, je t'aime infiniment. Infiniment.

Maintenant, il fallait qu'il se rappelle exactement tout ce qui allait se passer. Tous les mots qu'ils allaient prononcer. Pour plus tard. Maintenant que son regard n'était plus hostile.

Il l'avait prise contre lui et l'avait bercée, elle et son secret. Elle s'était laissée aller dans ses bras, si molle, si douce tout à coup, comme une enfant. Les yeux fermés, la bouche ouverte, elle pesait contre lui. Elle n'avait plus de forces. Elle allait s'endormir. Il veillerait sur son sommeil, sur les mots dénués de sens qu'elle crie parfois dans la nuit et qu'il essaie de traduire sans jamais y parvenir.

La nuit. Sans elle... Il avait glissé sa main dans l'échancrure de la chemise – la chemise de son père qu'elle porte pour dormir – et avait caressé un sein. Doucement. Elle avait fait un bond, un bond terrible et avait crié non ! De toutes ses forces. Avec horreur, presque. Et là, il avait cru devenir méchant. Mais pourquoi ? Tu en aimes un autre ? C'est ça, hein ? Tu aimes sûrement quelqu'un d'autre si tu ne veux pas que je te touche... Je ne te demande pas qui c'est, je veux juste savoir si oui ou non, tu en aimes un autre !

Il allait devenir fou. Fou et furieux.

Elle faisait des dessins avec son ongle sur le dessus-de-lit et il n'avait plus eu besoin de la questionner pour qu'elle dise tout bas, tout bas : je ne sais pas si je l'aime mais je ne peux plus vivre sans lui... Il s'était laissé tomber dans les oreillers et avait ouvert le col de son pyjama.

Qui c'est ? Quand l'as-tu rencontré ? Comment ? Pourquoi ? Où ?

Elle ne répondait pas. Le regardait infiniment désolée. Avec beaucoup de sincère compassion dans le regard. Je te le dirai, un jour.

Non, maintenant, je veux savoir. Pour la première fois de sa vie, il hurlait. Il perdait le contrôle de ses nerfs. Mais ça ne semblait pas l'impressionner et elle arborait le même air sincèrement désolé.

Toute la nuit, il avait essayé de la faire parler mais il ne pouvait rien contre son absence. Au petit matin, elle s'était endormie, le bras replié sous sa joue, le souffle calme. En boule contre le mur.

Il était parti au bureau. L'avait appelée à midi. C'était une erreur, elle allait décrocher et dire : « Allô, mon chéri... » Comme hier, et avant-hier, et tous les jours avant... Mais le téléphone sonnait et elle ne décrochait pas.

A six heures et demie, il trouva un mot sur le mémento des courses : « Je pars. Je suis vraiment désolée. Ne sois pas triste. Je te donnerai des nouvelles comme convenu. Anne. »

Il attend un signe. Il compte les jours qui le séparent du premier message. Ses collègues de bureau lui serrent la main et chuchotent entre eux. Sa mère s'inquiète, Isabelle Marusier l'invite à dîner. Il ne veut pas sortir le soir. Si elle revenait... Si elle téléphonait...

Il rentre chez lui, regarde les plantes vertes, les cours d'anglais qui traînent, ses vêtements dans le placard, les potages en sachet sur l'étagère de la cuisine. C'est dans la salle de bains qu'elle lui manque le plus. Parce que s'y trouvent rassemblées toutes les odeurs qu'elle portait sur elle. Il la prenait dans ses bras et disait : « Tu as une odeur de salle de bains... »

Sa mère vient lui préparer des plats cuisinés qu'il ne réchauffe pas, sa sœur lui amène ses enfants qu'il ne voit pas. Mme Gilly secoue la tête, découragée. Comment sa fille a-t-elle pu se conduire de la sorte avec un garçon si bien, si gentil, qui a tout pour lui ? La même irresponsabilité, la même instabilité que son père...

Alain lui demande de raconter Anne : son enfance, le Maroc, M. Gilly. Mme Gilly fronce les sourcils, tente de se souvenir mais ses griefs personnels l'emportent sur l'anecdote et elle ne débite que rancœurs et déceptions. Il n'apprend rien. Rien de vrai, de réel, de ces petits détails qui, mis bout à bout, vous permettent de reconstituer la réalité d'une personne. Au lieu de cela, il écoute des vues générales : on ne fait pas impunément le malheur des gens. Vient un jour où il faut payer. Finira comme son père. Qui vole un œuf vole un bœuf. Quand je pense à tout ce que j'ai fait pour elle. A tous mes sacrifices... L'évidente adoration que lui porte sa belle-mère, au lieu de le réconforter, l'irrite. A aucun moment, elle ne dit quelque chose de vrai, qui coïncide avec Anne mais, au contraire, elle se hâte d'assener ses idées reçues sur le comportement humain, idées qui ne souffrent aucune nuance, aucune contradiction. Alain est un saint, sa fille une ingrate, la fugue de sa fille l'échec de sa vie. Elle soupire, minaude et tente de se faire plaindre. En écoutant cette femme aux boucles blondes et laquées, Alain sent la révolte s'insinuer en lui. Il prend en horreur sa banalité, sa satisfaction. Et quand elle le quitte à sept heures moins le quart, pour aller suivre « Les chiffres et les lettres » à la télévision, il se sent si proche d'Anne qu'il la féliciterait presque de n'avoir pas succombé aux filtres de sa mère.

Son amour pour Anne redouble. Il lui parle, l'appelle ma petite funambule. Élevée sans cimes en vue. Tu t'es fabriqué tes propres sommets et tu t'es choisi un héros qui te conduira tout là-haut... Je ne pouvais pas être ce héros : j'avais été désigné par ta mère pour t'épouser. D'un simple coup de menton, elle m'a confisqué à jamais ma couronne de Prince Charmant...

Alain regrette de n'avoir pas compris avant. Il est descendu trop tard du donjon crénelé.

Il décide d'attendre le premier message et, selon le contenu, de demander au docteur Alsemberg de l'aider à retrouver Anne.

Chapitre 16

Ils se retrouvent tous les soirs à l'hôtel Savon. Une pension à l'abandon où les ronces et les herbes folles envahissent le perron. Les allées et les tonnelles. Dissimulent la façade. Une vieille bâtisse ocre, à deux étages, qui se tient droite et carrée dans un jardin où de vieux palmiers meurent en se fendant en deux. Des balcons rouillés, des volets qui pendent aux fenêtres, comme au lendemain d'une bourrasque, et des rideaux montgolfières. C'est là que Serge cache Anne. Elle n'a pas le droit de quitter les palmiers fendus.

Les propriétaires de l'hôtel, les Gangemi, un couple de pieds-noirs sexagénaires, ne posent pas de questions : Serge leur donne cent dirhams par jour. Elle est leur seule locataire.

Tous les soirs, dès qu'il a quitté la clinique, dès qu'il a garé la Jaguar bleu marine contre le mur ocre et lézardé, il pousse le portail rouillé, monte l'escalier, ouvre la porte de la chambre. Elle est là. Sur le lit. Elle l'attend. Elle l'attend depuis le matin. Ses journées ne sont que souvenirs des délices de la nuit, des rites barbares par eux inventés. Souvent, un sourire étrange se pose sur ses lèvres : elle revit un instant précis de leur nuit, quand il s'est allongé sur elle et l'a prise en la regardant fixement, comme si elle n'était qu'une fille anonyme qu'il baisait, ou lorsqu'il l'a assise à califourchon sur lui, lui enjoignant de bouger lentement, de s'arrêter, de bouger encore et de ne pas jouir avant qu'il l'ordonne... Elle sourit et se replie sur le lit.

Quand il l'abandonne, le matin à sept heures pour aller se raser et se changer à la villa, elle remue doucement, étend un bras pour le retenir et le laisse retomber. Plus de forces. Il se penche sur la tempe aux duvets blonds, l'embrasse, descend sur le cou, s'attarde, elle s'agrippe à son cou mais il se relève et part. « A ce soir. » Elle reste dans le lit avec la boule qui brûle dans son ventre. Elle a peur de ne plus jamais le revoir.

Vers onze heures, Anne se lève et titube jusqu'à la salle de bains, sur le palier. Elle joue à faire gicler de l'eau entre ses doigts. Petits jets d'eau, si vous allez haut, mon amour pour Serge ne sera jamais beige...

Quand le petit déjeuner est prêt, Mme Gangemi l'appelle du vestibule. Pain grillé et thé Lipton. Anne a envie d'être gentille avec Mme Gangemi et elle lui fait un large sourire, boit le thé âcre et tiède sans faire de grimace, parle du temps et du marché. Des gendarmes aussi : les Gangemi sont obsédés par les gendarmes...

Mme Gangemi se tient près de l'évier et lui tourne le dos. Anne propose de débarrasser la table et de laver son bol mais Mme Gangemi dit que ce n'est pas la peine. Le docteur a laissé de l'argent pour ça. Anne baisse la tête pour contenir son élan de joie.

Elle s'approche du buffet et regarde les photos de M. et Mme Gangemi et de leurs enfants. Trois adolescents maigres aux longs nez, aux yeux rusés qui se serrent contre le tailleur pied-de-poule de leur mère. Elle se croit obligée de dire qu'ils sont beaux, et Mme Gangemi murmure quelque chose sur l'ingratitude des enfants... Mais Anne ne l'écoute pas : il a laissé de l'argent pour qu'elle ne fasse pas la vaisselle. Reine et belle. C'est ce que lui disent ses nuits mais, au petit matin, elle n'en est plus aussi sûre. Il semble emporter avec lui toutes ses certitudes et elle attend, inquiète, le bruit de ses pas le soir. Prête à réinventer des silences et des attentes, des respirations et des soupirs. Des jeux.

Il avait ouvert la porte et n'avait rien dit. S'était assis au pied du lit, l'avait longuement regardée. Elle ne bougeait pas. Ne parlait pas. Ne disait pas « comment ça va ? » ou « tu es fatigué, mon chéri ? ». Pas de tendresse. Attendre qu'il fasse un geste.

– Montre tes dents.

Elle s'était approchée, avait retroussé ses lèvres, et il avait froncé les sourcils, passé un doigt sur ses gencives, appuyé son pouce sur le palais, glissé un ongle entre ses canines. Il l'examinait. Juste un intérêt médical pour une patiente. Une étrangère.

Elle restait là, bouche ouverte. Fascinée par ce regard qui ne la voyait pas. Qui l'ignorait.

– Ça va. Tu as les dents saines. Mais il faudra revenir me voir régulièrement, compris ?

Elle fait oui de la tête. Envie de lui si fort qu'elle tremble. Il la repousse et lui tourne le dos.

– Serge, supplie-t-elle.

Il se retourne et lève son sourcil.

Elle veut s'appuyer contre lui, il la repousse encore.

Elle attend. Il a allumé une cigarette et fume. Chaque minute de l'attente est comme mille doigts, mille bouches qui volettent au-dessus d'elle et l'effleurent.

Il se lève, prend le cendrier, écrase son mégot, revient s'asseoir au bout du lit et seulement, seulement, se laisse tomber en arrière, entre ses jambes...

Chaque nuit est différente. Chaque nuit, son désir est renvoyé, repris, modulé, amplifié. Chaque nuit, elle se travestit pour le séduire.

– Si vous voulez, vous pouvez monter sur la terrasse. Là-haut personne ne vous verra et vous serez tranquille pour prendre le soleil...

Anne remercie Mme Gangemi. Elle va monter sur le toit pour ressembler aux affiches et l'ensorceler.

Ils dorment pilou-pilou. Enlacés si fort qu'on dirait deux chemises de flanelle qui s'emmêlent lors des grands froids des steppes. Quelquefois, Anne interrompt son sommeil et se retourne pour regarder Gengis Khan, son géant, dont le père est Loup-Bleu et la mère Biche-Fauve. Qui, petit orphelin d'un clan nomade, a conquis un vaste empire hachuré en gris clair, gris foncé et noir dans le tome 11 de son encyclopédie. Tout petit, il trucide son demi-frère, coupable de lui avoir piqué le produit de sa chasse, menace son oncle de mort s'il ne lui rend pas son arc, et, plus tard, pour affermir son empire, n'hésite pas à supprimer son meilleur ami, celui avec qui il avait fait le serment des sangs mêlés. Il invente le service des PTT et rédige des messages émouvants et versifiés aux populations qu'il se propose d'égorger. Il ne supporte pas qu'on lui manque de soumission et fait de l'inclinaison respectueuse la première loi du Grand Empire mongol. Il zigzague d'est en ouest en raids meurtriers et met au point les archers mobiles qui encerclent l'ennemi en trois temps.

Gengis Khan avait beaucoup de femmes mais respectait la douce Borte, sa première épouse, qui lui donna quatre fils voraces et guerriers. Légitime et concubines vivaient sous la même tente où séchaient la viande pour l'hiver et la laine des troupeaux. Des Mongols ont dû s'égarer en Pologne pour qu'il ait ces pommettes hautes et ces cheveux noirs et raides...

Il aurait dû s'en douter. Il ne peut pas passer ses nuits à baiser et ses journées à opérer, sans cligner de fatigue. Il n'est que trois heures de l'après-midi et il a déjà la tête qui titube. Il regarde son emploi du temps : pas une minute pour se reposer. Il décide d'appeler Anne et de lui dire qu'il ne viendra pas ce soir. Mais au téléphone, elle reste muette. Il essaie d'être gentil, s'énerve. Pourquoi ne parle-t-elle pas ? Il raccroche, excédé, et rejoint Hilda qui lui tend son sarrau, son calot et ses gants.

– Hilda, prévenez Tria que, ce soir, je dînerai à la maison.

Depuis quelques jours, Serge s'interdit de penser. C'est de la folie. Il s'est jeté dans cette histoire, raison bâillonnée et mains avides. Voie sans issue : il est conseillé de faire demi-tour. Il ne croit pas qu'il en soit capable... Avec Anne, il redécouvre une autre réalité, une réalité enfouie dans le passé, dans son inconscient mais qui est lui aussi. Sauf qu'il l'avait oubliée. Au profit de l'autre : du docteur Alsemberg, debout près de sa table d'opération quatorze heures par jour. Il s'était toujours cru capable de grande maîtrise sur lui-même mais, ce soir, il se sent vaciller.

Alice absente, il est libre. A condition que tout rentre dans l'ordre quand elle reviendra. Mais cette fois-ci quel ordre va l'emporter ? Celui de sa femme douce et lisse ? Ou celui d'Anne sauvage...

Ils ne parlent pas de l'avenir. Ni du passé : de son départ de Paris, des réactions de son mari. Parce que ça ne les intéresse pas. Et d'ailleurs, ils parlent très peu. Tout ce qui n'est pas leur étreinte lente, étonnée, fulgurante ne les concerne pas. Pas une seule fois, il n'a dit Alice, pas une fois elle n'a mentionné Alain. Elle a tout effacé en pénétrant un soir dans sa chambre et en défaisant la ceinture noire et brillante.

– Des nouvelles de Madame ?

– Oui, Monsieur. Elle a appelé hier et a dit qu'elle rappellerait.

Il a une pile de journaux à lire, du courrier à ranger. Il se lève, tire un disque de sa pochette. Mozart concerto 21. Elvira Madigan sur son fil de funambule, rejetée par la bonne société parce qu'elle a choisi son amour, acculée contre le canon d'un pistolet qui souille le chemisier blanc. Il s'était toujours promis d'éviter les passions. Ça vous tire en arrière, ça vous fait retomber en enfance. Mais il ne peut pas s'en empêcher...

Son air de chienne quand il s'approche, qu'elle se tend, qu'elle se plie, qu'elle lui lèche le cou... Son regard pesant quand il l'écarte, regard de folle qui le pousse à allonger l'attente, à étirer la volupté.

– Téléphone, Monsieur.

C'est Alice. Elle arrive demain soir par le vol AT 456 de 20 heures 40. Il ira la chercher, c'est promis et il sera à l'heure.

Il appelle l'hôtel Savon. Demande Anne. Mme Gangemi lui répond qu'elle est sortie. Les cheveux brillants et l'œil doré. Comme si elle allait danser...

Il lui a interdit de quitter l'hôtel. Stupéfait. Elle désobéit. J'ai à peine le dos tourné qu'elle va traîner ! Ce n'est pas une mauvaise idée, je l'oublierai plus facilement ainsi.

Il remet une dernière fois le concerto numéro 21, sourit en pensant à Elvira Madigan, lit le journal jusqu'à minuit et va se coucher.

La lune éclaire la chambre si fortement qu'il distingue le lit, la coiffeuse d'Alice, la porte de la salle de bains. La piscine brille, bleue, sous l'éclat de la lune et le jasmin plie son odeur jusque dans la chambre. Calme et douceur. Il s'étire, respire, fait tomber ses chaussures et s'étend de tout son long sur le lit. Le lit est chaud, un corps roule contre lui et une voix insolente murmure dans le noir :

– C'est à cette heure-ci qu'on se couche ? Et on prétend qu'on est épuisé ? Va falloir vous expliquer, monsieur Gengis Khan...

Chapitre 17

– Tu n'avais pas le droit de sortir !
– Tu n'as pas le droit d'être fatigué !

Ils se toisent. Anne a la lèvre inférieure qui avance en une moue boudeuse. Serge la dévisage, menaçant, mais elle reste toute droite. Il va la punir. Ça lui est égal.

Il se dresse au-dessus d'elle, plein de colère. Ses yeux se rapprochent ; elle baisse les paupières et attend. Tam-tam dans le cœur. Il enfonce ses dents dans sa moue et la mord jusqu'à ce qu'il sente le goût du sang dans sa bouche, jusqu'à ce qu'il voie perler des petites gouttes sur ses doigts qui lui tiennent le menton et la maintiennent immobile. Anne ne se débat pas. Raide, tendue, les yeux clos.

Puis, Serge relâche son étreinte, l'enferme doucement dans ses bras et alors, seulement, elle éclate en sanglots.

Elle a pleuré encore quand il l'a serrée contre lui en lui caressant la tête contre son épaule. Ses larmes ont fait fondre son rimmel et elle est barbouillée de noir.

– Tu es sale, lui dit-il.

Elle se frotte les yeux et dit que ça pique. Il se lève, va à la salle de bains, prend du coton, du lait démaquillant et revient vers le lit. Petite tête blonde au regard de charbon et à la lippe rouge, tout à l'heure je m'enfouirai dans tes cheveux et je dormirai. Violence et paix.

– Montre ton visage.

Elle le tend, docile, et passe sa langue sur sa lèvre.

– C'était bon...

– Ne bouge pas. Je vais te nettoyer.

Il la frotte si énergiquement qu'elle se tortille et proteste :

– C'est pas comme ça qu'on fait ! Tu me démaquilles comme si tu nettoyais une plaie...

Il rit et ses gestes s'adoucissent. Le visage redevient rose sous le lait. Rose et pur.

Elle soupire, ferme les yeux et murmure :

– Je suis le bébé de Gengis Khan.

Démaquillée, on dirait qu'elle a douze ans. Il l'aime quand elle a douze ans. Tellement qu'il va lui faire un cadeau. Un cadeau précieux qui lui vient de sa mère. Il n'a pas connu sa mère, ni son père. Ils sont morts dans une avalanche alors qu'il avait deux ans. Longtemps, il avait inventé une autre mort, plus classique, après que des gamins, à l'école, se furent esclaffés à l'idée de la boule-de-neige-qui-tue...

Il va fouiller dans son bureau et revient avec un petit écrin en velours bleu roi. Il l'ouvre et en sort un collier de petits chaînons nacrés sertis d'or.

– C'est pour moi ?

– C'est pour le bébé de Gengis Khan.

Il lui passe le collier autour du cou, elle s'incline pour qu'il l'attache puis il lui baise le bout des doigts et elle rougit comme une apprentie altesse.

Plus tard, quand elle fut endormie, il resta longtemps les yeux grands ouverts dans le noir. Il ne lui a pas dit qu'Alice rentrait demain.

Il a inventé une histoire de carburateur, pour que le docteur Petit fasse la contre-visite à sa place, et rangé la Jaguar devant l'hôtel Savon. Il n'a que deux heures à passer avec Anne avant d'aller chercher Alice.

Elle ne répond rien quand il le lui dit.

Elle joue avec ses doigts de pied. Sa lèvre inférieure pend, gonflée. Pietà boudeuse. Il n'ose pas l'approcher.

Désormais, leurs rencontres seront minutées, arrachées à un emploi du temps où ils ne sont inscrits nulle part.

Il fixe le dos droit et long, les fesses rondes, les cuisses qui dépassent du drap. Il peut la dessiner par cœur. Il connaît chaque pli de son corps, chaque petit bouton qu'il gratte pour la faire ronronner, chaque parcelle de peau et son odeur. Il aime, par-dessus tout, glisser son nez sous ses aisselles et la respirer. Complètement. Pas deux heures par jour.

Il se lève, allume une cigarette et arpente la chambre. Du lit à la fenêtre, de la fenêtre à la table, de la table à la porte, de la porte au lit. Où il fixe son dos et repart...

De quelque façon qu'il envisage le problème, il n'y a pas de solution qui lui évite le choix. Anne, Alice, la clinique... Il se sent impuissant à trancher. Parler ne servirait à rien. Il doit décider tout seul.

Il allume une autre cigarette. S'assied au pied du lit. La tête penchée sur les genoux, le front dans les mains. S'il choisit Alice et la clinique, Anne partira. S'il décide de rester avec Anne, ils devront s'enfuir. Quitter Casa et la belle image du patricien romain... Qu'aurait fait le riche Romain à sa place ? Jeté Anne aux murènes ? Choisi une esclave douce et muette pour le consoler ? Empoisonné sa femme ? Il se voit mal versant de la ciguë dans le café d'Alice...

Tout son argent est investi dans la clinique. Il vient même de rénover deux salles d'opération... En plus, comme il est honnête – et un peu con, pense-t-il –, tout est, bien sûr, au nom de sa femme. Mais il ne pouvait pas prévoir... Il vivait heureux avec Alice et son bistouri.

– Serge ?

Il se retourne vers Anne.

– Tu peux m'apporter des couleurs, des pinceaux et une toile demain ? Je crois que je vais peindre...

– C'est tout ce que tu trouves à me dire ?

Il se redresse, furieux, empoigne sa veste et sort en faisant claquer la porte. Il ne peut pas supporter un tel égoïsme, un tel manque d'amour ! Chacun pour soi. Telle est sa devise. Elle est partie en mettant le feu à tout. Qu'il se débrouille ! Et il songeait à tout abandonner pour ce petit animal glacé ? Il est fou. Il faut qu'il se surveille.

Il a à peine atteint les dernières marches de l'escalier qu'il entend la voix d'Anne qui l'appelle. Pour lui crier son repentir ?

Elle se penche par-dessus la rampe, enroulée dans le drap blanc, et lui lance :

– Prends-moi une belle boîte avec plein de couleurs dedans. De la peinture à l'huile surtout...

Elle remonte le drap sur ses épaules, lui tourne le dos et regagne sa chambre.

Elle peint maintenant tous les jours. Elle s'est installée sur le toit, avec ses pinceaux, ses couleurs, ses bols d'huile de térébenthine et un chevalet. Nue, un grand chapeau de paille sur la tête, le corps enduit d'huile d'olive citronnée pour bronzer. Il paraît que c'est radical.

L'envie de peindre lui est revenue brusquement en regardant le large dos courbé de Serge, sa chemise bleu ciel, ses cheveux noirs, ses coudes appuyés sur ses genoux... Comme une nature morte posée sur le petit tabouret de M. Barbusse. Beau et tragique. C'est ce que voulaient dire tous les petits détails de son attitude. Il n'est jamais comme ça d'habitude. Il se tient droit, géant des steppes. Pas renversé au pied d'un lit...

Elle passe des heures à essayer de fixer sur la toile ce qu'elle a si bien vu ce jour-là. Recommence cent fois la courbe du dos, de la tête, des bras, des genoux. Efface, gribouille. Joue avec sa lippe gonflée. L'émotion qu'elle avait ressentie, alors, avait été si forte, si vraie qu'elle avait complètement oublié l'arrivée d'Alice. Un morceau de réalité venait de lui éclater en pleine figure et la transportait de joie. De jubilation. Elle avait attendu impatiemment l'arrivée de Serge, le lendemain, avec la toile et les pinceaux. L'avait remercié très vite et avait attendu qu'il reparte...

Il la retrouve sur le toit. Pour de brefs moments. Il n'est plus furieux. Il est même plutôt content qu'elle ait trouvé une occupation. Il la prend par la main et ils descendent dans la chambre. Là, il la renverse sur le lit, lui murmure des mots fous et repart. Il vient à n'importe quelle heure : dès qu'il peut s'échapper de la clinique.

Un jour, elle grimpe sur le mur du jardin et hèle un gamin. Elle lui demande s'il veut bien gagner un peu d'argent en allant à la poste lui chercher des formulaires de télégramme. Le gamin opine. Cela fait deux semaines qu'elle a quitté Paris. Elle doit donner de ses nouvelles à Alain.

Le gamin revient avec plusieurs formulaires et les lui tend.

Anne sort son Bic et écrit : « Tout va bien. Je suis à Casa avec lui. Je suis très heureuse. Je n'ai besoin de rien. Baisers. Anne. » Puis elle tend le texte au petit garçon et lui donne quarante dirhams. Il part en courant, et elle reste à califourchon sur le mur.

Elle regarde les maisons et en repère une, en face de l'hôtel. La façade est orange, le toit en tuiles jaunes, elle a cinq fenêtres au premier étage et quatre au rez-de-chaussée. Chaque fenêtre est encadrée d'un filet orange, et la porte en bois clair du rez-de-chaussée ornée de deux frises circulaires. Le bas de la maison porte une large bande orange plus sombre que la façade. De chaque côté fleurit un mimosa dont le jaune doré se fond à l'orange de la maison...

Anne contemple cette maison et est touchée par la réalité de l'ensemble. Cette maison est banale et, pourtant, elle existe. Comme le dos de Serge quand il réfléchissait. Elle exprime un moment de réalité qui lui paraît fantastique... Car la vérité, la réalité, la perfection de cette maison la rendent, elle aussi, vraie, réelle, parfaite...

Elle saute du mur et court à son chevalet.

Chapitre 18

Chaque matin, M. Gangemi lit son journal et le laisse sur la table. Anne le feuillette en buvant son thé Lipton. Ce matin-là, dans la rubrique « Casablanca » du *Maroc-Soir*, un article attire son regard. « Brillante réception au golf de Mohammedia où le docteur Alsemberg et sa femme ont fêté leurs quinze ans de mariage. Parmi l'assistance, on pouvait reconnaître... » et suivent des noms qu'Anne articule, éberluée.

Elle relit plusieurs fois l'article, se penche sur la photo. On y voit, en effet, Serge et Alice autour d'une table ovale, au milieu de leurs convives, en train de lever leurs verres. Serge sourit, un bras protecteur posé sur les épaules d'Alice. Alice est blottie contre lui dans un mouvement de tendre abandon.

Anne repose le journal, vacillante de rage. Ainsi, pendant qu'elle végète dans cet hôtel minable, il banquette pour ses quinze ans de mariage et invite les notables et les distingués !

Elle va trouver Mme Gangemi qui passe l'aspirateur dans le vestibule et lui lance :

– Je sors. Si le docteur vient, dites-lui que je ne sais pas quand je rentrerai... Que je lui mettrai une annonce dans le journal !

Mme Gangemi hoche la tête. Elle ne comprend pas très bien ce qui se passe dans son hôtel, mais cela n'a pas d'importance. Depuis longtemps, cela n'a plus d'importance. Elle enregistre soigneusement le message d'Anne et reprend son aspirateur.

Dans la rue, Anne est étourdie par les bruits, les Moby-lettes qui circulent à toute allure, se faufilent entre les voitures, frôlent les passants. Les rues grouillent de cris, de klaxons, de gamins qui se poursuivent, de papiers qui se collent aux jambes. C'est terriblement sale et bruyant. Depuis combien de temps est-elle enfermée dans cet hôtel à attendre qu'il ait le temps de la voir ? En face du crâne chauve de M. Gangemi et du couteau éplucheur de Mme Gangemi... Rendez-vous furtifs où il se déshabille à peine et regarde sa montre. Elle n'a pas quitté Paris pour ça ! Elle voulait vivre grand et beau. Quel jour est-on ? De quel mois ?

Elle entre dans une banque, cherche un calendrier mural, l'aperçoit et lit : jeudi 15 juillet...

Cela fait un mois qu'elle est revenue lui dire « je t'aime ». Trois semaines qu'elle vit enfermée à l'hôtel Savon pendant qu'il lui ment. Elle ne supporte pas qu'il lui mente. Serge est à moi ! Pas à Alice ! Cette photo dans le journal est un mensonge.

Elle veut s'asseoir à une terrasse de café mais elle n'a pas pris d'argent. Elle va devoir marcher, sera fatiguée et rentrera plus tôt à l'hôtel. Il n'aura pas eu le temps de s'inquiéter. De penser : « Que fait-elle ? Où est-elle ? Avec qui ? » De remettre en question son petit bonheur tran-quille : une maîtresse planquée dans un hôtel et ma femme dans les banquets officiels. C'est trop injuste ! S'il conti-nue comme ça, leur amour va mourir. L'amour ça dure toujours, ce sont les gens qui ne sont plus à la hauteur et qui abandonnent. Pas l'amour... Et si, chaque matin, il lui sourit dans le journal, appuyé contre une autre, leur amour va finir par retomber comme une baudruche percée...

Il devrait comprendre ça, lui qui comprend tout. Devine tout. Devine quand elle a terriblement envie qu'il la fasse attendre, attendre...

Son pas se ralentit, ses yeux deviennent flous, ses bras tombent le long de son corps. Serge, mon amour, je t'aime, je t'aime. Elle fait demi-tour et reprend le chemin de l'hôtel.

Il est là. Il a reçu le message de Mme Gangemi et il l'attend dans sa chambre, le journal entre les mains. Il ne dit rien quand elle rentre, et elle se promet de ne pas parler la première. Elle veut voir ce qu'il va dire pour se justifier. Et puis, elle est encore trop pleine de colère. C'est lui qui éclate, le premier.

– Vas-y... Dis-moi ce que tu penses. Crache ton mépris. Traite-moi d'égoïste, de salaud, de petit-bourgeois. C'est facile, trop facile !

Il lui jette les mots au visage. En guise de soufflets.

– Oui, c'est facile, et ce n'est pas ce que j'attendais de toi.

– Et qu'est-ce que tu attendais ? Que je quitte tout et qu'on parte en troubadours sur les routes ? Ou que je t'installe dans un palais doré comme dans tes rêves ?

– Tu dis n'importe quoi, Serge.

– Non ! Tu croyais que tu allais claquer des doigts et que j'abandonnerais tout. Pour te suivre... Comme un numéro de téléphone !

Elle sent les larmes qui montent, à toute allure, mais elle ne veut pas pleurer. Alors, elle se met à crier, très fort :

– Je t'aime. Je me fous de l'endroit où on va vivre, mais je veux qu'on vive ensemble. J'en ai marre des cinq à sept où tu me sautes à la sauvette et rentres chez toi tout collant de sperme ! Marre ! J'ai quitté ma petite vie d'avant pour vivre un grand amour. Avec enfer ou paradis. Qu'importe ! Mais pas ce semblant de purgatoire où j'attends que tu aies le temps de m'apercevoir entre deux opérations ou deux cocktails mondains !

– Ça n'est pas aussi simple que tu le penses, Anne.

Il a parlé en articulant. Froidement. Comme s'il expliquait un théorème à une petite fille butée.

– Oui, je sais. Ta femme, ta clinique... Mais tu as cinquante-trois ans, Serge, et si tu veux vivre un grand amour, c'est maintenant. Pas dans vingt ans, quand tu seras trop vieux pour bander !

Il lui lance une gifle si forte qu'elle est projetée à l'autre bout de la pièce. Mais elle continue :

– Exactement. Nous, c'est maintenant. Profitons-en. Tu ne sais pas ce qui peut arriver. Arrête de réfléchir. De penser à ta respectabilité et à ta belle piscine...

– Arrête, Anne, arrête.

– Non, je ne m'arrêterai pas parce que, sinon, c'est le bon sens et la raison qui vont l'emporter et, dans un mois, je pourrai lire dans les journaux comment M. et Mme Alsemberg ont redécouvert le bonheur des petits déjeuners conjugaux et avec quoi ils beurrent leurs tartines ! C'est nous que tu tues, Serge, notre amour que tu dilues. Notre bel amour qui va se tirer si tu continues à vouloir jouer les maris modèles. Tu n'es pas un mari modèle. Alice n'est pas heureuse. Même si elle se pelotonne contre toi sur la photo. Elle ne dit rien mais elle connaît toutes tes petites aventures minables, ta maison à Mehdia où tu emmènes tes putes...

– Tais-toi !

Il hurle, se jette vers elle, cherche à l'attraper mais elle se protège en se plaçant derrière la table.

– Non, je ne me tairai pas. Je ne veux pas mériter de certificat de bonne conduite pour avoir été une gentille maîtresse qui attend sagement que son amant vienne la baiser ! Je ne veux pas être piégée par la patience... Je ne veux pas !

Elle est essoufflée. Tellement elle parle, crie et crache. Serge la regarde, stupéfait. Les mains posées à plat sur la table, dressée sur la pointe des pieds, elle plaide comme un accusé qui voudrait sauver sa tête.

– Je ne veux pas la patience, je ne veux pas l'habitude, je ne veux pas avoir honte parce que je te pique à Alice. Tous ces sentiments au rabais me donnent la nausée. Je te veux toi en entier. Jusqu'à maintenant, je n'ai rien dit mais je sais, depuis ce matin, que je ne peux plus...

Sa voix s'est cassée, et elle continue tout bas :

– Serge... Soit on vit ensemble et ça m'est égal que tu n'aies plus d'argent, plus de maison. Soit je m'en vais. Et je ne reviendrai pas. Même si je t'aime comme une folle. Même si rien qu'à l'idée que tu ne me baises plus, j'ai envie de faire demi-tour. Parce que je ne veux pas devenir quelqu'un que je méprise. Je me suis trop longtemps méprisée de n'avoir pas d'audace, pas de courage... C'est grâce à toi que je me suis réveillée, un jour. Alors, je ne veux pas me rendormir à cause de toi...

Elle se laisse tomber à terre. Vidée, épuisée. Les bras sur la tête, la tête entre les jambes. Elle se dit que, peut-être, elle est allée trop loin ; elle a peur qu'il renonce... Elle ne supporterait pas qu'il la quitte.

Ils sont tous les deux, ramassés sur eux-mêmes, à un coin de la pièce.

Serge pense qu'il est arrivé au stade de sa vie où c'est sa dernière fois. Le dernier exploit qu'il peut accomplir. Partir avec elle, vivre leur passion le temps qu'elle durera. Peut-être toujours, peut-être trois mois. Mais s'il laisse passer cette dernière fois, il ira se ranger du côté de ceux qui racontent leur vie au lieu d'en rire. Ceux qui n'agissent plus mais qui parlent. Sans humour. Avec une précision maniaque puisqu'il ne leur reste plus rien d'autre à vivre que les détails de leurs lustres passés. Et alors, il sera définitivement vieux... C'est ça son choix finalement. Le choix vous rattrape toujours. On pense qu'on peut l'écarter et s'en débarrasser mais il vous retrouve et vous pose des questions de plus en plus précises. Il attendait qu'elle prononce ces mots... Il se moque bien de ce qu'on pensera de lui. Elle vient de donner un coup de poing à leur amour qu'elle renvoie en l'air. Très haut. Là où il doit être. Toujours. Cadichon violente et têtue. Je savais que tu le ferais. Que tu tendrais les bras vers moi pour m'obliger à nous emmener tout là-haut...

– Allez, viens, on part.

Il lui tend la main, elle s'agrippe, se relève, se jette à son cou. Ils s'embrassent, tombent à terre et elle glisse la main dans son pantalon :

– Ce n'est pas vrai ce que j'ai dit. Tu banderas encore dans vingt ans...

Elle voulut emporter ses toiles. Il voulut passer par la banque pour prendre tout l'argent de son compte. Ils décidèrent de n'avertir personne. Après tout, c'était leur histoire, et ils n'avaient pas à s'excuser.

Chapitre 19

Anne avait très envie d'emprunter la route toute droite Casa-Marrakech et de dormir à la Mamounia, cet hôtel si chic dont parlaient les filles qui scandaient « di-vor-cés, di-vor-cés » dans les rangs, au lycée.

– Oui, mais ils l'ont rénové, fit remarquer Serge, et maintenant il y a l'air climatisé, des rampes au néon et la télé dans toutes les chambres.

– Ça ne fait rien. C'est là que Yacoub el Mansour, fils aîné d'Abou Yacoub Youssef, infatigable bâtisseur, dessina les plans de douze palais, de cent jardins, d'une dizaine de bassins, de mosquées et une enceinte qui, aujourd'hui encore, protège Marrakech des sinistres envahisseurs.

– Tu confonds, Anne. Ce n'est pas à la Mamounia mais à Marrakech...

– Là aussi que le célèbre philosophe et savant Averroès (Mohammed Ibn Rochd pour les initiés) écrivit son *Traité de la substance de l'univers* et une partie du *Commentaire moyen sur le traité du Ciel*... Appuyé sur un balcon, dans la palmeraie...

Serge l'écoute, étonné.

– Mais d'où sais-tu tout ça ?

– De mon encyclopédie. Quand j'étais petite, j'avais demandé qu'on m'offre à chaque Noël un tome de l'encyclopédie Larousse. Et j'ai lu tout ce qui concernait le Maroc. J'étais stupide quand il s'agissait de parler bas nylon et baisers fripons mais imbattable sur le Saadien Abou el Abbas el Mansour, surnommé Debbi le Doré. J'ai une grande faiblesse cependant : les lettres X, Y, Z que je n'ai jamais reçues. Il paraît qu'elles se sont perdues, et maman a eu beaucoup de mal à se les faire rembourser...

Elle s'appuie contre lui.

– Je suis heureuse, Serge. Prête à te réciter toute l'histoire de Marrakech si tu le veux...

– Est-ce que, dans ton encyclopédie, on ne disait pas qu'il faut éviter Marrakech en juillet et en août parce que ce sont des mois torrides où les sages marrakchi quittent la ville ?

– Si. Mais ça ne m'arrangeait pas, alors je l'ai sauté !

Il lui dépose un baiser sur la pointe du menton.

Ils vont mourir de chaleur à Marrakech.

A la réception de la Mamounia, Serge précisa qu'il voulait une chambre sur les jardins. L'homme s'inclina.

– Entendu, docteur Alsemberg.

Il demanda combien de temps Serge comptait rester. Serge répondit qu'il ne savait pas, et l'homme de la réception dit que c'était très bien.

– Je vous souhaite un excellent séjour, docteur.

– Et moi, je ne compte pas ? murmura Anne à l'oreille de Serge pendant qu'ils suivaient le bagagiste.

Elle n'avait pas voulu laisser son chevalet ni ses toiles dans la voiture et le petit homme ployait sous le poids à porter.

– Toi, tu n'existes pas, lui répliqua Serge alors qu'ils montaient dans l'ascenseur. Tu n'es que la concubine du moment et, au Maroc, les maîtresses, on les ignore. Elles ne jouent aucun rôle dans l'Histoire. On les met dans un coin et on les montre du menton pour situer son importance. « Regardez, j'en ai une blonde, une vraie, pas une qui se décolore au l'Oréal en boîte... Une blonde à peau blanche. »

La chambre est grande et longue, toute bleue, avec une terrasse, l'air climatisé et la télévision. Il y a même un programme de films diffusé par l'hôtel, et Anne est enchantée. Le bagagiste pose leurs affaires, ouvre la fenêtre, montre la salle de bains et s'incline pour recevoir son pourboire.

– Merci, docteur.

Anne fronce les sourcils, attend qu'il soit parti et demande :

– Dis donc, tu es connu ici... Tu viens souvent ?

– Je venais souvent. Mais, depuis qu'ils ont modernisé, j'ai du mal à retrouver mes habitudes et, tu sais, à mon âge, on tient à ses habitudes...

Il lui adresse un petit sourire ironique.

– Et tu venais avec qui ?

– Ici ? Rien qu'avec de splendides créatures...

Anne imagine Serge enlacé à une autre et plisse le nez de dépit. Il va et vient dans la chambre, ouvre les penderies, joue avec les cintres, inspecte la terrasse, s'étire... En propriétaire qui reconnaît les lieux.

– Il va falloir que je me fasse faire un autre costume... et toute une garde-robe. Sinon je vais devenir clochard.

– Et la dernière, elle était comment ?

– La dernière quoi ?

– La dernière splendide créature.

Il réfléchit, se gratte le front, sourit.

– Superbe.

– Mais comment superbe ?

– Vingt-cinq ans. Longue, mince, avec de gros seins ronds, un corps tout en jambes, de longs cheveux noirs, des yeux verts et deux fossettes au creux des reins. J'aime les fossettes au creux des reins...

Serge ne lui a jamais dit qu'elle avait des fossettes au creux des reins. Ni qu'elle était superbe... Elle resserre ses bras autour de ses genoux. Le menton sur ses genoux blancs, rougis par le soleil.

– Elle baisait bien ?

– Elle était surtout très excitante...

– Oui, mais elle baisait comment ?

– Bien. Elle savait s'ouvrir, s'offrir, bouger, enrouler ses jambes autour de mes reins.

Il s'approche du lit et la regarde, repliée sur la douleur qu'elle se fabrique exprès. Elle tressaille à chaque détail.

– Je me rappelle... Un jour, nous étions remontés de la piscine... Elle avait le corps mouillé, les cheveux mouillés, la peau encore toute chaude de soleil. Je respirais l'odeur de son huile à bronzer sur ses bras, ses jambes, entre ses seins... Une odeur de bergamote ambrée...

Il s'est allongé contre Anne, a déplié ses jambes et les a écartées.

– Elle portait un deux-pièces violet, et j'ai fait glisser son soutien-gorge. Je l'ai caressée doucement, en écrasant toutes les petites gouttes d'eau qui perlaient sur sa peau...

Anne cligne des yeux et retient son souffle. Sa lèvre tremble, ses ongles griffent son ventre et sa tête roule sur l'oreiller.

– Elle s'est accroupie sur le lit, tendue vers moi et je l'ai empoignée durement. J'avais envie d'elle. Très fort...

Il s'étend sur Anne. Elle gémit. Il continue à lui parler, à lui raconter l'amour qu'il faisait à une autre, là, sur ce lit, sur un dessus-de-lit comme celui-ci. Le ventre de l'autre tendu contre le ventre de Serge. Le plaisir qui monte... Anne plaque ses mains contre ses oreilles pour ne plus entendre. Ça fait trop mal. Des images jaillissent dans sa tête, le sang bat sous ses lèvres. Serge continue à raconter et Anne s'étire, déchirée de haut en bas par une douleur délicieuse. Inconnue. La voix de Serge est monocorde, basse. Ses yeux fixent le regard fou d'Anne qui ne veut pas écouter mais qui se laisse envahir par cette voix qui la torture. Il devient de plus en plus précis, grossier et elle passe la main dans sa chemise, défait les boutons, défait son pantalon, le cherche des mains, le supplie de la prendre... Elle se cramponne à son cou quand il la défonce comme il défonçait l'autre. Jusqu'à ce qu'elle pousse un hurlement et retombe sur le lit, pantin cassé, yeux vides, hagards...

– C'est pas vrai, hein, c'est pas vrai ?

Il ne dit rien. Elle l'implore du regard et, devant son silence, baisse la tête. Elle a deux larmes sur les joues.

La piscine de la Mamounia ne ressemble à aucune autre piscine. D'abord parce qu'elle est située dans l'un des plus beaux jardins de Marrakech, au milieu des rosiers, des orangers, des grenadiers, des lauriers-roses, des buissons d'hibiscus et des palmiers, ensuite parce qu'elle est très grande, très bleue et de forme irrégulière...

Irrégulière mais pas prétentieuse. Irrégulière comme une grosse goutte d'eau qui aurait pris le temps de bien s'étaler avant de s'immobiliser. Et qui aurait même pensé à englober un petit îlot de jardin en son extrémité. Comme ça, pour se faire de l'ombre. Ilot d'où jaillit un petit jet d'eau discret et rafraîchissant.

Anne aima tout de suite la piscine et ne la considéra jamais comme une piscine. La seule qu'elle connaissait étant celle de Levallois-Perret.

Serge demanda deux matelas et deux parasols à un garçon, et Anne protesta : elle voulait bronzer sans parasol. Serge répliqua qu'il n'en était pas question : elle brûlerait. Il lui acheta des crèmes et elle se laissa enduire en bougonnant. Elle ne serait jamais une splendide créature s'il la tartinait de crème et la rangeait sous un parasol. Puis elle voulut retirer son haut de maillot. Autour d'elle, gisaient des filles noires de bronzage et à moitié nues. Mais il le lui interdit avec un regard si terrible qu'elle n'osa pas désobéir.

L'air est chaud et vibrant, et les garçons en vestes blanches circulent entre les corps étalés, portant des plateaux de boissons, de cacahuètes et d'olives. Anne ne pense à rien. Elle ouvre les yeux de temps en temps en espérant que son corps a doré mais les referme, dépitée. Elle préfère se rappeler l'amour qu'ils ont fait tout à l'heure... L'amour avec Serge n'est jamais pareil. Tout est permis. Elle ne pense jamais « c'est pas bien », au contraire, elle a envie d'aller encore plus loin, de retenir son souffle pour d'autres aventures. Elle devient géante dans ses bras. Animale. Dinosaure. Elle se souvient alors de l'amour avec Alain : tout petit. Programmé, sans extension vers le ciel, sale, pas propre, pas envie.

Avec Serge, l'ordre primitif est restauré. Il peut la battre, la mordre, la manger, l'insulter, la tirer par les cheveux... Elle utilise sa douleur pour se fabriquer un plaisir encore plus raffiné. Anéantissant. Envie de mourir, qu'il l'étrangle entre ses doigts, qu'il la livre au premier venu... Sa soumission au désir de Serge lui permet de se dépasser, de s'agrandir, de se créer un autre monde barbare, cruel, avec toundra à perte de vue. Un monde où le profane est refusé, la norme rejetée, les habitudes abolies. Où ils se mesurent comme deux ennemis avant le combat. Où l'imagination de l'un rivalise avec le désir de l'autre, où le moindre clignement des yeux, le moindre tressaillement des lèvres est un indice pour celui qui épie, prêt à aimer encore plus fort, plus loin, plus terrible...

Et, paradoxalement, elle a aussi l'impression de revenir aux origines : quand elle était un petit bébé qui pleurait dans le noir. Dépendante de la main qui la nourrit, la lave, la nettoie, la caresse. Punie, récompensée, cajolée. Prise en charge. Des forces obscures, oubliées, reprennent possession d'elle, et elle geint, vagit, ferme ses poings et agite ses jambes. Juste comme un bébé. Je voudrais tellement être un petit bébé dans un berceau que Serge transporterait partout avec lui. Partout...

Le soleil tombe à l'horizon et Anne ferme les yeux sur le berceau.

Serge se dit qu'il va devoir téléphoner à Alice et à la clinique. Parler à Hilda. Prévenir les docteurs Latif et Petit. Leur dire de prendre ses malades en charge. Qu'ont-ils fait de mes deux interventions de cet après-midi ? Si je reste longtemps absent, Petit prendra sûrement mon bureau... Et mes dossiers ? Alice, désormais, va être responsable de l'administration de la clinique. Alice... Je suis parti après que tu te fus serrée contre moi pour nos quinze ans de mariage. Et sans que tu ne m'aies jamais parlé comme tu as parlé à Anne, à Paris. Quinze ans heureux où la seule erreur a été de ne pas faire de petite fille aux cheveux blonds qui m'aurait retenu par le pantalon quand les yeux jaunes m'ont transpercé. Je te laisse la clinique, la maison. Je sais que tu vas pleurer mais je ne pouvais pas faire autrement... Il trouve les mots banals et décide d'en employer le moins possible, sinon son histoire va ressembler à n'importe quelle autre histoire d'amour.

Il est sept heures. La piscine est déserte. Anne dort. Ils ont dû s'apercevoir de son départ maintenant... Ce matin encore, il était le docteur Alsemberg de Casa. Ce soir, il n'est plus qu'un vagabond en fuite. Les mots n'ont plus le même sens. Le concierge de l'hôtel ne s'inclinera plus aussi profond. Il ne fait plus de projets, il n'a plus d'avenir. Rien qu'un beau feu d'artifice avec la petite Anne qui applaudit au premier rang...

Sa vie a basculé en douze heures. Sa vie si droite, si exemplaire, qu'il avait façonnée à la manière d'un jardinier méticuleux. Sans rien laisser au hasard ni à l'émotion... De la rue Pruszkowska à Varsovie où il avait pris la voiture qui l'emmenait à la frontière jusqu'à la belle maison blanche de la rue Mohammed-Smiha.

– Docteur Alsemberg ! Docteur Alsemberg ! Téléphone...

Un garçon court autour de la piscine en brandissant une pancarte où est inscrit son nom. Anne se réveille et l'interroge du regard. Il hausse les épaules.

– Ce doit être la direction de l'hôtel.

Il enfile sa chemise, son pantalon, prend une cigarette et se dirige vers l'intérieur.

– Cabine 2, lui annonce la standardiste.

Il décroche, dit « allô... allô... » et entend un déclic. On a raccroché.

– Dites, mademoiselle, vous êtes sûre que j'ai pris la bonne cabine ?

– Oui, docteur. C'était bien un appel pour vous. Une voix de femme...

Elle remet son casque sur les oreilles, et Serge fronce les sourcils.

– Merci, mademoiselle...

Chapitre 20

Les robinets coulent dans la baignoire et Anne les règle du bout des pieds. Elle se contorsionne dans l'eau et tire la langue chaque fois que son pied glisse sur le robinet. Elle a renversé tout un sachet de mousse et a des flocons blancs jusque dans ses cheveux relevés en plumeau sur la tête. Elle joue à être fée, puis sous-marin, et s'immerge en lâchant des bulles. Il la regarde, appuyé contre le lavabo, une cigarette à la main.

– A quoi penses-tu ? Je t'entends penser dans ta tête...

Il lui sourit, et son sourcil se casse.

– Je pensais que j'allais faire un petit tour pendant que tu finissais ton petit bain.

– Tu peux m'acheter du shampooing ? J'en ai plus.

– Prends le mien.

– Non, je n'aime qu'ça.

Elle lui tend une bouteille vide et il répète « qu'ça ».

– Oui, continue-t-elle en ondulant dans l'eau, le shampooing Ksâ, le meilleur pour les cheveux, un mélange spécial de jaunes d'œufs, d'haleine de bison et de renoncules sauvages.

Il rit, se penche sur ses cheveux mouillés, y dépose un baiser et quitte la salle de bains.

Téléphoner. Ne plus fuir. Agir en grandes personnes même si elles n'existent pas. Mais leur emprunter leurs attitudes pendant quelques minutes...

Il s'enferme dans une cabine, demande un numéro, décroche le téléphone et écoute le bruit de la communication qui court jusqu'à Casa. Comme c'est simple : dans deux minutes, il va pouvoir prétendre qu'il ne s'est rien passé, qu'il sera juste en retard pour dîner...

– Allô. Clinique du docteur Alsemberg.

C'est la voix de Marie qui tient le standard la nuit.

– Passez-moi la secrétaire du docteur Alsemberg, mademoiselle, s'il vous plaît.

Il attend un instant, puis on lui passe Hilda. Quand elle reconnaît sa voix, elle s'exclame bruyamment, dit qu'on l'a cherché tout l'après-midi, qu'il avait deux interventions, une à quatorze heures, l'autre à dix-sept heures et que les docteurs Latif et Petit ont dû tout décommander pour le remplacer. Qu'Alice n'arrête pas de téléphoner et que le représentant de la maison Granger est passé pour réviser l'appareil d'anesthésie. Serge a du mal à l'arrêter et, enfin, lui annonce qu'il est parti. Pour longtemps. Elle le fait répéter, puis se tait. Il passe sa main dans ses cheveux, aspire une bouffée de cigarette. Ce n'est vraiment pas facile d'annoncer qu'on change d'avenir à quelqu'un qui sait à l'avance tout ce qu'elle va faire chaque dimanche du trimestre qui vient ! Elle finit par réagir et demande ce qui va arriver à la clinique. Il la rassure, il faudra seulement engager un autre chirurgien et, pour ce qui est administratif, s'en remettre à Alice. Tout est à son nom. Hilda n'ose pas demander pourquoi il a pris une telle décision, aussi s'enquiert-elle de ce qu'il va faire maintenant. Il lui répond qu'il va essayer de trouver des remplacements dans des cliniques privées ou à l'hôpital. Elle manque s'étrangler. « Vous, docteur ! Faire des remplacements ! » Elle tire un bon coup sur sa blouse car la colère et l'indignation la font suffoquer. A ce moment précis, elle n'a qu'une envie : le prendre par l'oreille et le ramener à la maison. Elle ne sait pas précisément ce qui s'est passé pour qu'il se conduise comme un gamin, mais elle le trouve totalement déraisonnable ! Elle se met alors à parler en polonais très vite, très fort en brandissant son

crayon comme une menace vers le téléphone. Serge
l'écoute et sourit. On dirait Bouba quand il lui avait
annoncé, à dix-sept ans, son intention de rejoindre la
Résistance ! Il la calme, la rassure, lui donne même le
téléphone de la Mamounia pour le cas où elle voudrait
ajouter quelque chose, plus tard. Mais il lui demande de
ne le communiquer à personne d'autre. Elle laisse planer
encore un long silence puis ajoute, très vite, avant de raccrocher, qu'il peut toujours l'appeler s'il a des ennuis. Il
remercie, ému, et se demande avec qui il parlera polonais
maintenant...

Avec Alice, ce fut beaucoup moins chaleureux. D'abord
parce qu'elle savait déjà tout, ayant reçu l'après-midi
même un coup de téléphone du mari d'Anne qui s'inquié-
tait de ne plus avoir de nouvelles de sa femme. Ensuite,
parce qu'elle avait eu le temps de pleurer et de ressasser
sa colère. Elle avoua que c'était elle qui avait appelé dans
la soirée : elle savait que, lorsqu'il était plus intéressé que
d'habitude, il emmenait ses conquêtes à la Mamounia.
Elle n'avait simplement pas eu le courage de raccrocher
avant d'entendre sa voix. Mais c'était sa dernière faiblesse. Serge voulut intervenir en l'assurant qu'il l'aimerait toujours et qu'il lui laissait tout sans contrepartie, mais
à peine avait-il prononcé ces mots qu'elle devint hystérique et lui cria qu'elle n'avait que faire de ses déclarations
d'amour tardives. Il ne l'avait jamais aimée, il s'était servi
d'elle pour avoir sa clinique. Serge l'écoutait, stupéfait.
C'est elle qui avait tenu à lui offrir l'immeuble de la rue
Mohammed-Smiha, cinq ans après leur mariage ! Mais ce
qu'il devinait à travers la rage aveugle d'Alice, c'était
toute la force et la détermination qu'elle allait déployer
pour le noircir. C'était le seul moyen pour qu'elle l'oublie.
Pour qu'elle ne sente pas le monde s'émietter autour d'elle.
A partir de ce moment-là, il se tut. Il ne chercha pas à se
justifier. Simplement, il se dit qu'il y avait eu quelque chose
de terriblement faux dans leurs quinze ans de mariage et
qu'Alice réagissait en investisseur déçu. Elle avait été prête
à tout pour le garder : à se décolorer les cheveux, à se cou-

per une frange, à lui payer une clinique, à fermer les yeux sur ses aventures. Mais, maintenant qu'il lui échappait, toute son impuissance à se faire aimer d'amour fou, son impuissance à lui suffire, qu'elle avait cachée quinze ans durant derrière une façade de sourires, éclatait en bulles de haine et de vengeance... Plus que la colère d'Alice, c'était ce long mensonge qui le bouleversait.

Alice continuait à crier. Elle se sentait libérée de la terrible supériorité de Serge sur elle. Il n'était plus aussi admirable maintenant qu'il plaquait tout pour une gamine, et elle pouvait déverser toute la frustration accumulée...

Serge resta un long moment dans la cabine après qu'elle eut raccroché. Il n'avait pas envie de se retrouver dans le hall avec les touristes endimanchés qui se préparaient pour la nuit.

Après... Après, la dame du standard lui dit qu'il avait eu bien de la chance de n'être pas coupé. Il lui sourit et sortit dans les jardins. Il voulait marcher dans les allées de rosiers brûlés et de jasmins. Le ciel était noir orangé et des nuages s'amassaient sur les cimes enneigées de l'Atlas. L'eau, qui irriguait les jardins, clapotait dans les tuyaux d'arrosage. Des touristes américains, vêtus de bleu ciel et de rose, les cheveux brillants et les dents blanches, s'extasiaient bruyamment sur la couleur du ciel et des massifs. Ils lui dirent bonjour en passant, et il s'inclina. Il pensa que c'était son premier salut de vagabond. C'était peut-être un signe. Il allait peut-être partir en Amérique et y refaire sa vie. Acheter une maison, une voiture, un petit chien et faire des bébés. L'idée le fit rire, et le groupe d'Américains se retourna, étonné. On ne fait pas de bébé à Anne... Et je ne vais pas refaire ma vie. Je l'ai déjà faite plusieurs fois... Les touristes américains avaient disparu et il n'y avait plus que lui dans les jardins de roses et de jasmins. Il se recueillit devant le calme et la douceur du paysage. Il ne partirait pas en Amérique ni ailleurs. C'est là que tout allait se passer...

Chapitre 21

Ce n'est que le lendemain, alors qu'ils déjeunaient au bord de la piscine, que Serge parla :

– Tu ne m'avais pas dit que tu avais convenu avec ton mari de lui donner des nouvelles tous les quinze jours ?

Cette connivence apprise la veille l'a maintenu éveillé une grande partie de la nuit. Et, le visage d'Alain, d'ordinaire si anodin, lui est apparu soudain menaçant.

Elle lève la tête de son pamplemousse et le regarde, surprise.

– Parce que je pensais que ça ne t'intéressait pas. Tu ne m'as pas raconté, non plus, ce que tu as dit à Alice hier soir...

– Comment sais-tu que j'ai appelé Alice hier soir ?

– Je m'en doute, c'est tout. T'avais pas besoin d'aller dans la cabine...

Le silence tombe. Hostile. Serge repousse son assiette et l'observe, en train de découper son pamplemousse, détachant soigneusement chaque parcelle de fruit afin de ne rien perdre. Son indifférence vis-à-vis de ce qui lui arrive l'irrite. Elle ne lui pose aucune question et paraît trouver naturel qu'il abandonne tout pour la suivre. Comme s'il suffisait de dire « je pars » pour se sentir immédiatement mieux. Sa frange trop longue lui tombe dans les yeux et elle a pris la manie de la repousser du plat de la main. Ce geste l'énerve et quand il le lui fait remarquer, elle lui répond qu'il n'a qu'à lui couper les cheveux.

– Et pourquoi as-tu cessé de donner de tes nouvelles ?

Son ton est sec, mais elle ne paraît pas le remarquer.

– J'ai oublié... Et quand je m'en suis aperçue, il était trop tard. J'avais laissé passer la deuxième date...

Elle suce sa cuillère poisseuse de jus de pamplemousse.

– Il a téléphoné à la maison hier soir.

– Ah...

(« Tiens, se dit-elle, il dit encore à la maison... »)

– Tu ne veux pas savoir ce qu'il a dit ?

– Il devait se faire du souci.

Elle enfourne un gros morceau de fruit et sa joue se gonfle.

Le morceau passe d'une joue à l'autre et Serge assiste à ce spectacle avec exaspération.

– Ça ne t'intéresse pas plus que ça ?

– Non. C'est fini. C'est le passé...

– Il était très inquiet, Anne. Il souffre de ton départ...

Il prend le parti d'Alain alors que, dix minutes avant, il était prêt à faire une scène de jalousie.

Le garçon leur présente leurs grillades et Anne lui dédie un sourire éblouissant. « Lui, au moins, il ne m'ennuie pas avec ses humeurs sinistres », pense-t-elle, en agrandissant son sourire.

– Anne, tu ne te conduis pas bien.

Elle hausse les épaules et repousse sa frange.

– C'est quoi se conduire bien ?

– Anne, je t'en prie !

– Écoute, Serge, c'est pas ton problème. C'est le mien.

– Ne parle pas comme une enfant, veux-tu ?

– Je ne veux plus envoyer de télégrammes. Je le lui ai promis en partant parce qu'il avait l'air d'y tenir, mais maintenant je ne veux plus le faire. A quoi ça rime ? A entretenir une relation complètement dépassée...

« Une relation dépassée. » C'est ainsi qu'elle exécute un gentil garçon qui doit dépérir d'amour et d'inquiétude à trois mille kilomètres de cette piscine. Serge a froid dans le dos.

– Tu es une sale petite égoïste.

Elle le regarde, étonnée :

– Mais, Serge, est-ce que je t'ai demandé ce qui s'est passé entre Alice et toi, hier, au téléphone ?

– Non. Et c'est justement ce que je te reproche.

– Je n'ai pas envie de le savoir. Pas envie qu'on pleure tous les deux sur le sort des abandonnés, pas envie de rentrer dans ces détails-là...

– Parce que tu appelles ça des « détails » !

Il est abasourdi. Un « détail » d'abandonner femme et clinique après quinze ans de vie commune !

– Oui. L'important c'est ce qu'on vit tous les deux, maintenant et demain. Pas hier. Je déteste mon passé, tu étais à l'étroit dans le tien sinon tu ne l'aurais pas quitté... Je veux être neuve, toute neuve.

Elle s'étire dans sa chaise et s'étend vers le soleil. Ils se taisent, ils n'ont plus rien à se dire. Serge découvre, stupéfait, une étrangère cannibale, assise juste en face de lui. Il préfère ne pas penser à ce qui risque d'arriver si jamais elle décidait qu'il appartient au passé... Malgré le soleil, la chaleur et les reflets bleus de la piscine, il se sent misérable et plus aussi sûr de lui. Il se fiche pas mal du mari d'Anne. Il cherchait un prétexte pour érafler son indifférence. Il ne supportait pas qu'elle ne s'occupe pas plus de lui. Qu'elle mastique au soleil alors qu'il bourdonne dans sa tête. Parler n'effacera pas la peine qu'il a de la réaction d'Alice, ni la nostalgie qui le soulève au seul mot « clinique ». Parler aurait simplement fait naître une solidarité entre eux... Bidon, dirait-elle en repoussant sa frange.

– Allez, viens, on s'en va. J'en ai marre de te voir t'empiffrer... Et puis, il fait trop chaud ici... Garçon, on prendra les cafés dans la chambre.

Ils ont tiré les rideaux et se sont couchés sur le grand lit lavande. L'air conditionné souffle dans la chambre et ronfle comme cent vieux ventilateurs coloniaux. Serge se détend peu à peu et repense à leur conversation...

– Pourquoi détestes-tu tant que ça ton passé ?

– Parce que je déteste ce que j'ai été.
– Mais tu étais comment ?
– Recroquevillée. Minuscule.

Il y a des mots qui ont le pouvoir, rien qu'en les prononçant, d'engendrer un état d'émotion intense : rougeurs, palpitations, bouts de larmes dans les yeux, bouffées de haine, d'amour... Pour certains, c'est « papa », « maman », « mon frère », « Paris », « Briançon ». Pour Anne, c'est « adolescence », « école », « Levallois », « papa », « gâteau ». Elle fixe avidement Serge, les yeux grands ouverts et durs. Elle parle lentement comme si, au fur et à mesure que les mots sortaient, elle tentait de déceler son mal et de l'extirper.

– J'avais peur de tout. J'avais honte de moi. Je n'osais pas... Je me souviens, un jour, j'avais suivi maman aux grands magasins. Elle faisait des courses et me montrait du doigt ce qui était distingué, dans les vitrines. Je la regardais avec admiration et je me disais que jamais je ne saurais décider, toute seule, ce qui était distingué ou pas. Bien ou mal. Sur quels critères se fondait-elle ? Y avait-il un petit livre qui apprenait ça ? Le monde me paraissait scindé en deux parties bien nettes et il ne fallait surtout pas se tromper sinon on balançait du côté vulgaire et mauvais et c'était la fin de tout. Ce jour-là, je l'ai bien regardée, de sous mon capuchon de duffle-coat, et je me suis dit que je l'écouterais toujours me dire ce qu'il faut faire, aimer, acheter. Et j'ai été comme ça longtemps : je m'en remettais aux autres pour me dicter ma conduite, mes opinions...

– C'était qui les autres ?

– Maman, puis Alain et tous les maîtres à penser que je m'élisais parce que je les trouvais supérieurs. Il y avait une fille à l'université qui m'impressionnait beaucoup et que je voulais copier. Elle était jolie, avait plusieurs ronds de garçons autour d'elle et était au courant de tout. Mais, plus je voulais lui ressembler, plus je me trouvais minable... Alors je réintégrais ma capuche de duffle-coat.

Serge a du mal à imaginer Anne sous une capuche de duffle-coat.

– Mais tu te révoltais bien quelquefois ?

– J'étais une révoltée clandestine. Dans ma tête, dans mes rêves, dans un sous-sol de l'immeuble... Quand je ne risquais rien. Alors là, j'avais beaucoup de courage... Mais, aussitôt après, je redevenais soumise. Je déteste les gens soumis maintenant. Ceux qui font tout comme tout le monde parce qu'ils ont peur d'être eux.

– Et avant, qui détestais-tu ?

– Les gens heureux. Je leur en voulais. Ils avaient trouvé un truc que je n'avais pas.

Serge sourit.

– Et dire que ton père a eu peur de te rencontrer. Peur d'être face à une jeune fille dure, décidée, qui l'aurait jugé...

– Il ne me connaissait pas. On s'est manqués de peu...

L'éclat méchant de ses yeux a disparu et elle lève vers Serge un regard plein de ferveur.

– C'est quand j'ai appris qu'il était mort que j'ai pris la première décision de ma vie : partir. Grâce à lui. Et puis, la première fois qu'on a fait l'amour. J'ai eu tous les courages après, toutes les audaces. Même celle de venir te rechercher...

– Pourquoi moi ?

– Je ne sais pas. C'est le mystère de l'amour.

Elle a dit amooour en arrondissant la bouche et en mugissant comme si elle voulait ôter toute cérémonie au mot.

– Je pourrais te poser la même question : pourquoi moi, alors que tu étais entouré de superbes créatures ?

Il la serre contre lui, respire l'odeur de son cou, de ses cheveux. Elle se dégage et se penche sur lui :

– Réponds-moi.

– Parce que tu viens de loin... d'ailleurs... Tu as quelque chose qui me manquait et que j'avais très envie de retrouver. Je ne sais pas quoi exactement. Mais j'ai l'impression

149

qu'une partie de moi est en toi et vice versa... Nous avons de longues racines en commun.

– De longues racines qui plongent dans ton passé ? Mais que feras-tu quand tu auras épuisé ton passé ?

Il la regarde, amusé.

– Tu en parles comme d'une denrée alimentaire. On ne mange pas tout, Cadichon, et, de toute façon, mes racines sont très longues...

– Oui, mais moi je suis une saccageuse de racines. Je les arrache et je les jette.

Elle mime le geste de tirer sur des racines et de les envoyer loin, très loin. Ses dents brillent et elle rit. Il l'attire vers lui.

– Ne t'occupe pas de mes racines... Dis-moi plutôt ce qui t'intéresse maintenant que tu es réveillée.

Elle joint les mains, ferme les yeux et se concentre. Bouddha sans plis.

– Ce qui m'intéresse, c'est de grandir un peu chaque jour.

– Pour mesurer ta taille ?

– Non, ça ne m'intéresse pas de connaître ma taille. Je veux seulement grandir un peu tous les jours.

Elle a la langue repliée sur sa lèvre supérieure et semble grave.

– Mais il faudra bien que tu t'arrêtes un jour !

– Non. Je ne crois pas. Je grandirai différemment mais je passerai ma vie à grandir. Il y a un vieux philosophe grec, Solon, qui a dit à soixante ans : « J'apprends toujours en vieillissant. » Eh bien, moi, je veux apprendre jusqu'à ce que mort s'ensuive !

– Mais tu deviendras géante et je ne pourrai plus te tenir dans mes bras...

– Non. Parce que tu grandiras avec moi...

Elle a l'air terriblement sérieuse. Comme si sa vie en dépendait.

– Alors je t'aurai connue bébé et je te quitterai géante.

– Tu me quitteras ?

Elle s'appuie contre lui et l'interroge anxieusement.

– Tu veux me quitter déjà ?

Toute sa joie s'est retirée et elle chancelle. Son cœur gonfle, monte dans sa tête, bat dans sa tête. Serge veut partir... La laisser sur le bord de la route. Elle referme ses poings et enfonce ses ongles pour ne pas pleurer.

– Parce que c'est la Loi de la nature, Cadichon.

Elle soupire... Elle a eu peur, si peur. Pendant un instant, elle était radeau naufragé et plus rien n'existait que sa dérive. Il ne partira pas. Jamais.

– Mais je suis plus forte que les lois de la nature ! Je suis magique...

– Alors si tu es magique, fais vite apparaître nos cafés sinon mes papilles vont se dessécher !

Elle claque dans ses doigts, dessine deux moulinets dans l'air, articule « Abracadabra » et... le garçon frappe à la porte. Stupéfaits, ils le regardent entrer, poser les cafés, tendre la fiche à signer et s'éloigner en traînant ses babouches fourchues...

– Tu vois, je suis vraiment magique, balbutie Anne. Je le savais mais je ne l'avais jamais encore vérifié...

Chapitre 22

Le chergui est entré dans Marrakech, balayant la ville de son souffle chaud. Chacun attend, calfeutré, que le vent du désert se retire. Les rues sont vides, et seuls quelques taxis transportent les passants imprudents qui toussent derrière leurs mouchoirs. Anne observe de sa fenêtre les jardins de la Mamounia. Vides. Chergui – alizé terrible envoyé par Moulay Idriss, dieu du Vent et de la Pluie, pour punir la tribu coupable de la mort de son petit-fils –, qui viens-tu châtier aujourd'hui ? Es-tu l'émissaire d'Alice la Douce ? Ou celui des mânes de mon père ? Le vent ne répond pas, et Anne descend l'interroger.

Les couloirs et les salons de l'hôtel sont remplis de touristes énervés qui s'éventent. Personne n'ose sortir, et lorsque Anne pousse la porte à battants qui mène aux jardins, on la regarde avec insistance. Une poussière jaune et diffuse flotte dans l'air. Des tourbillons montent du sol. Elle ne voit plus rien et ses poumons se remplissent de mille particules de feu. Elle tousse, se bouche le nez et la bouche mais continue à avancer. Les arbres, déjà desséchés par la chaleur du mois d'août, semblent grésiller sur place, et l'eau de la piscine est brûlante...

– C'est étrange, raconte-t-elle à Serge, on dirait que le monde entier va être englouti par le sable.

– Étrange et cruel... Si tu laisses un bébé dehors par coup de chergui, il meurt déshydraté.

Elle porte la main à sa gorge, effrayée, et il éclate de rire.

– Mais tu n'es pas un bébé et tu as trop de défense pour te laisser abattre par le vent du désert...

Anne est vivement impressionnée. Et, quand Serge propose de quitter Marrakech, elle proteste et assure qu'elle veut rester jusqu'au bout et voir le vent se coucher.

Ils restèrent donc cinq jours, enfermés dans la chambre, ne descendant que pour acheter des journaux et des livres, se faisant monter leurs repas, les salles à manger de l'hôtel étant assaillies de touristes piailleurs éventrant des pigeons et fendant des pistaches. Anne continuait sa ronde curieuse et décrivait à Serge les rues vides et jaunes, les détritus qui s'élèvent en colonnes, les rares passants qui avancent, courbés et aveugles. Un matin, elle alla même jusqu'à la place Djemaa el-Fna, et la trouva étrangement vide. Les acrobates, les charmeurs de serpents, les conteurs des mille et une nuits, les hippies et les guides trafiquants de H avaient disparu, et la place s'étendait, abandonnée sous le soleil voilé. Elle fut fort impressionnée et rentra titubante et légèrement grise, prédisant l'Apocalypse.

Elle est couverte de poussière, et ses cheveux sont poudrés de sable. Serge la conduit dans la salle de bains, l'assoit dans la baignoire, lui lave les cheveux, les oreilles pendant qu'elle continue à délirer sur le spectacle de la ville ensevelie.

– Mouche-toi, lui ordonne-t-il en lui tendant le gant de toilette.

Elle souffle dans ses doigts. Et il précise :

– Une narine après l'autre.

– Il ne reste que quelques mendiants accroupis au coin de la place comme s'ils s'étaient endormis au début de la tempête. La main tendue, la tête enfouie dans leurs oripeaux, ils ont l'air morts...

– Mais non ! Ils sont habitués, c'est tout...

Il l'enveloppe dans un peignoir, lui sèche les cheveux dans une grande serviette et la porte sur le lit.

– Que veux-tu faire maintenant, mademoiselle l'aventurière ?

– Jouer.

– Jouer : au golf, au tennis, au bridge, au poker...

– Jouer à des jeux que j'invente.

Le premier est celui de la belle au bois dormant. Elle est la princesse endormie qu'un jeune homme charmant doit réveiller en prononçant un mot magique, connu d'elle seule. Alors, elle ouvrira les yeux et lui rendra son baiser.

Serge s'étend à ses côtés et parle. Il raconte n'importe quoi en espérant que, par hasard, il prononcera le mot qui réveillera sa princesse. Les cafés de Saint-Germain où il faisait le pitre pour quelques verres de vin et un sandwich jambon-beurre, les portes cochères des hôtels où il se dissimulait en attendant que le tenancier ait le dos tourné et qu'il puisse monter dormir sans payer, le soir où il avait aperçu, sur le balcon de l'hôtel des Grands Hommes, Marie-Aimée enlacée à un autre, le costume qu'ils avaient acheté à trois et qu'ils portaient à tour de rôle pour aller passer leurs oraux, le paquebot aux noires cheminées qui l'avait déposé sur le quai de Casablanca. Pitre... cochère... tenancier... balcon... costume... paquebot... cheminée... quai... Casa... Mais Anne garde les yeux fermés et respire doucement. Serge remplit des cendriers, dévide des souvenirs noirs et blancs, surveille la princesse du coin de l'œil.

– Eh ! Princesse, j'ai envie de vous baiser...

Anne ne bronche pas et garde un sommeil royal.

– Psst ! Princesse...

Elle place un polochon entre eux, lui tourne le dos et s'endort. Il allume la lampe, ramasse un vieux *Newsweek*, le feuillette. Envie d'elle, princesse salope. Envie de mordre sa nuque et qu'elle se cambre contre moi. Il avance une main et l'effleure.

– Non ! Tu n'as pas le droit ! C'est un jeu sérieux ! A quoi bon jouer si on ne respecte pas les règles !

Il reprend son journal puis repense à Marie-Aimée. Elle aussi lui disait qu'il n'avait pas le droit... De l'empêcher d'arriver. « Je veux arriver, Serge. » Voilà ce qu'elle lui répondait chaque fois qu'il trouvait qu'il ne la voyait pas assez. Et puis, un soir où il pleuvait et qu'il se promenait place du Panthéon, il s'était arrêté sous un abri et avait levé, machinalement, les yeux sur le dernier étage de l'hôtel des Grands Hommes. Et là, il l'avait reconnue. C'était elle. Elle portait, en ce temps-là, une petite capeline en vison noir qu'elle refusait d'ôter de peur de la perdre. Ce soir-là, la petite capeline se laissait étreindre de très près par un autre que lui. Il avait fait une scène, espérant qu'elle se jetterait à son cou, éperdue de repentir, mais elle en avait profité pour rompre. Il n'était pas assez riche ni chic. Et puis, elle avait sa carrière... Avant de partir au Maroc, sur le quai de Marseille, la couverture d'un journal avait attiré son regard : c'était Marie-Aimée, le nouveau visage du cinéma français. Maintenant, il ne l'apercevait plus, quand il feuilletait les journaux, que dans les inaugurations d'hôpitaux et les soirées pour la Croix-Rouge. Elle avait épousé un riche industriel. D'une certaine manière, elle était « arrivée ».

Le lendemain, Anne le réveilla en murmurant : « Cacaboudin. »

– Cacaboudin ! Ce n'est pas dans le dictionnaire !

– C'est normal, répondit-elle, les mots magiques ne sont jamais dans le dictionnaire.

Ils abandonnèrent le jeu de la belle au bois dormant pour celui du sphinx. Le sphinx est un personnage extrêmement dédaigneux qui n'accepte de partager son lit que si l'on satisfait à trois épreuves : trois questions de culture générale qu'il pose en toute inimitié.

Ce soir-là, Serge est sphinx. Il prend une Gitane, s'allonge sur le lit, coince deux oreillers derrière son dos et allume sa cigarette.

– En quelle année est mort le général de Gaulle ?

Anne trouve tout de suite. C'est l'année où elle a eu son premier appareil dentaire : 1970. Le dentiste avait mis le portrait du Général dans la salle d'attente. Ce qui n'était pas du goût de tout le monde.

Elle se trémousse sur le lit, assise en tailleur, les mains passées sous les cuisses. Elle vient de manger une glace à la fraise et a une bouche de clown. Ils ne font que ça depuis qu'ils sont enfermés : manger et baiser.

– Si toutes tes questions sont aussi faciles, je vais bientôt me jeter sur toi.

– Pas si vite, princesse bidon, la première est toujours facile : c'est pour appâter le gogo...

Il rejette la tête en arrière, ferme les yeux à demi, aspire une longue bouffée de cigarette et forme un rond presque parfait. Des nœuds parfaits. Propres et robustes qui couturent bien les plaies... Les rideaux sont tirés, la femme de chambre ne vient plus faire le lit. Inutile. Ils sont vautrés dessus toute la journée.

– Dépêche-toi, Serge. J'ai envie de toi.

– Tu as envie comment ?

Elle ouvre les bras grands, grands, et manque de perdre l'équilibre.

– Bon ça va... Qui a écrit *Transatlantique* ?

Elle reprend son balancement. Dit qu'elle a le nom sur le bout de la langue mais qu'elle ne veut pas l'écorcher. Un nom impossible d'ailleurs, un de ses compatriotes, émigré comme lui. Il l'a écrit en Argentine, et tous les Polonais du monde ont fait haro sur lui sous prétexte qu'il vilipendait son pays...

– Witold Gom... Witold Gombrovicz... v.i.c.z. à la fin, c'est ça ?

– Oui et pourtant je suis sûr que ce n'était pas dans ton encyclopédie...

Il a un sourire narquois.

– Non. Ça, c'est Alain qui me l'a fait lire.

– Ainsi tu pourras dire, si je te baise cette nuit, que c'est grâce à ton mari...

Anne n'aime pas du tout ce genre d'humour. Elle hausse les épaules. Et préfère changer de sujet de conversation. Elle se souvient du discours moralisateur de Serge au sujet d'Alain et n'a pas envie que ça recommence. Elle a horreur de la pitié et de la gentillesse.

– Quels noms impossibles vous avez, vous les Polonais ! Heureusement que le tien est plus simple...

– Le mien n'est pas plus simple... Il est même bien plus compliqué !

– Alsemberg ! Compliqué !

Mais il dit qu'Alsemberg n'est pas son vrai nom. Et elle arrête de se balancer et le fixe. Bouche bée. Serge est un autre soudain. Un double fond vient de s'ouvrir et, médusée, elle regarde pointer le pied d'un inconnu.

– Mon vrai nom est Zzhérobrouskievitch.

L'inconnu roule les *r*, et porte de grandes bottes fourrées qu'il retrousse sur ses cuisses. Il chasse sur ses terres et couche des femmes tremblantes sur de grandes dalles froides avant de leur trancher la gorge. C'est le seigneur du domaine. Il reçoit tous les matins la visite de ses serfs qu'il flagelle quand ils ont désobéi...

– Raconte-moi, demande-t-elle d'une toute petite voix.

Quand il avait quitté la Pologne, Serge s'était réfugié en Belgique, dans un petit village frontière proche de la France. Il était resté caché là pendant plusieurs semaines et s'était rendu compte que son nom était imprononçable. Il ne pouvait pas le raccourcir – ça faisait Zzhéro et c'était ridicule –, alors il avait pensé à des noms mais aucun ne lui plaisait vraiment. Le jour de son départ, l'homme qui devait le faire passer en France était arrivé et ils s'étaient mis en marche. Au bout d'un moment, Serge s'était retourné. Et, sur la gauche, il avait aperçu une pancarte qui indiquait : « Alsemberg, 1 kilomètre »... Voilà comment il s'était appelé Alsemberg. En hommage à un petit village belge. Serge laissa passer un moment, puis il ajouta qu'aujourd'hui aussi il devrait changer de nom puisqu'il changeait de vie. Sauf qu'aujourd'hui, ce n'était pas pareil, il ne fuyait pas, il la suivait. Et il n'avait pas vraiment d'avenir devant lui...

Anne a peur. L'inconnu a tourné les talons et tient un langage qui lui échappe. Elle veut le rattraper et lui demande, angélique :

– Tu m'aimes ?

Il sourit, amusé.

– Pourquoi me demandes-tu ça ?

– Parce que tu ne me dis jamais « mon chéri » ou « je t'aime » comme les autres mecs.

– Je ne veux pas dire ces mots-là. Et surtout pas à toi...

– Pourquoi ?

– Parce que tu me truciderais. Tu n'aimes que les batailles, Anne, tu t'ennuies en temps de paix. Tu tripotes ton sabre et cherches un ennemi à transpercer...

– Tu mens !

– Non. Je suis lucide, c'est tout. Tu sais ce qu'on dit des Polonais dans les petits livres brochés, écrits pour les touristes ?

Elle secoue la tête.

– On dit qu'ils aiment sans naïveté et meurent sans innocence.

Elle s'est réfugiée à l'autre bout du lit et boude.

– D'abord, tu n'as rien d'un Polonais. Tu es grand, brun, avec des yeux fendus comme un Cosaque. Et puis, je déteste quand tu parles de ta mort !

– Tu n'aimes pas ce qui te dérange, ce que tu ne comprends pas. Tu es bien trop impatiente et gloutonne pour que la mort blanche et lisse ne t'énerve pas... Si tu pouvais, tu la supprimerais. Pas par bonté d'âme mais parce qu'elle t'irrite...

Anne ne veut plus parler. Elle n'aime pas quand Serge s'adresse à elle sur ce ton-là. Elle voudrait qu'il lui dise « je t'aime », « mon chéri », qu'il la prenne dans ses bras et qu'il la berce.

– Je croyais qu'on jouait ?

– Mais on joue, Cadichon. On joue même tout le temps. J'en étais où... Ah ! oui : troisième question. Attends, il faut que je réfléchisse.

– Tu ne veux pas que je dorme avec toi. Je le sais bien...

– Comment dit-on crayon en russe ?

– Caran d'Ache.

La réponse a fusé. Anne n'a pas hésité une seconde. Une lueur d'étonnement passe dans les yeux de Serge.

– Comment le sais-tu ?

– Parce que c'est une marque de crayons. Tu n'as jamais

été écolier en France, sinon tu saurais que les meilleurs crayons pour dessiner, ce sont les Caran d'Ache ! J'ai gagné !

Elle pousse un cri de généralissime et se jette dans ses bras.

Tard, dans la nuit, alors qu'elle reposait, son dos collé au ventre de Serge, il souleva les cheveux blonds et lourds et murmura, si bas qu'il n'était pas sûr qu'elle l'entende : « Bonne nuit, mon céleri... »

Chapitre 23

Il y a des matins où elle trouve qu'elle ressemble à Billy-ze-Kid. Surtout de trois quarts. Et ça lui fiche le moral par terre, pour toute la journée. Elle s'en prend à sa grande bouche ouverte, à son menton qui s'allonge vers la glace, à ses maxillaires trop marqués, à sa frange qui tourne à l'épi et lui donne un air de garçon vacher. Elle se met alors à questionner Serge : elle ne comprend pas qu'on tombe amoureux d'une fille qui ressemble à Billy-ze-Kid. Serge rit, l'assure qu'elle n'a rien à voir avec le bandit de l'Ouest, mais elle n'est pas convaincue pour autant. Ces jours-là, elle disparaît dans une immense salopette Big Mac, rayée bleu et blanc, qu'elle a achetée à un hippy dans les souks, et ne veut plus entendre parler de quoi que ce soit. Ces jours-là, elle est très douce, très soumise et va partout en lui tenant le bras. Comme si elle avait peur qu'il vire Billy-ze-Kid au premier tournant. C'est vrai que, d'autres matins, elle se trouve très belle et embrasse son reflet dans la glace. C'est vrai aussi que, l'amour de Serge aidant, il y a de moins en moins de matins où elle se prend pour Billy-ze-Kid. Mais n'empêche qu'on ne guérit pas en quelques jours de s'être trouvée moche pendant des années...

Serge a souvent rencontré des filles très belles qui égrènent leurs complexes mais il a toujours cru que c'était une ruse, une manière de vous faire protester mille fois par jour du contraire. Alors, d'habitude, quand il entendait de telles sornettes, il ne rectifiait pas et laissait gémir. Mais là, il est bien obligé de constater qu'elle est sincère. Il n'a qu'à sentir avec quelle force elle lui serre le bras, et avec quelle docilité elle acquiesce à ses moindres propositions, pour en déduire que ce n'est pas de la frime. Parce que les jours où elle plante des baisers dans la glace, elle est bien plus distante et bien moins consentante. Facilement ennuyée même...

Lui, il la trouve toujours belle. De fait, elle embellit de jour en jour. Sa peau dore, ses cheveux vont du blond duvet sur les tempes au blond flamboyant ou argenté, selon qu'elle les secoue ou les laisse reposer. Elle n'a plus de frange mais deux barrettes sur le côté, et son visage a le pur ovale de la Vénus de Botticelli. Sauf qu'elle est plus souvent en jean que nue dans une coquille. Ses yeux brillent plus grands, plus sûrs, et son sourire se retrousse sur des dents blanches et pointues, prêtes à goûter le monde. Sans hâte mais avec préméditation, en choisissant finement son morceau... Tout ce qui était auparavant promesse de beauté et d'insolence se précise comme une photo que l'on met au point et qui passe lentement du flou au fixe. Et c'est Serge qui tourne la bague de l'objectif.

Alors, parce que certains matins, elle s'entête à se détester dans la glace, il réfléchit sur ce qui a bien pu la complexer ainsi. Il comprend d'autant moins que, petite, c'était plutôt le genre de gamine à vous enrober de charme et d'autorité. Elle arrivait toujours à obtenir ce qu'elle voulait. Surtout en passant par son père. Il savait très mal lui résister. Il avait plein de principes d'éducation mais finissait toujours par se rendre à ses injonctions. Ce qui créait pas mal de tension entre sa femme et lui. Colette prétendait qu'il devenait maboul, et il protestait faiblement. A Serge, il avouait qu'il s'en fichait bien d'être maboul, que ça en valait vraiment le coup. Un soir, Anne était venue le réveiller à deux heures du matin parce qu'elle avait oublié sa poupée Véronique sur le trottoir et qu'elle venait de faire un cauchemar à ce sujet. Paul s'était habillé et avait fait le tour du pâté de maisons, des bistrots ouverts, des postes de la Sûreté nationale. Il était rentré bredouille, et elle l'attendait sur le paillasson. Il l'avait prise dans son lit pour la consoler et ils s'étaient endormis l'un contre l'autre, les pieds froids d'Anne dans les mains de son père. C'est l'épicier, M. Ali, qui lui avait rapporté Véronique le lendemain matin. Paul vantait à tout le monde la beauté de sa fille. Et il citait la phrase célèbre qui affirme que les filles aimées par leur père sont toujours belles. On ne pouvait rien répondre à ça. Anne et Serge parlent souvent de Paul. C'est surtout Serge qui parle parce que Anne ne se rappelle pas grand-chose. Surtout que, précise-t-elle, je l'ai partagé huit ans avec maman. Ce qu'elle veut savoir, c'est ce qui s'est vraiment passé entre ses parents. Elle n'a toujours eu qu'une version, celle de sa mère, et elle doute qu'elle soit objective. Elle a du mal à imaginer sa mère amoureuse. Serge n'aime pas beaucoup Mme Gilly mais il s'efforce de raconter les choses comme elles se sont produites. Il y a eu un incident clé d'après lui. Un petit incident de rien du tout que les gens vivent, le sourire aux lèvres, mais qui, plus tard, quand ils sont en colère ou blessés, devient un indice et détériore tout. C'est Paul qui le lui avait rapporté en ajoutant que ce n'était pas étonnant, alors, qu'il n'arrive à rien avec sa femme. Un soir où M. et Mme Gilly étaient invités à une réception au consulat des États-Unis, Mme Gilly, avant de quitter la voiture, avait déclaré à son mari, en le regardant éperdument au fond des yeux : « Ce soir, on va jouer à être très amoureux. » Sur l'instant, Paul n'avait rien ressenti. Rien qu'un grand froid qui se coulait dans son corps et l'envie de tirer sur son nœud papillon. Pendant toute la soirée, Colette s'était serrée contre lui en l'appelant « mon chéri », en lui appliquant de gros baisers sur la bouche, en le remorquant partout à son bras. Et il la suivait, en se répétant la petite phrase jusqu'au moment où il s'était dit : « Mais je ne joue pas, moi, je SUIS très amoureux ! » Ce soir-là, il avait regardé sa femme comme une sorte de monstre. Elle jouait le bonheur devant tous ces gens, pour qu'ils lui renvoient l'image d'une félicité qu'elle ne ressentait pas. Il n'y avait pas la moindre parcelle d'amour en elle...

D'après Serge, c'est à partir de cette soirée, ou quelques jours après, qu'il avait commencé à sortir seul le soir. Il avait donné rendez-vous à Annelise et ça ne s'était plus arrêté.

– Mais pourquoi restait-il avec maman ? demande Anne.

– Parce qu'il était amoureux fou de toi.

Anne veut rire mais son rire s'étrangle. « Il est trop tard pour l'amour », lui avait-il écrit avant de mourir. Elle pousse Serge à continuer. Le harcèle pour qu'il trouve des souvenirs précis qui en disent long sur son amour pour elle. Pourquoi l'a-t-il abandonnée ? Sans un mot, sans une notice explicative sauf ce petit billet écrit au stylo-bille, le jour de son mariage.

Paul avait une conception très spéciale de ses rapports avec sa fille. Il pensait que ça frôlait l'inceste et ne s'en cachait pas. Il disait que c'était la plus belle histoire d'amour qu'il avait connue. Et que tout père normal est amoureux fou de sa fille. Sinon, c'est un hypocrite, un coincé, un rétréci...

Un jour qu'ils étaient partis chasser le sanglier à Arbaoua et qu'ils étaient à l'affût, chacun avec sa flasque de whisky dans sa cartouchière, Paul avait parlé à Serge du cul de sa fille. Serge avait été terriblement choqué mais Paul continuait à le décrire, en disant que sa fille avait le plus beau cul du monde. Puis les rabatteurs avaient attiré le cochon vers eux, ils avaient ajusté, tiré, et le cochon était mort foudroyé à leurs pieds, tout fumant de sang et de chaleur. Ils avaient changé de conversation mais la déclaration de Paul continuait à trotter dans la tête de Serge...

– Mais pourquoi m'a-t-il abandonnée alors ?

Ça, elle ne le comprendrait jamais. Et elle lui en veut. A mort. Comme le sanglier fumant du récit de Serge. En fait, elle est partagée entre ce ressentiment tenace et l'adoration qu'elle porte à son père pour tout ce que lui raconte Serge et pour les quelques souvenirs qu'elle garde de lui. Tiraillée entre le sanglier et le culte.

Pourquoi ? Pourquoi ?

Par lâcheté, dit Serge. Par faiblesse. Par peur de ne plus te retrouver comme il t'avait laissée. Ou pour conserver intacte l'image d'une petite fille de huit ans qui s'en remettait à lui pour retrouver sa poupée. Il avait peur d'être confronté à une étrangère, et il préférait ressasser ses souvenirs. Il avait peur de Paris, de ta mère...

Mais il n'avait pas le droit, proteste Anne. Il était responsable de toute une partie de moi qui est tombée en friche. Et elle se met en colère avec d'autant plus de rage qu'elle devine à côté de quelle histoire d'amour elle est passée. Elle arrive à le détester tellement à ces moments-là qu'elle ne veut plus parler de lui. Fini. Rideau tombé sur héros foudroyé. Elle lui en veut trop. Il n'avait pas le droit de l'abandonner comme ça. Passons à autre chose. Tu m'aimes, dis, tu m'aimes ?

Serge est stupéfait de la soudaineté de ses réactions. Un quart d'heure plus tôt, elle se blottissait contre lui en réclamant des détails sur son père et, soudain, elle déclare ne plus vouloir en entendre parler. Mais, il continue à penser à Paul Gilly et à son étrange amour pour sa fille. Il se demande comment il se serait conduit s'il avait eu une petite fille. Est-ce qu'il aurait été fou de son cul ? Cela lui paraît saugrenu et il rit. En tous les cas, il est fou du cul d'Anne. Ça, c'est sûr. Il pourrait en parler pendant des heures. Comme un éminent professeur du haut de sa chaire. De son cul penché, baissé, accroupi, tendu, endormi, repu, en colère, rouge avec la marque des W.-C. Il adore le prendre dans ses mains, il adore aussi l'insulter. Il ne sait pas pourquoi mais son cul peut le rendre vraiment grossier. Ou complètement attendri. Et ça, en tous les cas, c'est quelque chose qui ne risque pas de lui arriver avec Billy-ze-Kid...

Chapitre 24

La maison est haute et rose comme une pièce montée.
Entourée de massifs de fleurs, de gazon brosse anglais et
de tonnelles Peynet. Une large allée de graviers blancs
conduit jusqu'à la porte d'entrée. Les fenêtres sont pro-
tégées par des stores bleu ciel. Le toit, crénelé sur plusieurs niveaux, dessine des festons roses, bleus, verts et
mauves. Une corniche dorée fait le tour de la maison et
rebique à la chinoise façon pagode. Anne se tourne vers
Serge mais il ne paraît pas surpris. « Nous allons chez
mon ami Pépé », c'est tout ce qu'il a dit après avoir décidé
de quitter la Mamounia. « J'en ai marre de jouer les touristes. Ça fait trois semaines et ça suffit. Tu es contente,
tu as connu Marrakech et avec le chergui, en plus ! Tu
pourras raconter ça à tes petites copines. » « Je n'ai pas
de copines », avait marmonné Anne en lui tendant sa
valise écossaise pour qu'il la mette dans le coffre.
La voiture n'avait pas démarré tout de suite, et il s'était
mis en colère. Avait soulevé le capot. Elle, pendant ce
temps, se concentrait sur son mollet gauche et sa pince à
épiler. La réparation avait duré le temps qu'elle dégage
un petit espace bien net de trois centimètres carrés environ, et elle était satisfaite. Quand la voiture s'était mise
en marche, elle avait rangé sa pince. Il dit que c'est dangereux, qu'elle peut passer à travers le pare-brise s'il
freine brusquement. Elle avait alors demandé où ils
allaient et il avait répondu : « Chez mon ami Pépé. Il a
une ferme à quinze kilomètres de Beni-Mellal. » Plus tard,
en s'y prenant bien, elle avait appris que Pépé cultivait

des oranges. Des centaines d'hectares d'orangers. Ce n'était pas un petit fermier avec une mule et une noria, c'était carrément un richissime exploitant agricole. C'est ce qu'elle en avait déduit. Parce qu'il ne parlait guère, ce matin. Elle n'arriva pas vraiment à briser la glace mais elle lui arracha quelques détails supplémentaires. Pépé s'appelait, de tout son long, Pépé Douglas Carbonero. Il était de père espagnol, natif de Ceuta, et de mère américaine, égarée à Ceuta un jour que son paquebot prenait l'eau et nécessitait des réparations urgentes. Et fatales pour Phyllis. Elle avait rencontré Felipe Carbonero en se promenant sur les quais et il y avait eu écrasement des cœurs l'un contre l'autre. Le paquebot était reparti avec tous ses passagers sauf une : Phyllis Johnson, victime de coup de foudre. M. et Mme Carbonero s'étaient installés à Beni-Mellal et avaient eu un enfant : Pépé Douglas. Vingt-cinq ans plus tard, Felipe était mort de congestion, un jour qu'il vitupérait en plein soleil et Pépé, pour consoler sa mère, lui avait fait construire ce château de Walt Disney. Mais Phyllis avait préféré s'en retourner à Philadelphie, abandonnant son fils à la culture des oranges. Et à sa jeune femme, Jeanne, Alsacienne experte en kouglofs. Anne pense que des vies comme celles-là, ça n'existe que dans les films. Les mauvais films, en plus, ceux qui ne craignent pas d'en rajouter pour maintenir le spectateur sur son siège. Mais Serge raconte avec tant de sérieux qu'elle finit par y croire. Et elle pouffe de rire derrière ses doigts croisés. Il lui ébouriffe la tête en souriant.

– T'es plus fâché ?

– Je n'étais pas fâché, j'étais préoccupé.

– Par quoi ?

– Ça ne regarde pas les petites filles.

Elle fait « Ah ! bon » et se penche par la portière. Il peut employer tous les sous-entendus qu'il veut, il ne lui gâchera pas sa joie. Elle se sent bien. Elle n'est plus jamais ce tuyau vide et creux qui laisse tout filer. Elle a plein de petits crampons accrocheurs de bonheur et est bien déci-

dée à attraper tout ce qui lui paraît appétissant maintenant !

A côté de la maison, il y a un grand réservoir sur pattes
qui bourdonne. Serge lui explique que c'est un groupe
électrogène. Quand le père de Pépé s'est installé ici, il n'y
avait pas d'électricité en poteaux et il a été obligé de
construire sa propre centrale.

– Et ça fait toujours ce bruit ?

– Oui, mais on s'habitue, tu verras.

– Pourquoi ? On va rester longtemps ici ?

– Toi peut-être.

– Qu'est-ce que ça veut dire ?

– Ne me pose pas de questions. Tu n'as pas à me poser
de questions. C'est moi qui décide.

Anne se tait. N'empêche qu'elle aimerait bien savoir
ce qu'il entend par là.

Pépé parle de ses arbres, des nouveaux plants qu'il a
greffés et du voyage en Californie qu'il va effectuer en
novembre pour acheter du matériel. Jeanne, sa femme,
approuve en hochant la tête. Quand ils sont arrivés, Pépé
n'a pas dit bonjour à Anne, et sa femme lui a tendu la
main mais son regard a glissé sur le côté. En revanche,
Serge et Pépé se sont donné l'accolade. Pépé est un petit
homme râblé porteur d'une moustache noire et de deux
yeux bleus. Il se dégage de lui une impression de force
bulldozer qui ne va pas avec la maison. Il mange bruyamment, s'essuie du revers de la main, arrache les morceaux
de pastilla avec ses doigts et hausse les épaules quand sa
femme mentionne son désir de faire du tourisme aux États-
Unis. Très vite, il n'y a plus que lui qui parle, agitant ses
doigts gras dans l'air et dégageant de l'ongle les morceaux
de pigeon coincés entre ses dents. Anne se dit que le dîner
serait vraiment sinistre s'il n'y avait la nourriture qui est
excellente. Elle n'a pas mangé de pastilla depuis son
enfance et se recueille au-dessus de la pâte à odeur de

cannelle et de pigeon farci d'amandes. Après le dîner, Serge et Pépé disparaissent dans un petit salon marocain et Anne suit Jeanne à la cuisine. Comme elle ne sait pas quoi dire et que Jeanne ne lui adresse toujours pas la parole, elle se tait et attend. Jeanne est le genre de maîtresse de maison à mettre la main à la pâte, et elle aide la fatma à charger la machine à laver la vaisselle. Puis, elle fait signe à Anne de la suivre. Elle va lui montrer sa chambre à coucher.

La chambre est petite. Le lit est à une place.

– Mais Serge ? demande Anne, interloquée.

– Serge ? Il dort dans la chambre à côté.

Anne attendit Serge deux longues heures. Assise sur le lit, elle essayait de comprendre ce qui se passait. Elle était peut-être tombée chez d'ardents catholiques qui séparent les couples luxurieux... Puis, au bout d'un moment, elle commença à avoir peur. L'abat-jour portait des décalcomanies de Goofy jouant au golf et de Tartine soulevant des haltères et elle fut un peu rassurée. Des gens qui collent des décalcomanies sur l'abat-jour de leurs enfants ne peuvent pas être foncièrement mauvais. Enfin, Serge ouvrit la porte et vint s'asseoir à côté d'elle. Il se laissa tomber sur le lit en portant la main à son front et Anne sentit une forte odeur d'alcool et de cigare. Elle attendit qu'il se soit installé confortablement avant de déclarer qu'elle trouvait ses amis, et lui-même d'ailleurs, un peu bizarres. Elle avait dit « un peu bizarres » mais elle pensait « carrément dingues ». Comme il ne répondait pas, elle lui demanda pourquoi on les avait mis dans des chambres séparées. Il émit un rot, se gratta la tête et dit que c'était tout à fait normal puisqu'il l'avait vendue... Vendue ?

– Ben oui, dit-il, quand je n'ai plus d'argent, je vends mes maîtresses à Pépé. C'est pour ça qu'on est venus ici.

Anne fut debout en un bond et se tint le plus éloignée possible. Mais il se redressa et tituba vers elle.

– Il m'a donné beaucoup d'argent, tu veux voir ?

Elle préféra ne pas répondre. C'était une histoire de fous. Il continua à parler et précisa que Pépé ne l'avait pas achetée pour toujours. Juste le temps de se lasser. Et lorsqu'il n'en voudrait plus, elle pourrait repartir chez elle. Enfin, chez son mari. Puis il étendit un bras vers elle et réclama un dernier câlin. Elle se précipita vers la porte et sortit. Ahurie et furieuse. Le mieux encore était d'aller trouver Pépé et de s'expliquer avec lui. A moins qu'il ne soit dans le même état que Serge... Dans ce cas-là, elle s'enfuirait. Elle partirait en stop. Elle n'avait pas peur.

Un rai de lumière filtrait sous la porte de la cuisine et Anne entra. Pépé est là qui banquette. La bouteille de cabernet est débouchée, la pastilla et le tajine à portée de ses doigts gras. Il lève la tête quand elle entre et un sourire réjoui éclaire son visage.

– Alors, petit animal, on a faim ?

Il lui fait peur avec ses babines luisantes et sa grosse chevalière dorée au petit doigt. On dirait un vieux mafioso sicilien, et elle n'est plus très sûre du ton sur lequel elle va lui parler.

– J'ai toujours faim la nuit, animal. Surtout avec ce qu'on a bu avec le docteur... Alors, animal, c'est le grand amour avec le docteur ?

Elle ne répond pas. Ses mains tremblent et elle s'appuie contre la porte. Pépé la détaille et elle se recroqueville.

– Il est fou d'amour, c'est évident.

– Pourquoi est-il venu vous voir ?

Elle a parlé d'une voix mal assurée, et elle s'en veut d'avoir l'air si godiche.

– Parce que je suis son ami.

– C'est faux. Je sais que c'est faux.

– L'argent, petite, l'argent. Money... Pesetas...

Il fait bruisser ses doigts gras dans l'air.

– Il a perdu beaucoup d'argent à te faire dormir à la Mamounia. Il veut se refaire. Alors il vient voir son ami Pépé... Approche-toi, animal...

– Je ne vous laisserai pas me toucher, espèce de sale mec !

Il lève son verre de rouge vers elle.

– J'aime pas les maigres sans seins, sans croupe.

Anne reste collée à la porte. Elle sent son courage revenir et sa voix s'affermir. Tant qu'il ne bouge pas, ça va.

– Alors, pourquoi m'avez-vous achetée ?

– Les grands mots tout de suite !

– Si. Vous m'avez achetée. C'est Serge qui me l'a dit...

– Je ne t'ai pas achetée. J'ai donné de l'argent au docteur pour qu'il continue sa lune de miel. Il ne savait pas comment me le demander, il tournait autour du pot, disait qu'il ne voulait rien réclamer à Alice, qu'il allait chercher un remplacement mais qu'en attendant... Alors je lui ai ouvert mon coffre. Pour toi, petit animal, pour qu'il continue à t'emmener dans les palaces. Mais c'est pas pour toi que je l'ai fait. Moi, si j'étais lui, je t'emmènerais dans le désert et je te livrerais aux chacals. Pour que tu lui foutes la paix au docteur !

C'était un jeu. Serge avait voulu lui faire peur, l'humilier et elle avait marché. Qu'elle est bête ! Elle avait cru à de vieilles histoires de ventes d'esclaves comme elle est encore la seule à s'en raconter dans le noir... Mais elle en veut à ce petit homme qui se remplit la panse et lui jette l'anathème. Il est trop laid, trop vulgaire, trop gras.

– Ce n'est pas parce que vous nous prêtez de l'argent qu'il faut me faire la morale. On vous le rendra votre argent, vous verrez !

– Calme-toi, chiquita !

– Je ne suis pas chiquita ! Et vous n'avez rien compris. On n'a pas besoin de votre argent. On peut en gagner tout seuls de l'argent !

Elle lui tourne le dos et quitte la cuisine. C'est pas d'jeu ! Serge n'a pas à introduire des étrangers dans leurs rondes nocturnes. Même pour la faire trembler. Elle a perdu la face et elle en veut à Serge. Pour ça et puis parce que, maintenant, leur amour n'est plus un ballon léger qui vole dans l'air. Il est lesté de billets.

Le lendemain matin, quand Anne se réveilla, Serge n'était plus là. Ni dans le petit lit ni dans la chambre voisine. Elle ne trouva personne pour la renseigner. Pépé était dans le hangar à fruits, Jeanne à Beni-Mellal. Elle s'enferma dans sa chambre et attendit. A midi, une fatma lui apporta un plateau. La même fatma revint le soir. Anne n'avait pas touché au plateau. Elle avait mangé ses doigts. La peau tout autour des ongles. Elle se dit qu'il était inutile qu'elle aille se renseigner auprès de Jeanne. Cette dernière se montrerait sûrement aussi silencieuse que la veille.

Vers onze heures, elle entendit une voiture. C'était celle de Serge. Il ne lui dit pas d'où il revenait. Il se jeta sur le lit puis sur elle. Cette nuit-là fut encore plus furieuse que les autres car Anne tremblait d'avoir été abandonnée. Serge se montra précis et raffiné dans ses manières. Il lui commanda de se déshabiller puis la traita de putain et la fit s'agenouiller. Il lui attacha les mains dans le dos et l'insulta. Calmement, en prenant tout son temps, en choisissant tous ses mots. Il lui interdit de le toucher et la repoussa du pied chaque fois qu'elle voulut s'approcher. Jusqu'à ce qu'elle le supplie, jusqu'à ce qu'elle emploie les mots les plus humiliants, les plus crus pour dire son désir. Alors il consentit à la détacher et lui fit l'amour presque tendrement en lui tenant la main comme un enfant.

Chapitre 25

– Serge, embrasse-moi.

Il s'avance. Elle recule.

– Embrasse-moi !

Il penche tout son corps vers elle, mais elle recule encore. Il la saisit dans ses bras, l'immobilise et lui mord la bouche. Elle proteste en tambourinant contre sa poitrine.

– Non ! Pas comme ça, crie-t-elle. Tu sais bien que c'est pas bon quand ça va trop vite. C'est bon quand c'est lent, que ça fait attendre...

Ils sont arrivés dans la nuit à Mehdia. Ils ont roulé sans s'arrêter de Beni-Mellal au petit village de pêcheurs. Ils ont traversé Rabat endormie, pris la route de Kenitra et il a mis son clignotant à gauche. « C'est dangereux de traverser la route, la nuit, a-t-il expliqué, il y a toujours des camions qui roulent à un train d'enfer et qui ne te voient pas. » Ils ont tourné sans heurter de camions. La route plongeait dans un lac, puis dans une forêt et remontait vers la mer. Il y avait du sable sur le goudron et ils ne savaient plus s'ils roulaient sur la route ou sur la plage. La lune était ronde et blanche, cette nuit-là, et éclairait un paysage de bosquets, d'arbrisseaux et de dunes. Des chiens errants traversaient dans les phares, et Serge freinait en jurant. A gauche, on entendait la mer qui roulait ses vagues en tonnant. « C'est pas étonnant, se dit Anne, on est encore sur l'Atlantique. »

A l'entrée du village, une pancarte annonce : « Mehdia, village balnéaire, centre de vacances international, tout droit. » Il y a quelques années, la Direction du tourisme marocain avait décidé de faire de Mehdia un village pilote. On avait construit un grand hôtel, une piscine d'eau douce, des bars, et puis, le directeur du Plan avait changé. Le nouveau directeur voulait lancer un autre village, plus au nord, où il avait de la famille, et Mehdia avait été abandonnée. De ce projet, il ne reste plus qu'une pancarte un peu prétentieuse à l'entrée du village et des chantiers inachevés à l'intérieur.

Serge a pris la première route à gauche, dépassé trois rues, tourné à droite et s'est arrêté devant un portail en bois verni. Pour accéder à la maison, il faut monter cinq hautes marches, traverser une terrasse et monter encore une douzaine de marches. « On dirait une pyramide », pense Anne. Mais une pyramide HLM pour petit pharaon de banlieue...

La maison sent le cosy-corner et l'Ambre solaire. Il n'y a qu'un niveau qui comprend une salle à manger, une cuisine, une pièce vide, une douche et une chambre à coucher. Le sol est recouvert de linoléum façon marbre et les murs sont tapissés de papier à fleurs gaufré. Ou peut-être est-ce l'humidité qui les fait gondoler. « Ça va, ce n'est pas trop sinistre », se dit Anne. Mais elle s'attendait quand même à quelque chose de plus luxueux. Comme retraite d'amour, ce n'est pas très romantique. Ce qu'il y a de bien, c'est qu'on entend la mer de partout. Même des chiottes. Elle décide de faire bonne figure et de cacher sa déception. Elle pense à Alice. Ce n'est sûrement pas comme ça qu'Alice imaginait la maison de Mehdia.

Ils se sont couchés vite. Sans prendre la peine de faire le lit. Ils se sont enroulés dans les couvertures, et Anne a demandé à Serge de l'embrasser en la faisant attendre...

Le lendemain, elle se lève tôt et sort sans le réveiller. Quand elle pousse la porte de l'entrée, elle aperçoit toute la baie de Mehdia. Les bateaux des pêcheurs, sur la droite, et la plage, sur la gauche. Voilà pourquoi l'entrepreneur qui a construit cette maison l'a posée au bout de tant de marches... De jour, la maison ressemble plus à un blockhaus qu'à une villa de bord de mer. Le propriétaire a placé des grilles sur toutes les fenêtres, et les rhododendrons s'inclinent, calcinés. Au bout de la terrasse, il y a un abri protégé par un toit de cannisses et, sous les cannisses, une table de jardin et quatre chaises. Anne aima tout de suite ce coin-là. Elle ne sait pas pourquoi mais il y a des endroits qu'elle aime spontanément et d'autres qu'elle déteste tout aussi spontanément. Elle pensa qu'elle se tiendrait souvent sous ces cannisses.

Les autres maisons, dans la rue longue et droite, sont plus coquettes. Maisons de petits retraités ou d'employés de bureau qui viennent s'ioder le dimanche. Mais aucune n'écrase sa voisine par un signe extérieur de richesse. Devant les maisons, sont garées des Simca, des Peugeot, des Citroën décorées d'ours en peluche et de fanions. Il est sept heures et la rue est déserte. Anne a envie de café, de tartines, de gelée de groseille. Elle remonte prendre le portefeuille de Serge et part à la recherche d'une épicerie.

L'épicier, M. Mlati, est un homme entreprenant qui a décidé de ne pas se laisser abattre par le brusque changement du Plan. Il possède, à lui seul, l'épicerie-buvette, trois pagodes sur la plage avec juke-box et distributeurs de boissons glacées, quatre villas qu'il loue et une roulotte réfrigérée qu'il installe sur le parking, où il débite crèmes glacées, esquimaux, oranges givrées, chocolat et pralines. Bien sur, ce n'est pas comme si le Plan avait marché, mais les affaires tournent quand même. En tous les cas, il veille à les faire tourner. Ce matin-là, en sortant sa publicité Oulmès – « Buvez de l'Oulmès l'eau qui ne fait que du bien » –, il est satisfait car il a calculé qu'avec le Ramadan qui commence tard cet été, les affaires ne vont pas être ralenties.

Il est donc en train de transporter sa publicité quand il aperçoit une jeune fille blonde qui l'observe. Elle a une jupe courte qui découvre ses cuisses, de longs cheveux blonds et les hanches en avant. Elle s'approche, lui sourit et il remarque les petites dents pointues sur le côté. Il continue à avancer, son affiche dans les bras.

– Pourquoi vous la sortez, ce matin ? demande la jeune fille.

– Parce que je la rentre tous les soirs, répond Mlati.

– Et pourquoi la rentrez-vous tous les soirs ?

– Pour que les voyous ne me la volent pas. Elle est belle ma publicité, et le soir, je l'éclaire avec un spot.

Il faut dire que l'affiche de Mlati représente une pin-up en maillot une pièce qui, sous un grand chapeau de paille et une moue voluptueuse, brandit une bouteille d'Oulmès.

Il place l'affiche à droite de son magasin, l'époussette, fait deux pas en arrière pour en vérifier l'aplomb, puis s'adresse à la jeune fille. Elle veut du pain, du beurre, du café et de la gelée de groseille. Le pain n'est pas encore livré mais le reste, il a.

Anne entre avec lui dans la boutique. A vrai dire, c'est plutôt une cahute en terre battue qu'une vraie boutique, mais il y a quand même un grand réfrigérateur et des boîtes de conserve bien rangées contre le mur. Quand il a tout rassemblé, Mlati tire son crayon de son oreille et fait l'addition.

– Voilà, jolie jeune fille. Vous êtes en vacances ici ?

– Oui. Je suis avec le docteur Alsemberg.

– Le docteur Alsemberg ? Qui c'est celui-là ?

– C'est le monsieur qui loue la maison avec les cannisses.

– Ah ! C'est ma maison. Je la loue à un monsieur de Casa. On le voit rarement d'ailleurs... Vous êtes sa fille ?

– Non. Je suis sa concubine. Sa maîtresse si vous préférez.

Mlati rougit, détourne les yeux et va chercher un sac en papier sous le comptoir.

– Oh ! moi, je vous demandais ça comme ça... Il me doit trois mois de loyer. Ça fait longtemps que je ne l'ai plus vu.

– Ce n'est pas un problème. On va vous payer. On a plein d'argent en ce moment...

Elle fait une pirouette et il aperçoit ses longues jambes qui tournent, ses cuisses...

– Bon. Je ne vais pas attendre pour le pain. Je prendrai des biscottes.

Elle le paie et sort. Il suit le mouvement de ses hanches et n'entend pas le klaxon de Selim qui annonce le pain.

Serge dort. La tête en arrière, la bouche entrouverte, les bras étalés. Anne humecte son doigt de café mousseux et le pose sur ses lèvres. Il remue doucement la tête. Elle boit alors une gorgée de café et la verse dans la bouche de Serge. Il se réveille en sursautant et dit qu'il rêvait qu'il buvait du café. Elle répond que ce n'est pas un rêve, qu'elle le nourrissait. Il passe ses doigts dans ses cheveux, cligne des yeux, grimace. Il a des poches sous les yeux, des poils blancs sur son torse et des cheveux blancs sur les tempes. Il ressemble à un prince charmant un peu chenu qui aurait fait la fête la veille. Elle aspire alors une autre gorgée de café, la fait couler dans sa bouche, prend une biscotte dans ses dents, il la happe, la mange, redemande du café. Elle se renverse en arrière, verse le café dans le creux de son nombril et il vient le laper doucement...

C'est elle qui le nourrit maintenant.

– J'ai dit à l'épicier qu'on avait plein d'argent et qu'on allait le payer...

– Je ne connais personne d'aussi rapace que ce Mlati !

– Je lui ai dit aussi que j'étais ta concubine !

– Il n'a rien dû comprendre !

– Si. Parce que j'ai traduit : j'ai dit maîtresse. La maîtresse d'un homme est la jeune femme qu'il aime et qui exerce son empire sur lui.

– Vas-y : exerce ton empire.

Elle se dresse toute droite dans ses bras et annonce :

– On va dépenser l'argent de Pépé. Acheter plein de choses, faire la fête à Rabat et payer Mlati... Après on n'aura plus qu'à repartir à zéro.

– Pourquoi cet empressement à dépenser l'argent de Pépé ?

– Parce que j'aime pas la charité.

Serge se rembrunit. Quand il avait rencontré Pépé pour la première fois, c'était en 1955. Il venait d'ouvrir le cabinet de la rue Sidi-Belyout. Pépé avait échoué chez lui, par hasard, conduit par un ami qui habitait l'immeuble et qui avait vu la pancarte « chirurgie générale ». Serge avait transporté Pépé d'urgence à la clinique où il opérait, et avait diagnostiqué une pancréatite aiguë. Une chance sur deux de l'en sortir. Mais l'opération s'était bien passée et, après trois semaines de convalescence, Pépé avait quitté la clinique, au grand soulagement des infirmières qu'il terrorisait. Pépé revenait souvent à Casa et ne manquait pas à chaque Noël d'envoyer à Serge une caisse de vodka, et à chaque rencontre, de lui donner de grandes claques dans le dos, en l'appelant « mon sauveur ». Des années plus tard, lors des révoltes estudiantines écrasées durement par la police de Casa, Serge avait opéré clandestinement un étudiant. Il était dans un fichu état et nécessitait un repos absolu. Serge ne savait pas où le cacher. Il avait pensé à Pépé. C'est Paul qui avait conduit Kebir à la ferme de Beni-Mellal où Pépé l'avait hébergé. Puis ils s'étaient arrangés pour le faire passer en France. De tout cela, ils ne parlaient jamais mais Serge savait qu'il pouvait compter sur Pépé. Serge éprouvait, en plus, une certaine tendresse pour Pépé car il avait été un de ses premiers malades. Comme Mme Zini, qui venait spécialement de Rabat pour se faire soigner par lui. Mme Zini était sa malade fétiche. Il suivait toute sa famille : des végétations de son fils à la hernie de son mari. En mai dernier, ils avaient fixé ensemble la date de son opération, une colectomie partielle qu'il ne voulait confier ni à Petit ni à Latif. C'est pour l'opérer qu'il avait laissé Anne chez Pépé. Il avait enlevé le ganglion douteux et l'avait porté au laboratoire pour le faire examiner. Il était convenu avec Hilda qu'il l'appellerait dans cinq jours pour connaître les résultats. Mais il ne pensait pas qu'il reste des métastases. L'opération s'était bien passée. Il était repassé ensuite par son bureau pour prendre sa vieille trousse et sa boîte d'instruments et il y avait trouvé Petit. La vue de Petit, installé à son bureau en train de fumer des Gitanes maïs, l'avait énervé. Il lui avait parlé rudement, et Petit s'était vexé. Ils avaient alors échangé des mots blessants. Petit avait lancé à la tête de Serge son départ, sa folie, son irresponsabilité, Serge avait eu envie de lui écraser la tête contre le mur. Hilda était intervenue pour les séparer. Serge se moquait toujours de Petit avec Alice. Petit était un excellent chirurgien mais il manquait de classe. Il habitait depuis quinze ans la même HLM pompeusement baptisée « les Délices de Casa », allait à Paris une fois tous les cinq ans pour s'acheter des costumes à la Belle Jardinière, et ne s'était jamais marié de peur de dépenser.

Serge ne voyait jamais Petit en dehors de la clinique.

Aujourd'hui, Petit fumait des Gitanes maïs, les pieds sur son bureau, et avait accroché au mur son diplôme de la faculté de Tourcoing.

Serge fronça le nez et sentit sa colère revenir. Il allait prendre sa revanche.

Chapitre 26

Ils se rendirent dans une grande surface, prirent un chariot grand format et pénétrèrent, décidés. Anne acheta de la peinture, des toiles, des stores pour les fenêtres, un dessus-de-lit en éponge blanc, deux grands tapis pour recouvrir le lino, des lampes pour la chambre, un ventilateur, une poêle à frire, une cocotte-minute, une passoire, un égouttoir, une grande bassine pour le linge, et deux casseroles en fonte émaillée. Elle acheta aussi de l'engrais pour les plates-bandes, un tuyau d'arrosage, un tourniquet, un barbecue, deux chaises longues, des géraniums en pot, des pieds de lierre, de seringa, de lilas, des pétunias en graines et des poireaux. Un transistor magnétophone, des cassettes, une télévision en couleurs, une planche à repasser, un fer vapeur, un aspirateur batteur, un robot Moulinex. Un lait démaquillant, un tonique, un masque de beauté Vitefait, une palette pour les yeux, un savon pour peau sensible, un Épilacire Calor, des rouleaux chauffants, un hydratant pour le corps et du shampooing camomille... Puis, Serge l'entraîna au rayon lingerie et il ajouta, pardessus la télé couleurs : huit petites culottes noires en dentelle, huit roses, trois blanches parce qu'elle insistait – c'est la seule couleur où elle se sent à l'aise –, un porte-jarretelles rose et noir, dix paires de bas avec couture, dix paires sans, une gaine qui faisait guêpière et Molly du saloon, un soutien-gorge taille 85 pigeonnant, un autre taille 90 tout noir avec balconnets crème. Elle se débrouillerait pour remplir le vide mais il n'y avait plus de 85 dans ce modèle. Serge jubilait. Son plus grand regret

179

négligé lascivious (handwritten annotation)

quand il était enfant, c'était de ne pas avoir de mère à espionner. Et Bouba ne faisait pas l'affaire. Il chercha partout une vendeuse car il voulait aussi un déshabillé lascif, mais la vendeuse s'enfuit après qu'il lui eut expliqué exactement ce qu'il désirait. Anne était ravie : elle n'avait jamais autant rempli un chariot de grande surface. Son chariot était tellement plein qu'il faisait trois bosses de dromadaire et qu'ils avaient le plus grand mal à le manœuvrer. Elle trouvait les grandes surfaces grisantes, et son rêve aurait été d'y être caissière. Voir défiler des kilomètres de marchandises tous les jours, ce devait être exaltant. En fait, elle avait trois vieux rêves comme ça : caissière de Mammouth, tenancière de bistrot à mesurer les cassis Picon et choriste derrière Johnny à chanter ouapdou-ouap... Mais elle n'en avait jamais parlé à personne.

idiots (handwritten annotation) Elle avait trop peur de passer pour débile. C'était quelque chose qui l'énervait finalement : toujours avoir l'air. Se donner des titres de noblesse – licence d'anglais, Shakespeare par cœur et Picasso l'après-midi –, alors que c'est la même qui rêve à Johnny et pleure à *Love Story*. Toujours cette sensation d'être coupée en deux et de n'avoir qu'un morceau qui émerge. Le plus convenable bien sûr.

Ils arrivèrent enfin à la caisse où ils firent sensation. Sentiment qu'Anne apprécia. Serge dut avancer la voiture pour la charger et il ne restait pratiquement plus de place pour eux. Ce fut l'occasion pour Serge de faire un couplet sur l'espace intérieur de sa 4,2 litres, et Anne se sentit tout à fait dame mariée qui revient des commissions le samedi après-midi.

La journée avait donc très bien commencé mais elle se gâta quelque peu ensuite, par la faute d'Anne. Comme elle était entrée dans une librairie et avait repéré, sur un rayon, douze volumes illustrés de la vie des grands peintres de 1512 à nos jours, elle voulut les acheter. Serge opina. Il leur restait suffisamment d'argent. Mais, quand elle proposa, en plus, une encyclopédie médicale en trente tomes « pour toi, pour faire sérieux dans ton nouveau cabinet », il lui serra si violemment le bras et devint si pâle qu'elle regretta immédiatement d'avoir dit ça. Après, il y eut comme une épaisseur de coton entre eux. Elle parlait mais il ne répondait pas. Lointain. Hermétique. Pour se faire pardonner, elle voulut faire un geste noble et déposa ce qui lui restait d'argent – 500 dirhams en tout – dans la main d'une mendiante qui tendait un sein maigre et plat à un bébé de quelques mois. Et là ce fut le comble. Serge explosa. La femme bégayait devant les billets, invoquait le Ciel, pleurait, et Serge bouillait de rage. Il attira Anne dans la voiture et lui cria qu'elle était folle. Folle à lier. Complètement piquée. Hystérique. Il faisait un effort sur-humain pour aller demander de l'argent à un mec et elle le dilapidait en deux heures. Avec une mendiante en plus ! Elle faillit lui répondre qu'il avait été d'accord pour le supermarché et que la mendiante à côté ce n'était rien. Mais elle préféra s'abstenir. Elle ne maîtrisait pas très bien les colères de Serge. Elle en gardait même de mauvais souvenirs. Elle avait le manche de la poêle à frire qui lui rentrait dans le dos : elle n'était pas à son avantage pour discuter.

En fait, Serge avait très bien tout supporté jusqu'à l'inci-dent de l'encyclopédie médicale. Tout d'un coup, la situa-tion précaire dans laquelle il se trouvait lui était revenue, et il avait eu le vertige. Il n'était plus sûr du tout de trouver un remplacement, plus sûr de pouvoir tout recommencer. Après un mois de fuite en avant, il s'arrêtait et, soudain, il avait peur. Très peur. Et sa peur se muait en colère. Il ne se sentait plus capable de redémarrer. Il détestait Anne de pouvoir dilapider aussi allégrement dix mille dirhams. Sans penser au lendemain. Sans se poser de questions. Il détestait la confiance éperdue qu'elle avait en lui. De quel droit croyait-elle qu'il allait recommencer à zéro et que ça allait marcher ? De quel droit chamboulait-elle tout dans sa vie ? Tout le temps...

Il avait mal aux mains à force de serrer le volant. Mal à la tête à force d'avoir le vertige. Il regarda le feu qui passait au vert et démarra sans savoir où il allait.

Il venait de reposer pied à terre et c'était douloureux.

Ils firent de leur mieux pour poursuivre la journée. Ils allèrent prendre le thé aux Oudaïas, dans la vieille Casbah orange aux jardins andalous, aux allées coupées de jets d'eau et de petits bancs en pierre où s'étreignent les amoureux. Anne commanda deux cornes de gazelle au vieux Marocain édenté qui présentait le plateau de pâtisseries. Serge n'en prit aucune. De la terrasse du salon de thé, ils pouvaient voir le fleuve Salé qui coule au pied des remparts. Anne le trouva si beau, avec les bateaux de pêche et les gamins qui s'éclaboussaient, qu'elle voulut dire sa joie à Serge mais elle se heurta au coton. Elle garda son émoi et le goût des cornes de gazelle pour elle toute seule.

Après, ils marchèrent dans la Médina, parmi les cris et les boniments des marchands, mais elle n'osa pas s'arrêter de peur qu'il l'accuse de vouloir acheter. Elle se sentait si désemparée qu'elle aurait été prête à sauter dans le fleuve pour qu'il la repêche et lui prouve son amour...

Vers la fin de l'après-midi, alors que le muezzin chantait la prière du soir, il se détendit et proposa d'aller dîner dans le meilleur restaurant de Rabat : le Provençal. Elle entra à son bras rayonnante et victorieuse. Elle avait relevé une mèche de ses cheveux avec un élastique et s'était bordé les yeux de khôl. Le collier de nacre brillait sur sa peau dorée, et Serge surprit le regard envieux des autres hommes. Il aima alors la main qu'elle posait sur son bras, et toute sa colère fondit. « Elle est à moi, se dit-il, c'est mon bébé, mon amour. Elle compte sur moi. Je dois la séduire tout le temps. Ne jamais faiblir. Demain, je vais à l'hôpital Avicenne et je demande un remplacement. Demain, je fais tous les cabinets privés de Rabat et me présente à mes confrères. Il doit y avoir des médecins en vacances au mois d'août. Ce sera une excellente occasion pour m'introduire dans la place. Demain, je gagne mon argent... »

Ils commandèrent les mets les plus succulents, les vins les plus fins et le dîner fut délicieux. Anne chantonnait sa victoire dans sa tête : j'ai brûlé l'argent qui me faisait horreur, brûlé les petites économies et ma caisse d'épargne. Et il m'a pardonnée. Il faut toujours aller au bout de ses envies...

Quand elle se leva pour gagner les toilettes, un homme la suivit et lui glissa son numéro de téléphone dans le creux de la main. Elle le déchira et le jeta par terre. Puis elle retourna vers Serge et lui dit qu'elle l'aimait.

Ils burent beaucoup de vin et Anne, qui n'avait pas l'habitude, se sentit un peu grise. Ses yeux brillaient et elle avait envie de faire des bêtises.

Quand ils arrivèrent à Mehdia, Anne demanda à Serge de s'arrêter devant l'épicerie de Mlati. Puis elle réclama l'argent des loyers et claqua la porte de la voiture. Serge avait la tête lourde et ne lui demanda pas ce qu'elle allait faire.

Elle alla se poster devant l'épicerie et se mit à crier « Mlati, Mlati » de toutes ses forces. Sa voix résonnait dans la nuit, et les chiens aboyèrent. Serge bondit hors de la voiture et tenta de l'arrêter. Mais elle se débattit avec une force qu'il ne lui connaissait pas.

– Mlati, sors tout de suite ! N'aie pas peur. On vient te payer...

Elle donna un coup de pied dans le rideau de fer. La lumière jaillit à l'intérieur, le rideau se leva et Mlati apparut. En tricot de corps et pantalon de pyjama rayé. Une lampe électrique à la main et les yeux chiffonnés.

– Qu'est-ce qu'il y a ? Il vous est arrivé quelque chose ?

– On est venu vous payer, monsieur Mlati. On ne voulait pas que vous vous fassiez du souci.

Elle se dandine devant lui et agite les billets.

– Mais ça pouvait attendre... Me réveiller comme ça ! En pleine nuit !

Il braque sa lampe sur sa montre plaquée or à bracelet extensible, mais les piles sont faibles et il a du mal à lire l'heure.

– Il est deux heures et demie, monsieur Mlati. Il n'y a pas d'heure pour l'argent...

Elle lui enfonce les billets dans la main. Serge l'attrape par le bras et l'entraîne vers la voiture.

– Comptez, monsieur Mlati ! Comptez... Des fois qu'on se serait trompé...

Elle crie encore par la fenêtre alors que la Jaguar est au bout de la rue. Mlati les regarde s'éloigner et se frotte les yeux. « Ils sont fous, ces deux-là ! Va falloir que je les surveille. Vont me créer des ennuis. »

Cette nuit-là, ils dormirent encore enroulés dans les couvertures et Anne s'approcha de Serge en lui demandant : « Dis, on joue à je-t'ai-vendue... »

Chapitre 27

Mehdia est un village abandonné. Non seulement par le Plan mais par la route nationale qui l'évite, et la société des transports interurbains qui a omis de mettre un arrêt dans la rue principale. Son port est désert et, s'il n'y avait pas un pétrolier russe échoué là, un jour de tempête, on n'appellerait pas « port » la vieille digue délabrée qui abrite une dizaine de barques écaillées. Les pêcheurs eux-mêmes ne sont pas véritablement des pêcheurs. Lorsqu'ils n'ont plus rien à manger ou plus de quoi payer leur kif, ils montent dans leur barque et partent en mer pêcher le mérou ou l'anguille. Puis ils gagnent Kenitra à pied, dix kilomètres aller, dix kilomètres retour, et vendent le pro-duit de leur pêche aux trois restaurants de la ville. Ils dorment dans les trous de la digue, fument des cigarettes de kif toute la journée en contemplant le ciel et se réu-nissent le soir chez Mme Nadia.

Mme Nadia est la gérante du Restaurant du Port. C'est une Française de soixante-huit ans. Elle s'est retirée à Mehdia après avoir voyagé dans le monde entier. Si vous demandez à Mme Nadia ce qu'elle faisait dans le monde entier, elle vous répondra sans ôter sa Gitane ni rougir sous l'épaisse couche de poudre blanche :

– J'ai fait boutique mon cul.

Traduisez : j'ai suivi pendant plus de trente ans tous les régiments de légionnaires, de l'Indochine au Congo. A cinquante-cinq ans, elle a épousé Dédé et ils se sont ins-tallés à Mehdia. Le Maroc représentant, à leurs yeux, la quintessence de ce qu'ils avaient connu, leurs campements durant : pays chaud, indigène indolent, parlant français et bien intentionné. Dédé est mort de pastis répétés et Mme Nadia s'est retrouvée seule gérante du Restaurant du Port. L'eye-liner en guillemets épais, les sourcils dessinés au crayon gras en deux traits strictement parallèles aux prunelles, le rouge à lèvres qui déborde et sert essentiellement à maintenir collée une Gitane éteinte, les cheveux noir mazout plaqués de chaque côté des joues, Mme Nadia est la copine des pêcheurs. Ils ne lui font pas gagner beaucoup d'argent mais ils lui tiennent compagnie pendant la saison morte. Et la saison morte, à Mehdia, dure dix mois.

A droite, en sortant du Restaurant du Port, il y a la Casbah. Monument historique, orgueil de Mehdia, qui a droit à douze lignes dans *le Guide bleu*. Construite par l'amiral carthaginois Hannon, cinq siècles avant Jésus-Christ, elle fut disputée entre Portugais et Espagnols au XVe siècle, récupérée par Moulay Ismaïl cent ans plus tard et ne joua plus alors le moindre rôle guerrier. Pour quelques dirhams, les pêcheurs la font visiter aux touristes égarés porteurs du *Guide bleu*.

A gauche, le village avec ses trois rues parallèles coupées par trois autres rues perpendiculaires. Un parfait carré à la Haussmann.

Mehdia n'a pas toujours été ce village abandonné. Mme Nadia se souvient très bien de Mehdia, il y a dix ans, au temps où l'on croyait encore au Plan. C'était alors un lieu de villégiature distingué où les loyers étaient élevés, où les jeunes gens faisaient du surf, prenaient le thé et dansaient le soir entre eux. L'hôtel-restaurant Les Vagues était en construction et on peignait en grosses lettres blanches sur son mur : « piscine d'eau douce – swimming-pool ». On attendait les Américains. Ce qui a incité les hommes du Plan à abandonner Mehdia, en plus des raisons purement spéculatives, c'est le vent. Un vent terrible qui se lève à l'est et soulève des bancs entiers de sable qu'il projette contre le village. Tout est recouvert de sable à Mehdia et, même quand le vent ne souffle pas, l'air est imprégné d'une fine poussière jaune qui stagne comme une brume. L'air et la mer aussi dont l'écume safran vient pousser sur le sable des bidons d'essence et des vieilles algues, des emballages de Coca et des papiers gras. Quand ils ont compris que le vent avait gagné, les estivants ont préféré partir ailleurs, et le village est retombé dans une somnolence tranquille. Les bandes de chiens ont proliféré : il n'y avait plus personne pour les séparer quand ils se grimpaient dessus.

Des années auparavant, alors que Mehdia était encore animée, Serge y avait passé quelques journées paisibles et douces. Et lorsqu'il avait cherché un endroit calme et retiré pour y emmener ses brèves maîtresses, il s'était souvenu du petit village à l'embouchure de l'Oued Sebou. Il avait loué une maison. « N'importe laquelle », avait-il dit à l'épicier qui faisait office d'agence de location. Il ne voulait pas visiter. Il désirait simplement une chambre et l'anonymat.

Voilà donc ce qu'est Mehdia : un endroit loin de tout, en marge du monde, où le vent porteur de sable et les chiens errants sont les maîtres. Où les seuls personnages debout s'appellent Mlati l'épicier, à l'entrée du village, et Mme Nadia à la sortie. Chacun à une extrémité car leurs commerces se font concurrence et il n'est pas bien vu de fréquenter les deux. Non qu'il y ait dispute de clientèle entre eux mais à cause d'une divergence de vues, précise Mme Nadia qui trouve l'épicier bien trop matérialiste et âpre au gain. Ils vendent tous les deux le verre de thé à cinquante centimes, le café à quatre-vingts centimes et la boule de glace à un dirham. Sauf la tutti-frutti fraîche de Rabat, qui vaut vingt centimes de plus. Quand l'un baisse ses prix, l'autre l'imite aussitôt.

Il n'y a rien à faire à Mehdia si ce n'est écouter les vieux disques du juke-box sur la plage ou rouler en surf sur les vagues. Il faut s'occuper tout seul. Ou rêver. C'est pour cela que Mlati époussette son affiche Oulmès, que les pêcheurs fument en regardant le ciel et que Mme Nadia raconte ses campagnes d'amour.

Anne ne se demanda pas ce qu'elle allait faire. Le lendemain matin, après avoir aidé Serge à décharger la voiture, elle sortit son chevalet et ses couleurs. De leurs achats au supermarché, elle ne garda que les notices explicatives des produits de beauté. Elle adore les lire. Elle a l'impression qu'elle va se métamorphoser en dix minutes. En fait, elle se demande si elle n'achète pas ces produits rien que pour lire les notices d'emballage. Elle y croit dur comme fer. Même si ça marche rarement finalement. Mais c'est toujours dix minutes de rêve piquées au quotidien. Donc, elle lut les notices avec soin, puis entreposa le contenu du grand chariot dans la pièce vide dont elle ferma la porte. Elle ne devait plus la rouvrir avant longtemps.

Jusque-là, elle avait été trop absorbée pour peindre, mais elle voulait s'y remettre. Et sérieusement.

Serge se rasa de près, mit un costume en toile blanche, une cravate bleue et partit pour Rabat. Anne lui fit signe de la main quand il fut au bout de la terrasse, mais il ne se retourna pas. Elle entendit le moteur tourner et il démarra. Elle choisit de s'installer à l'ombre, sous les cannisses. Elle repensa à la maison orange aux boules de mimosa. Elle n'avait rien d'extraordinaire, cette maison mais, chaque fois qu'Anne y pensait, elle ressentait, devant la netteté des lignes, la hauteur des fenêtres, l'orange délicat des murs, le jaune vibrant du mimosa, la même émotion qui l'avait étreinte alors qu'elle était à califourchon sur le mur de la pension Gangemi. Une émotion violente lui serrait le ventre et lui mettait des larmes aux yeux. Tout ce qu'elle voulait, c'était poser sur la toile son nœud dans le ventre et son eau dans les yeux. Elle voulait juste ça. Très fort.

Pendant toute la journée, elle fit des esquisses au crayon de couleur : la maison se brisait en lignes droites et courbes, en arabesques, en ellipses, les bosquets s'embrasaient de jaune, les fenêtres disparaissaient, les marches de l'escalier s'escamotaient. Elle suivait un fil qui ne menait nulle part. Comme ces jeux dans le journal *Mickey* où il s'agit de sortir d'un labyrinthe en prenant le bon couloir.

Elle n'était pas dans le bon couloir. « Mélange les couleurs jusqu'à ce que tu en sortes ce que tu sens », répétait M. Barbusse pendant ses leçons de l'après-midi. Mais elle ne trouvait pas. Ses couleurs lui paraissaient affreusement banales et plates à côté de la maison orange.

Quand Serge rentra le soir, vers six heures, elle se rendit compte qu'elle n'avait pas bougé de la terrasse. Autour d'elle, le sol était jonché de papiers froissés, et sa toile était barbouillée.

Serge vit les taches de couleur sur le chevalet et il fut tenté de plaisanter. Mais il y avait un tel bonheur, une telle intensité dans le regard d'Anne qu'il se retint de critiquer.

Plus tard, alors qu'ils étaient assis sur les marches de la maison et qu'ils écoutaient les hurlements des chiens dans le noir, elle mit la tête sur son épaule et parla. Longtemps après, il devait se souvenir de ce moment-là parce qu'elle n'était pas très loquace d'habitude. Il avait droit à ses humeurs, à ses attaques. Mais elle ne s'expliquait jamais clairement. Elle se jetait sur lui, le renversait, le mordait, le provoquait, l'insultait sans desserrer les dents ni son cœur. C'était sa manière à elle de s'exprimer.

Elle lui dit qu'elle avait beaucoup peint aujourd'hui. Qu'elle avait beaucoup cherché surtout. Qu'elle avait compris que ce n'était pas en reproduisant fidèlement la réalité de la maison qu'elle retrouverait l'instant magique où elle avait été émerveillée. Il fallait qu'elle invente SES couleurs, SES formes pour décrire SA maison. Et c'était dur de ne pas trouver tout de suite. Elle se sentait frustrée. Il lui répondit que c'était normal. Elle venait de passer des cours de M. Barbusse, où elle se contentait de copier, au niveau supérieur de la création. La création de couleurs, de formes mais sa propre création aussi. Tout cela n'allait pas se faire en un jour. Elle avait la chance d'avoir un moyen d'expression et elle allait pouvoir faire exploser les forces qui sommeillaient en elle : énergie, violence, imagination.

Les traduire grâce à son pinceau. Il ne faut pas être impatiente quand on a cette chance-là. Elle allait changer petit à petit et il ne la reconnaîtrait plus, ajouta-t-il avec un sourire affectueux. On change forcément quand on se met à fouiller en soi. Il faut juste ne pas avoir peur de ce que l'on va trouver. C'est pour ça que beaucoup préfèrent ne pas se pencher et se contentent de fureter tout autour. Il faut avoir de gros bras, de grosses cuisses et d'épaisses chevilles pour se pencher par-dessus son bord.

– Mais toi, lui demanda-t-elle, c'est quoi ton moyen d'expression ?

Son sourcil dessina son drôle d'accent circonflexe, il réfléchit un moment puis il dit que, pendant longtemps, ça avait été de réussir une opération compliquée. De gagner. Il ressentait alors une étrange jubilation et rien n'aurait pu l'arracher à sa table. C'est parce qu'il ne trouvait pas souvent cette jubilation, lors de ses études en France, qu'il était venu s'installer au Maroc où la médecine est plus brute, le travail immense et les malades si démunis.

– Et maintenant ? lui dit-elle, et maintenant ?

– Maintenant, c'est faire l'amour avec toi. C'est un autre côté de moi qui s'exprime et que je découvre. Je jubile aussi.

Il n'ajouta pas qu'il n'avait jamais baisé une autre femme comme il la baisait, elle. Elle n'avait pas besoin de le savoir. Elle se sentirait trop importante tout à coup.

Mais Anne n'aime pas parler de ces choses-là. Pas avec lui en tout cas. Ça casse le charme et la magie de disserter sur l'amour. Elle posa sa main sur sa bouche et lui proposa de rentrer.

Ils se lèvent tous les matins à huit heures. Serge se réveille un peu plus tôt car il aime tenir Anne dans ses bras quand elle dort. Il s'entraîne à faire des nœuds minutieux dans ses longs cheveux et constate qu'il n'a pas perdu la main. Au bout d'un moment, elle remue doucement, se retourne contre lui, enfonce son nez dans son torse et demande quelle heure il est. Chaque matin, il répond la même chose mais elle continue de demander quelle heure il est. Elle doit aimer les rites et les cérémonies. Puis, elle s'étire, sort une jambe puis deux et se dirige toute nue vers la cuisine, en se grattant un peu sous les seins. Serge aime le café bien noir et elle met du lait dans le sien. Elle a acheté des corn flakes, et il tourne la tête pendant qu'elle touille sa bouillie. Ça lui soulève le cœur. Il la regarde débarrasser, passer les tasses sous l'eau, les poser sur l'évier. Elle est toujours nue et il la trouve belle. Si belle qu'il aime même ses petits défauts : le ventre un peu rond, les boutons qui sortent dans le dos et qu'il gratte le soir pour l'endormir.

Après, c'est la douche qu'ils prennent ensemble en s'enduisant de savon chaud qui pique et en faisant mousser leur peau.

Quelquefois, il la coince contre le mur, la retourne et la baise. Très vite. « Coup du matin, coup pas chagrin », proclame-t-il quand il a fini et qu'elle est tombée à ses pieds dans la flaque de savon. Puis ils s'habillent. Anne descend sous les cannisses et Serge fait tourner le moteur de la voiture.

Anne peint. Serge prend la route de Rabat.

Anne peint. Serge se gare dans la rue Allal-Ben-Abdallah et sonne au numéro 32.

Anne peint. Il rajuste sa cravate et regarde sur son agenda son prochain rendez-vous.

Anne peint. Le muezzin chante la prière du soir, et Serge reprend la route de Mehdia.

Il l'embrasse sur l'épaule, laisse son nez un instant dans les nœuds parfaits de ses cheveux. Anne peint.

Chapitre 28

On devait être vers la mi-septembre. Le Ramadan se terminait, les derniers vacanciers verrouillaient leurs villas et accrochaient de lourds volets aux fenêtres, Mme Nadia avait fermé la grande salle du restaurant et ne servait plus que le bar et les trois tables de devant. Anne venait de terminer sa première toile « Maison jaune et orange ». Elle l'avait accrochée au-dessus du buffet de la salle à manger et ne savait pas très bien qu'en penser. A part le fait qu'elle représentait tout de même un mois de travail... Elle en avait commencé une autre « Homme qui pense et qui pleure », et Serge posait chaque soir, quelques instants, assis, de dos, au pied du lit. Il avait trouvé un remplacement à l'hôpital Avicenne, en médecine générale, mais n'avait pas encore été payé. Il expliquait que le statut d'un remplaçant est long à établir. Il donnait des chiffres, des exemples, des cas précis d'amis qui, mais, très vite, Anne n'écoutait plus. Les détails et les longues explications l'assomment. Ce qui l'intéresse, c'est les résultats. Et si elle regardait l'étagère du buffet de la cuisine, le résultat était nul. La pile de conserves diminuait rapidement, et ils n'auraient bientôt plus rien à manger. Elle s'était fait un ami parmi les pêcheurs, un jeune homme de vingt-cinq ans environ, qui s'appelait Mokhtar et qui lui donnait parfois un poisson qu'elle faisait griller comme il le lui avait appris : tout vif sur le feu. Ils n'avaient pas payé le loyer du mois d'août ni les provisions d'épicerie, et elle évitait de passer devant l'épicerie de Mlati. D'ailleurs, elle avait pris l'habitude de se rendre chez Mme Nadia.

Mme Nadia s'était prise d'amitié pour Anne. Quand Anne venait la voir, Mme Nadia plaçait une assiette de calamars frits sur la table et picorait pendant qu'Anne dévorait. Anne faisait raconter sa vie à Mme Nadia et Mme Nadia racontait. Ce qui étonnait le plus Anne, c'est qu'on puisse être pute de son plein gré. Et pute de régiment, en plus ! Mais Mme Nadia aimait les voyages et les dépaysements. Et l'argent. Beaucoup, l'argent... Elle parlait de ses différents campements comme sa mère de son emploi chez Simon et Simon : la qualité de la cantine, les points à l'avancement, les bonnes et les mauvaises copines, les heures supplémentaires, et concluait régulièrement par :

– Ce qu'il y a de bien c'est que ça m'a appris à me laver les mains...

Anne insistait et voulait savoir comment Mme Nadia pouvait supporter le contact intime d'hommes qu'elle n'aimait pas.

Mme Nadia riait :

– Contact intime ! Pfft ! Tu n'as même pas le temps de te demander où se passe le contact !

Puis, elle se reprenait, ses yeux se plissaient en une expression rusée et vorace :

– N'empêche... C'est grâce à mon magot que Dédé et moi on a pu se retirer. Ce n'est pas Dédé qui aurait pu payer le restaurant et la maison...

Elle parlait de Dédé avec une tendresse maternelle et un peu indulgente. Dédé était adjudant-chef, et sa photo trônait maintenant au-dessus de la bouteille doseuse de pastis.

– Mais vous n'avez jamais été amoureuse ? reprenait Anne, obstinée.

Mme Nadia répondait que l'amour, c'était une notion de la nouvelle génération et que, de son temps, ça n'avait pas cours. Sa première nuit de noces, elle l'avait passée dans une meule de foin parce qu'elle ne voulait pas se faire empoigner par son paysan de mari dont le seul mérite était d'avoir le champ jouxtant celui de ses parents. Elle avait seize ans, et elle avait fui la ferme familiale. Elle préférait encore la Légion où elle mettait de côté les sous qu'elle gagnait à se laisser empoigner !

C'est à Mme Nadia et à Mokhtar qu'Anne montra sa première toile, et Mme Nadia fut d'avis qu'on débouche une bouteille de mousseux. Elle demanda à Anne quel était le titre du tableau. Anne n'y avait pas pensé.

– Tu dois lui donner un titre, sinon ce ne sera pas un vrai tableau...

Anne décida de l'appeler « Maison jaune et orange ». Mme Nadia fut déçue. Ce n'était pas très artistique. Quand Anne lui annonça que le second s'appellerait « Homme qui pense et qui pleure », Mme Nadia trouva cela trop abstrait et fit « tss tss » avec sa langue. Anne ne l'entretint plus jamais des titres de ses tableaux.

C'était le seul inconvénient de Mehdia : elle n'avait personne à qui parler vraiment. Vous savez : parler de ces choses qui vous embouteillent, que vous n'arrivez pas très bien à formuler mais que vous pourriez élucider en les exprimant tout haut à quelqu'un qui est déjà passé par là et qui sait comment s'en sortir... Serge rentrait tous les soirs, fatigué, et ils n'avaient plus de ces conversations, sur les marches, après le dîner. Ils ne faisaient plus, non plus, l'amour comme avant : en inventant des ruses et des détours. Pourtant, quand il s'endormait en la tenant très fort serrée, elle ne bougeait pas car c'était le seul moment où elle pouvait sentir tous les muscles de son corps se relâcher. Il était si sombre et si tendu, depuis quelques jours, que ça en devenait inquiétant. Elle comprenait que c'était dur de redevenir simple remplaçant quand on avait possédé une belle clinique à soi tout seul. Et, devant Mme Nadia, elle tenait de grands discours comme quoi il fallait qu'elle soit patiente et compréhensive. Douce et attentionnée. Présente et légère. Mais quand elle avait fini de parler, elle se demandait combien de temps elle allait tenir. Ce n'était pas son fort, la patience et la compréhension.

On devait donc être vers la mi-septembre. C'était un

matin comme les autres. Ils s'étaient levés vers huit heures, il avait serré son cul dans ses mains, avait ajouté d'autres nœuds à tous ceux qu'elle avait déjà – elle ne pouvait pratiquement plus démêler ses cheveux –, et ils buvaient leur café quand Serge l'interrogea :

– Ça ne t'ennuie pas si j'emmène le transistor avec moi ? Celui de la voiture est cassé et il me tiendrait compagnie sur la route.

Le transistor, c'est la seule chose (avec les deux chaises longues) qu'elle n'a pas enfermée dans la pièce vide. Elle aime bien danser à côté du transistor quand elle a fini de peindre. Une danse sauvage où elle monte très haut les coudes et les genoux et crie des « ouap-dou-ouap » dans un micro imaginaire. Mais elle dit que non, ça ne l'ennuie pas. Il a l'air si préoccupé qu'elle ne veut pas aggraver ses soucis.

Il partit donc en emportant le poste.

Elle se réfugia près de la TSF de Mme Nadia. Et passa de plus en plus de temps avec Mme Nadia et les pêcheurs. Quand elle n'était pas en train de peindre sous les cannisses, elle était au Restaurant du Port.

Elles devinrent vite intimes. L'après-midi, à l'heure de la sieste, elles jouaient au nain jaune ou se tenaient entre femmes. C'était une expression de Mme Nadia et elle l'accrochait à la porte du restaurant : « Prière de ne pas déranger. Nous nous tenons entre femmes. » Se tenir entre femmes pouvait consister en bavardages ou en diverses occupations esthétiques. Anne lisait ses notices explicatives de beauté ou posait de la teinture « aile de corbeau n° 5 » sur les racines de Mme Nadia qui, pendant le temps de pose, s'épilait les sourcils à la cire. Anne grimaçait, demandait si ça faisait mal, et Mme Nadia rétorquait que ce n'était pas là l'important. L'important, c'était de trouver son style. Elle avait le sien, il avait payé pendant des années et elle n'entendait pas le modifier. Même si la mode avait changé. Le tout, affirmait-elle, est d'être fidèle. A un style, à un homme, à une idée, à soi. Et les cheveux « aile de corbeau n° 5 » ainsi que les sourcils parallèles faisaient partie intégrante de sa fidélité.

Anne ne savait pas encore très bien quelle était sa fidélité. Mais elle penchait plutôt pour le jean et la simplicité. Dans ces moments-là, il lui arrivait de penser à Alice qui avait si bien su lui donner un style en un après-midi. Elle lui en était reconnaissante. Elle pensait de plus en plus souvent à Alice. Pas trop longtemps parce que ça la dérangeait. Mais, elle en était arrivée au point où elle aurait bien partagé Serge avec Alice. Encore une chose qu'elle ne pouvait expliquer ni à Mme Nadia, ni à Serge, ni à Mokhtar. Parmi les pêcheurs, Mokhtar était son préféré. D'abord parce qu'il était grand, beau et nonchalant, qu'il chantait des airs américains qu'il captait sur la radio de la base de Kenitra, ensuite parce qu'il lui apprenait des choses dont elle n'avait jamais entendu parler. Comme le poisson cru frémissant sur le feu ou les gros joints de kif qu'il lui faisait aspirer. Elle n'arrêtait pas de rire après. Ou de dormir. Ou de manger. Ou de vouloir le toucher de très près. Il avait une petite plaque chauve derrière l'oreille droite. Elle demanda à Serge ce que c'était. Il répondit « alopécie ». Ça lui parut aussi drôle que « madame la marquise... », et Mokhtar et elle ne parlèrent plus que d'alopécie et de morpions. Même si, fondamentalement, ça n'avait aucun rapport. Mokhtar lui faisait découvrir des plages en criques, des poissons lumineux, des vents contraires et des courants vertigineux. Elle lui conseilla de se coiffer en arrière et de dégager son front : il était infiniment plus séduisant comme ça. Pas loin de ressembler à Omar Sharif...

Dans l'ensemble donc, les choses n'allaient pas trop mal. La vie d'Anne et Serge s'installait, l'automne approchait, le facteur ne passait jamais, et le seul péril résidait, à l'est, en la personne du rapace Mlati. Mais, à condition de ne pas s'aventurer dans son territoire, on pouvait déclarer le danger conjuré. La seule à contester cette tranquillité était Mme Nadia.

Mme Nadia, sans rien en laisser paraître, constatait les différents changements qui s'opéraient chez Anne. Des changements infimes pour ceux qui passent très vite sans observer, mais qui, ajoutés les uns aux autres, lui donnaient à penser que cette histoire ne durerait pas longtemps. Au début, Anne avait trouvé Mehdia et sa petite société « pittoresque et sauvage ». L'été se retirant, le vent se mettant à souffler ses paquets de sable jaune, la mer claquant ses vagues détonantes et les jours raccourcissant, son jugement allait se nuancer. Et Mehdia deviendrait un trou sinistre et paumé. Ce qu'il était en réalité.

La première fois que Serge et Anne étaient entrés dans son restaurant, ils étaient restés coincés dans la porte parce qu'ils ne voulaient pas se déprendre pour en franchir le seuil. Ils avaient dû marcher en crabe. Quand Mme Nadia avait demandé à Anne ce qu'elle désirait manger, Anne avait répondu : « Tout comme lui, s'il vous plaît », et n'avait pas entamé son assiette avant qu'il ne lui en donne l'autorisation. Drôle de jeu auquel ils jouent ces deux-là, avait pensé Mme Nadia derrière son comptoir. En sortant, Serge s'était retourné vers Anne et lui avait dit : « Mets ton gilet, il fait frais », et elle avait obéi, extasiée...

Poussée par la curiosité, Mme Nadia était allée leur rendre visite. Elle avait trouvé Anne en plein épluchage de pommes de terre. Elle faisait un gratin dauphinois « parce qu'il aime ça, ça lui rappelle son enfance ». La maison lui avait paru assez commune et les objets posés là, prêts à être remballés dans l'instant qui suit. En fait, ça ressemblait plus à une chambre d'hôtel qu'à une vraie maison. Des tee-shirts, des pantalons, des bouteilles de bière, des pinceaux, des livres ouverts gisaient dans tous les coins comme si quelqu'un allait annoncer un embarquement immédiat.

Anne avait dû pousser un livre sur Modigliani pour

poser ses pommes de terre. Mme Nadia avait aidé Anne à allumer le four dont elle ne s'était jamais servie et se méfiait beaucoup. Le gaz, ça explose, lisait-elle dans les journaux. Ça avait d'ailleurs été une des seules fois où le four avait été allumé. Anne était vite revenue aux boîtes de conserve et ne faisait plus de gratin. « Ça brûle et c'est patapouf. »

Au début, Anne partait en courant quand il était six heures parce que c'était l'heure où la poussière se soulevait sur la route, annonçant l'arrivée de Serge. Elle voulait être à la barrière avant lui. Elle avait inventé un cérémonial de barrière : « Bonjour, monsieur le marchand ! lançait-elle. Quelles sont les nouvelles en ville ? » Maintenant, je ne joue plus, soupirait-elle, il n'a rien à me raconter...

Mme Nadia avait eu le temps de faire plus ample connaissance avec Anne. Et elle s'était aperçue de son immense besoin de se remplir. De tout. De nourriture ou de savoir. Anne ne disait jamais « je me sens bien » mais « je me sens pleine ». Elle voulait tout apprendre tout le temps. « Il ne faut pas que je laisse passer une journée sans avoir appris quelque chose, expliquait-elle, j'ai tellement de retard ! »

Mme Nadia avait une longue expérience des hommes. Et, en face d'Anne, elle voyait bien les efforts désespérés de Serge pour rester à la hauteur. Comme un vieil avion de guerre qui s'essouffle en bout de piste pour dresser sa carlingue. Qui pétarade, qui s'entête, qui recommence. Mais elle sentait bien qu'il bluffait. Et la petite Anne n'était pas du genre à jouer les mécaniciens.

Chapitre 29

Mme Nadia ne se trompait pas. Quinze jours après l'épisode du transistor, il se produisit un incident décisif qui poussa Anne à s'interroger, pour la première fois, sur l'avenir de sa passion.

Un soir, alors qu'elle avait fini de peindre et qu'elle était allongée sur la plage, dans le sable, elle entendit une musique. Mais les vagues étaient grosses et cassaient en tonnant, recouvrant la mélodie qu'elle percevait confusément. La veille, un jeune homme s'était noyé à la plage des Nations. Elle enfonça un bras dans le sable, puis l'autre, une jambe, puis l'autre. Et ferma les yeux. Elle était fatiguée. La musique entrait dans sa tête et faisait danser ses couleurs favorites : rouge, noir et brun. L'« Homme qui pense et qui pleure » porte du noir, du rouge et une ligne de brun. Elle commençait à se laisser bercer, quand ce qui n'était qu'un vague murmure se déchaîna et la fit sursauter. Elle se retourna et aperçut Mokhtar, appuyé contre le juke-box, se déhanchant, renversant une partenaire imaginaire sous ses baisers brûlants. Elle le rejoignit et il annonça qu'il allait lui dédier un disque. Elle se mit à rire : tous les titres avaient cent deux ans dans ce juke-box ! Il posa la main sur les yeux d'Anne pour qu'elle ne le voie pas effectuer sa sélection. Barracas, toms, congas, guitares brésiliennes et la voix de Bardot :

J'ai un amant pour le jour et un mari pour la nuit
J'ai un amant pour l'amour et un mari pour la vie

Si je le trompe le jour, je suis fidèle la nuit
Ma vie se passe toujours en ciel de lit
Dibidibidi...
J'ai pris l'amant pour mari et un amant pour amant
qui deviendra mon mari aussi longtemps
que je n'aurai pas envie de prendre un nouvel amant
qui remplacera mon mari en attendant...
Je suis belle pour mon amant, je suis laide pour mon mari
si douce pour mon amant, méchante pour mon mari
L'un remplace mon mari, lui ne vaut pas mon amant
C'est une chose établie depuis longtemps...

Barracas, toms, congas, guitares brésiliennes et la voix de Bardot qui fait : *Ah ! Ah !*

– Encore ? crie Mokhtar.

– Encore, répond Anne en battant des mains.

Et la voix de Bardot reprend la litanie de ses amours. Anne se met à danser une ronde d'Apache en hurlant comme une jeune Indienne, sur le sentier de l'amour. A la fin de la chanson, essoufflée, elle se laisse tomber sur la piste.

– Dis donc, quelle vie elle a dans la chanson !

– La même que toi, répond Mokhtar.

Anne relève la tête et le dévisage, ébahie.

– Ben oui... T'as un mari à Paris et un amant ici. Bientôt tu changeras d'amant mais tu auras toujours un mari.

Anne est stupéfaite. D'abord, parce qu'elle n'a jamais raisonné en ces termes, ensuite parce qu'elle ne fait aucune confidence à Mokhtar. Elle estime que ça ne le regarde pas.

– C'est Mme Nadia qui t'a dit ça ?

Il baisse la tête, gêné. Il ne savait pas qu'elle allait se mettre en colère, que ses joues allaient devenir brûlantes et ses yeux fixes. Deux boules de foudre.

– La seule différence, c'est que je ne change pas d'amant comme ça, moi !

Elle fait claquer ses doigts dans l'air.

– Et je ne me garde pas un mari pour le cas où... Je ne

suis pas organisée. Parce que je déteste ça... T'es un pauvre con, Mokhtar, t'as rien compris. Mais rien compris du tout !

Elle se relève, rejette ses cheveux en arrière, et part sans le regarder. Comme un pauvre mec qui vient de dire une énorme connerie et qui a tout cassé. Mokhtar court derrière elle pour la rattraper.

– Anne, excuse-moi... Tu veux un poisson pour ce soir ?

– Pourquoi ? Mme Nadia t'a dit aussi qu'on n'avait rien à manger ? Eh bien ! elle ne te raconte que des mensonges, Mme Nadia, et tes poissons tu peux te les garder !

Elle arrache la main de Mokhtar, qui tente de la ralentir, d'un geste si violent qu'il préfère ne pas insister. Et attendre qu'elle se soit calmée.

Anne se montra très tendre avec Serge, ce soir-là. La remarque de Mokhtar l'a troublée, et elle se surprend à secouer la tête pour chasser la rengaine de Bardot. Ce qui la tracasse surtout, c'est qu'on puisse penser ça de Serge et d'elle. Il y a quelque chose qui ne va pas s'ils donnent cette image. Son amour pour Serge est en voie de disparition et elle est la seule à ne pas le voir ?

Anne n'a jamais vraiment pensé à ce qui allait arriver entre eux. Elle n'a jamais fait de plan. L'avenir ne l'intéresse pas. C'est un truc pour les gens qui n'ont pas de présent. Elle vit dans l'instant, et le plus fort possible. Mais peut-être que les autres – Mme Nadia, Mokhtar – voient des choses qu'elle-même ne discerne pas ?

Elle décida d'être beaucoup plus attentive. Ça pourrait être instructif. Comme Serge se plaignait d'avoir les cheveux trop longs, elle voulut lui faire plaisir et proposa de les lui couper. Il demanda si elle savait le faire, et elle affirma que oui. En réalité, elle n'a jamais coupé les cheveux de qui que ce soit, excepté ceux de sa poupée Véronique qui avait été mutilée pendant l'opération. Les ciseaux avaient glissé dans son œil en verre irisé, et Véronique avait dû être conduite à la clinique des poupées.

Elle alla chercher une paire de ciseaux dans le tiroir de la commode – une des trois paires dûment notées par Mlati sur l'inventaire – et installa Serge sur un tabouret.

– Tu es sûre que tu sais le faire ?

– Mais oui, je t'assure. Ce n'est pas compliqué...

Elle lui noue la serviette autour du cou. On dirait un premier communiant.

– N'aie pas peur. Baisse ton sourcil. Tu veux un journal ?

– Oui, comme ça je n'assisterai pas au massacre.

Et ce fut un massacre. Pas vraiment au début où elle coupa tout droit mais dès qu'elle voulut dégrader les mèches du dessus. Parce que après, il lui fallut égaliser. Et les trous apparurent. Les trous et les échelles. Devant, cela ne se voyait pas trop, et la glace de la salle de bains n'a qu'un panneau. Mais Serge se leva, s'épousseta et demanda si elle avait un petit miroir pour qu'il regarde derrière. Elle nia énergiquement. Il ne fallait surtout pas qu'il regarde derrière. Mais il se rappela qu'il y avait une glace dans la boîte de son rasoir, et il partit dans la salle de bains. Au bout d'un moment, il y eut un cri furieux :

– Anne !

Elle ne bougea pas. Ne répondit pas. Il fit irruption dans la salle à manger et l'empoigna.

– Tu as vu ce que tu as fait ?

– Ben oui... Mais ça va repousser...

– J'ai l'air de quoi ? D'un clodo. C'est ça : un clodo qui fait la queue pour avoir sa soupe...

Il la secoua si fort qu'elle se mit à trembler. Elle a peur, mais c'est bon. Ça fait longtemps qu'ils n'ont plus joué. Il tire sur le tee-shirt, dénude l'épaule, prend les ciseaux. Elle le regarde droit dans les yeux.

– Tu sais ce que je vais te faire ?

Elle le provoque. Ses yeux disent : « Tu n'en es pas capable, déjà tu flanches et tu as envie de ranger les ciseaux. Tu voulais juste me faire peur... »

– Je vais te faire mal, continue-t-il.

– J'ai pas peur.

Il effleure l'épaule ronde et dorée du bout des ciseaux. La caresse. Remonte, descend sur la peau. L'érafle. Le regard d'Anne ne quitte pas ses yeux. Alors il enfonce la pointe. Enfonce encore. La peau se tend et s'ouvre. Belle incision, docteur Alsemberg. Très belle incision. Il est si habile avec son bistouri. Il fait ce qu'il veut de ses doigts. C'est le meilleur chirurgien de Casa. Les ciseaux s'enfoncent encore, agrandissent la fente, repartent plus loin et tracent un X avec le sang qui dégouline. Compresses, Hilda. Alcool. Vite, Hilda, vite.

Elle n'a pas bougé. Pas reculé. Pas frémi. Les ciseaux sont rouges, les doigts sont rouges, elle s'approche de lui, tend son corps contre lui, tend sa bouche et l'embrasse en murmurant :

– Je t'aime, docteur.

Chapitre 30

Le lendemain matin, Serge, ragaillardi par la nuit qu'il vient de passer, arpente la salle à manger en récitant *la Chanson de Roland*. Ce qu'il y a de fantastique chez Anne, pense-t-il, c'est qu'elle vous redonne le goût à la guerre. Il s'est laissé abattre ces derniers jours, mais la nuit passée le remet dans ses étriers. Pour le moment, sa guerrière mange. Elle avale sa pâtée matinale, et il préfère marcher de long en large, loin de la table. A la vue du lait et des céréales ramollies, il a envie de vomir. Il lui conseille de prendre des vitamines : ce serait moins écœurant à contempler, le matin, à jeun, mais elle refuse : avec les vitamines, elle n'aurait pas l'impression d'être aussi efficace. Il y a une telle énumération de protéines, vitamines, reconstituants, revitalisants sur la boîte qu'il lui faudrait des pilules par poignées pour rattraper tout ça. Il ne veut pas la suivre dans ces discussions. Elle a un côté borné qui le déroute. Alors, il marche de long en large. *La Chanson de Roland*, c'est ce qu'il apprenait en classe de français quand il avait douze ans. Avec les fables de La Fontaine et Victor Hugo. On ne connaissait pas les vitamines, en ce temps-là.

Ça fait longtemps qu'il ne s'est pas senti aussi euphorique. Il bombe le torse, se frappe le poitrail et rugit.

– Dis donc, preux chevalier, persifle Anne, va falloir songer à rapporter des victuailles à la maison...

Elle lui montre l'étagère du buffet : un pot de gelée de groseille, un paquet de riz, une boîte de potage Knorr à la tomate et des biscottes.

– Oui, mais à une condition : je supprime les corn flakes.

Elle fait non-non de la tête. Bouche pleine, joues rondes et deux filets de lait qui coulent des commissures.

– Serge ! Je suis sérieuse ! Il ne nous reste plus rien...

– Bon. Je prends ma matinée et je fais le siège de l'administration pour obtenir une avance.

– Pas une avance, proteste-t-elle. Tout ton salaire. Écoute, ça fait bientôt deux mois que tu travailles et tu n'as toujours pas été payé ! Il y a le loyer aussi... Plus la note d'épicerie ! Je tremble de tomber sur Mlati chaque fois que je mets le nez dehors...

– Tu n'as qu'à rester enfermée ici...

Son rêve : la garder pour lui tout seul. Qu'elle cesse de traîner avec les pêcheurs. Il se demande bien ce qu'elle fait dans la journée. Elle dit qu'elle peint et qu'elle voit Mme Nadia. Mais elle parle aussi beaucoup de Mokhtar, au détour des phrases. Il voudrait l'enfermer, l'attacher à un lit, pieds et poings liés. Il la nourrirait à la cuillère, la laverait, l'habillerait, lui lirait des histoires et lui ferait faire pipi. Puis il partirait en emportant la clé. A la fin, il ne partirait plus du tout...

Il enfile sa veste, passe la main dans ses cheveux et grimace. Il se rappelle la séance d'hier soir. Il se rappelle Paul, sur son lit d'hôpital, avec sa coupe de cheveux ridicule, juste une petite calotte au sommet de la tête. C'est tout ce que lui avait laissé Hilda... Il ne faut pas qu'il permette aux mauvais souvenirs de le tirer en arrière. Il était gai et fort, ce matin, en se réveillant. Il ne doit pas laisser le brouillard l'envahir. « Je suis un noble guerrier qui part chercher des victuailles », se convainc-t-il en la regardant laper son assiette.

– Comme amour nous traque de misère en misère, je m'en vais de ce pas vous quérir du gruyère.

Elle éclate de rire et demande de qui est cette belle versification.

– Première partie : Tristan et Yseult ; deuxième partie : Serge Zzhérobrouskievitch...

C'est une idée, ça : il devrait reprendre son nom d'antan. Ça arrangerait peut-être les choses.

Enfin, il se baisse, la prend dans ses bras, la renverse sur le dossier de sa chaise et murmure, avec ferveur :

– Je crois bien que je vous aime...

Anne reste assise devant son assiette. A faire des dessins sur ses corn flakes. Quelque chose d'inhabituel vient de se passer. Elle ne sait pas quoi, mais un détail minuscule, un petit poids s'est posé dans la balance de leur amour et a fait valser les plateaux. Quelque chose qui, soudain, rend Serge banal et tout près. Gengis Khan est mort, ce matin.

Elle se glisse sous la douche, se savonne énergiquement pour chasser la tristesse qui s'infiltre. Propre. Propre. Dissoudre cette crasse qui me racornit l'humeur. C'est parce que je suis fatiguée... On n'a pas beaucoup dormi cette nuit. Cette nuit... Elle cherche, sous le jet, la petite croix. La gratte. La blessure s'ouvre et le sang coule. Elle regarde la douche devenir toute rouge. Comment peut-elle être si triste après la nuit d'hier ? Mais pourquoi alors a-t-elle cette drôle d'impression d'être toute seule à donner des coups de pied dans le ballon ?

Comme chaque jour, à une heure, elle prend son paquet de riz et se rend chez Mme Nadia. Mme Nadia fait cuire le riz en y ajoutant des restes de fritures, puis elles boivent un café brûlant dans leur verre en Pyrex et Mme Nadia rallume sa Gitane éteinte.

– Va y avoir une tempête, dit-elle en tétant sa cigarette. Il y en a rarement avant décembre mais celle-là, je la sens venir...

Le vent s'est levé ce matin. Un vent d'automne chagrin. Pour une journée d'octobre, il fait frais et Anne a enfilé un gros pull en laine de Serge qu'elle a trouvé dans un placard. Il sent un peu l'humidité et le renfermé mais il lui tombe jusqu'aux genoux et lui tient chaud. La lumière est jaune, le ciel gris et bas. C'est peut-être pour cela que je me sens si lasse, se dit Anne. Ce n'est peut-être que pour cela...

– Je crois que je vais aller me promener sur la plage...

Elle n'a pas envie de jouer au nain jaune ni de se tenir entre femmes aujourd'hui. Mme Nadia remise le jeu dans son tiroir.

– On jouera demain. Va te promener : ça mettra de l'ordre dans tes idées qui m'ont l'air bien noires...

Anne lui adresse un sourire en déroute et sort. Mme Nadia fait « tss tss » avec sa langue et secoue la tête.

– Si c'est pas malheureux tout de même : avoir déjà la tête qui travaille à son âge !

Le vent souffle violent et dur, le vent piquant qui vous oblige à fendre les yeux et à courber le dos. Le vent que la mer imite en projetant de gros paquets d'écume sur le village. Il n'y a personne sur la plage, et Anne contemple la longue langue de sable qui ondule et se plisse. Le ciel n'est plus gris mais noir. Traversé d'éclairs étincelants. En quelques heures, la tempête s'est levée et tout semble menaçant, malfaisant. Anne frissonne, s'entoure de ses bras pour se réchauffer. Respire l'orage sur le point d'éclater, attend que le ciel se déchire et que le poids qui l'étreint depuis ce matin aille exploser plus loin.

Mais, soudain, elle se rappelle : sa toile sous les cannisses ! Elle court vers la maison, court contre le vent, coudes serrés, yeux aveugles. Trébuche sur un caillou, s'écorche la main et pousse un cri quand elle repose pied à terre. Elle regarde le ciel derrière elle, le ciel parcouru d'éclairs, et reprend sa course en boitillant, sans se soucier de la douleur qui la lacère et lui arrache des larmes.

Elle a à peine atteint le portail qu'une grosse goutte

éclate sur sa main. Elle monte les marches en claudiquant, va vers le chevalet, prend la toile, les tubes, les pinceaux, les chiffons et gravit le dernier escalier. Elle vient de refermer la porte et s'y appuie, haletante, bras chargés, quand elle entend le tonnerre éclater et une pluie de grêlons durs s'abattre sur Mehdia.

Serge la trouva recroquevillée dans l'obscurité de la salle à manger. Il alluma la lumière mais elle ne se retourna pas. Tout son corps, tendu vers l'orage, semblait possédé par ce qui se passait au-dehors. Il s'approcha, lui toucha le bras. Elle ne bougea pas. Au bout d'un long moment, elle laissa tomber, comme si ça ne la concernait pas :

– Je crois que je me suis tordu la cheville...

Il posa les doigts sur la foulure et lui dit qu'il allait la soigner. Heureux : il va enfin s'occuper d'elle. Il se leva, alla chercher des torchons et les déchira en bandelettes régulières.

– Ça va te faire un peu mal mais c'est très supportable.

Elle fait un vague signe de tête mais son regard est méfiant. Et elle ne lui abandonne sa cheville qu'avec réticence.

– Je suis allé à l'hôpital et j'ai obtenu une avance. Pas grand-chose mais de quoi remplir les étagères. J'ai fait des courses à Rabat pour qu'on n'ait pas à rencontrer Mlati. Quand je serai payé, on lui réglera son loyer... J'ai trouvé un porridge encore plus vitaminé. La vendeuse m'a assuré que c'était un mélange explosif de vitamines !

Il lui masse la cheville doucement. Il est content de ces petits détails ménagers. La vendeuse avait été étonnée qu'il lui demande du porridge. Il avait répondu que c'était pour son bébé et elle avait fouillé tous les rayons pour trouver ce paquet-là.

– Je t'ai acheté un livre aussi. D'un peintre américain :

Rothko. Tu vas aimer, j'en suis sûr. Il travaille des pans de couleurs, des contrastes, des dégradés. C'est très beau...

Elle ne parle toujours pas. Pourquoi prend-il ce ton de mari qui raconte sa journée ? se dit-elle. Pourquoi est-il agenouillé à mes pieds ?

Il étire les bandelettes et commence à entourer sa cheville.

– Tu es sûr que c'est comme ça qu'on fait ?

C'est bizarre mais elle ne lui fait pas confiance. Et pourtant, il est médecin. Mais elle est persuadée qu'il s'y prend mal.

– Écoute, Anne. Laisse-moi faire. Je sais ce dont je parle.

Il paraît un peu vexé. Tant mieux. Il va peut-être arrêter de parler gnangnan comme il le fait depuis qu'il est arrivé. La lassitude qu'elle a ressentie pendant toute la journée s'est soudain transformée en irritation à la vue de Serge. Elle ne sait pas pourquoi mais tout s'est concentré sur lui. Il doit le sentir puisqu'il lui demande ce qui ne va pas, et pourquoi a-t-elle l'air si sombre ? Tout à coup, elle ne peut plus contenir son exaspération et a envie de lui faire mal. Elle veut le piquer. Au sang.

– Tu vas travailler demain ?

C'est venu spontanément. Elle n'a pas réfléchi. Il sursaute.

– Oui. Pourquoi ?

Elle hausse les épaules et dit qu'elle ne sait pas. Une question comme ça...

Il la prend dans ses bras, frotte sa joue contre la sienne et essaie de la détendre.

– Anne, mon amour, mon bébé que j'aime, qu'est-ce qui ne va pas ? Je vais te soigner et tu n'auras plus jamais mal. Je vais m'occuper de toi comme de mon petit bébé.

Elle se dégage violemment, et une répulsion subite s'empare d'elle, un dégoût insurmontable. Ses yeux lancent des éclairs jaunes et elle souhaite éperdument ne plus jamais le voir, oublier toute cette histoire. Le repousser, loin, à jamais.

– Je ne veux pas que tu t'occupes de moi ! Je ne suis pas ton bébé. Laisse-moi tranquille ! Arrête de me coller !

Elle comprend enfin ce qu'elle traîne depuis le matin : la sensation qu'il la colle. Il s'est abattu sur elle et la maintient au sol, l'empêchant de respirer. Elle étouffe. De l'air ! Qu'il se tire ! Elle ne veut pas qu'il lui achète des corn flakes vitaminés ni qu'il lui bande la cheville. Elle ne veut pas qu'il soit gentil. Elle ne supporte pas qu'on lui dise « je t'aime ». Ça la rend méchante et lui donne envie d'assassiner... De se cacher dans un coin et de pleurer tout bas. Serge la regarde, bras ballants, yeux grands ouverts. Il ne comprend pas sa rage. Il ne comprend plus rien à Anne.

C'est impossible de comprendre Anne : elle fait tout pour qu'on l'aime, elle tempête, menace, exige, supplie, séduit puis maudit celui qui dépose son amour à ses pieds. Anne aime quand le ballon est en l'air et qu'elle tend les bras vers lui. Pas quand il rebondit par terre... Quand son amour s'appelle Gengis Khan et porte de hautes bottes fourrées. Pas quand il s'agenouille et lui raconte sa journée...

Elle resta une semaine allongée. La jambe sur un tabouret, le dos bien calé par des oreillers qu'avait apportés Mme Nadia. Elle lit le livre sur Rothko, et ses yeux restent longtemps sur la même illustration. Lentement, voluptueusement, elle absorbe chaque tableau, chaque couleur. Hypnotisée. Les tableaux deviennent de plus en plus sombres et une phrase, à la fin, dit que Rothko s'est suicidé. Anne aime bien cette fin. C'est logique. C'est le risque pour ceux qui partent à la recherche.

Le livre lui transmet une énergie nouvelle. J'apprends, j'apprends, se répète-t-elle en recourbant sa langue sur ses toiles. Le tableau avance et, chaque jour, elle a l'impression qu'elle saisit un peu plus de la réalité qu'elle veut exprimer. Elle part, frémissante, à la découverte. Je ne sais pas. Je ne sais rien mais j'explore le monde. Mes antennes sont encore grossières mais je ne serai plus jamais un morceau de puzzle qui flotte et se raccroche au premier amant pour carte d'identité. Je suis au kilomètre deux d'une longue route...

Elle prend à peine le temps de manger et ne relève plus la tête quand Serge rentre de l'hôpital. Elle ne le voit pas. Figurant qui passe et repasse derrière son dos, frimant en quête d'un emploi. Elle est encore en colère contre lui à cause de sa reddition.

L'orage a duré plusieurs jours, et les chemins sont ravinés. Serge est de plus en plus sombre. Il regarde Anne et ne dit rien. Il s'est passé quelque chose qu'il ne comprend pas et il a perdu tous ses moyens. Impuissant à lui relever le menton. A la forcer à s'expliquer. C'est mon dernier amour et je le loupe...

Au bout de dix jours, le tableau fut terminé et Anne se leva pour l'accrocher au mur de la salle à manger à côté de la « Maison jaune et orange ».

Ce jour-là, elle lui parla gentiment mais ne lui demanda pas ce qu'il pensait de l'« Homme qui pense et qui pleure ». Puis elle ouvrit une boîte de raviolis qu'elle fit réchauffer pendant qu'il terminait la lecture de son journal. Ils mangèrent en silence et il reprit le journal depuis le début.

Chapitre 31

L'homme venait tous les jours. Il s'asseyait sur le deuxième banc à droite, dans la cour de l'hôpital, et restait là toute la journée. De neuf heures trente à dix-huit heures. Le plus souvent avec un journal. Récemment avec un transistor. Mais, depuis quelques jours, il n'avait plus de transistor. Il regardait les infirmières et les médecins aller et venir et se soulevait quand passait une ambulance. Vers midi, il sortait un sac en papier brun qui devait contenir un sandwich et une canette de bière car on pouvait l'apercevoir en train de manger et de boire. Ce n'est qu'une supposition parce qu'il ne laissait jamais de détritus. C'était un homme d'une certaine allure, d'ailleurs. La cinquantaine peut-être. Il se tenait droit et portait une cravate. A six heures, il repliait son journal et se dirigeait vers une Jaguar bleu marine. Oui, une Jaguar... C'est tout ce que l'on sait de lui.

Ils lui devaient bien deux mois de loyer, maintenant. Deux mois plus une longue addition d'épicerie qu'il avait épinglée dans son cahier de comptes. Ce matin-là – il avait choisi un dimanche pour être sûr de le trouver, lui –, il réclamait son dû. Arrogant, les mains sur les hanches, les jambes écartées, il se tenait au pied des marches, sur la terrasse, et criait qu'on lui ouvre. Il fallait que l'argent rentre et, depuis deux mois, avec cette petite maison, l'argent ne rentrait plus.

Ce fut l'homme qui sortit en premier. Elle le rejoignit au bout d'un moment, vêtue d'un grand tee-shirt qu'elle tirait sur ses cuisses. Ils ne l'impressionnaient plus. Ils lui devaient bien trop d'argent.

– Je viens me faire payer... Et ne me dites pas que vous êtes à court. Ça ne marchera pas. Avec une clinique comme la vôtre, on n'est pas à court. Car j'ai fait ma petite enquête depuis deux mois... Tant que vous me payiez, ça m'était égal de ne pas savoir à qui je louais, mais la situation a changé, hein, docteur Alsemberg ?

Mlati a dû téléphoner à la clinique et parler à Alice, se dit Serge. Ou à Hilda. Ou aux docteurs Latif et Petit. Il leur a posé des questions et, même, leur a raconté comment il vivait.

– Laissez-moi le temps de m'organiser, Mlati, et, dans quinze jours, je vous promets que vous serez payé.

– Non. Je veux mon argent tout de suite.

– Quinze jours, Mlati. Je vous dis que vous l'aurez dans quinze jours.

Il ira demander de l'argent à n'importe qui. Acceptera n'importe quel travail. Il n'a plus d'orgueil maintenant. Il ne veut pas qu'elle sache. Pas elle.

Mlati regarde Serge et cligne des yeux. Remonte son pantalon sur ses côtes maigres et se gratte sous son tricot de corps bleu marine. L'homme lui en impose. Un docteur !

– Bon, d'accord. Mais c'est la dernière fois que je vous fais crédit.

Il s'en veut d'avoir cédé si vite. D'avoir été intimidé par la stature du docteur, sa clinique à Casa, la manière dont il lui parle.

– Mais il faudra me payer rubis sur l'ongle, sinon je vous vide. Et tu n'aimerais pas aller dormir sur la digue avec les pêcheurs, hein, poulette ?

Il s'est adressé à elle, longue et mince, derrière l'épaule de l'homme. L'homme descend les marches en bondissant et elle tente de le retenir.

– Je t'interdis de lui parler comme ça, Mlati. Ou je te casse la gueule !

– Ça ne fait rien, Serge, dit Anne en le rejoignant.

Mlati se rapproche d'eux, s'approche d'elle et la détaille comme si elle était un objet. Un bel objet qu'il va coucher dans son lit.

– Arrête, Mlati, murmure Serge entre ses dents.

Mais Mlati continue à tourner autour d'Anne.

– Ne la touche pas, Mlati, ne la touche pas...

– C'est vrai qu'elle est belle ta poulette, docteur. Belle et dorée. Mais tu ne vas pas la garder longtemps si tu continues à ne pas avoir d'argent. Ça se sauve quand il n'y a plus d'argent, ces petites poulettes...

Le poing de Serge a jailli comme un ressort. Mlati le reçoit à la pointe du menton et va s'écraser sur la terrasse en béton. Assommé.

– C'est malin, soupire Anne, tu crois que ça va arranger nos affaires ?

Il dégringole les marches et file vers la plage. Anne le suit des yeux et hausse les épaules. Elle remonte vers la maison, remplit une casserole d'eau et revient la verser sur Mlati. Il ouvre les yeux, se tâte le menton et le crâne.

– Il est fou ce mec...

Il se redresse avec peine, regarde les yeux dorés, les longues jambes et les seins ronds sous le tee-shirt.

– Dis, poulette, si l'argent n'arrive pas dans quinze jours, viens me voir, on s'arrangera tous les deux.

– Ça suffit, Mlati. Tirez-vous maintenant.

Il se lève péniblement, chancelle, rajuste son pantalon, tire sur son tricot de corps, vérifie que sa montre à bracelet doré extensible n'est pas cassée et s'éloigne. Il a à peine atteint la barrière qu'il entend Anne crier :

– Ne vous en faites pas, vous l'aurez votre fric !

Serge avance en donnant des coups de pied dans le sable, dans les cailloux, dans les pneus abandonnés sur la chaussée. Mais que s'est-il passé pour que, tout à coup, il devienne impuissant ? Impuissant à décider, impuissant à travailler, impuissant à rabattre ce regard jaune et hostile ?

Quelque chose lui a échappé, un jour, et depuis tout s'effrite entre ses doigts. Jusqu'à ce qu'il la rencontre tout allait bien. Il y avait un lien entre ses pensées et ses actes. Sa vie tenait bien droite entre ses mains et jamais ne lui échappait. Maintenant, il a la sensation confuse que tout ce qu'il entreprend est voué à l'échec. Il se heurte à des visages fermés, des refus embarrassés, des regards fuyants. Rien n'est formulé mais l'inimitié s'infiltre. Comme s'il était dangereux et qu'il faille l'écarter. Les refus sont polis : « Non, docteur Alsemberg, nous n'avons rien d'assez bien pour vous, non, n'insistez pas », ou nettement plus désagréables : « Je ne pense pas que nous ayons besoin de quelqu'un comme vous ici... » La confrérie médicale est petite au Maroc, et la nouvelle de son départ a eu le temps de se répandre, de s'enfler et de se déformer. Mais pourquoi ce rejet unanime ? Qu'a-t-il fait qu'aucun de ces hommes ne fasse en cachette ?

Il a appris à lire dans les regards depuis deux mois. Il sait ceux qui ont peur, ceux qui l'évitent, ceux qui le haïssent. Serge ne peut pas comprendre qu'il paie pour toutes les années où il a été le docteur Alsemberg, l'un des chirurgiens les plus en vue de Casa, dont la clinique était la plus moderne, la plus réputée, dont la vie privée semblait sans faille. L'homme à qui tout clignait de l'œil, et qui ne connaissait pas l'échec. Ni la compromission. C'est surtout son attitude détachée et assurée qui irritait les autres, ses collègues, qui n'avaient pas très bien supporté qu'il sorte du rang, soutenu par la fortune Blanquetot. On lui souriait dans les soirées, mais on guettait le premier indice de son déclin. Ça lui arriverait bien un jour, comme à tout le monde. On attendait l'opération ratée ou le scandale conjugal.

Serge se réfugia chez Mme Nadia et décida d'appeler Hilda. Elle a des économies – pour le cas où sa nièce Katya obtiendrait son visa de sortie – et elle pourra peut-être lui avancer de l'argent. Il lui remboursera dès qu'il sera renfloué.

Il fit le numéro de la clinique en détaillant la photo de Dédé dans son bel uniforme au-dessus de la bouteille de pastis.

– Bonjour. Clinique des Acacias.

– Ce doit être une erreur, mademoiselle, je demandais la clinique Alsemberg.

– Le docteur Alsemberg est parti, monsieur, et ce sont ses associés qui ont racheté. Vous désirez parler à quelqu'un ?

Serge a du mal à répondre. A avaler sa salive. Il passe la main sur son front et reste appuyé sur le comptoir. Mais la voix au bout de la ligne s'impatiente et répète « allô, allô ».

– Passez-moi Hilda, mademoiselle.

Il est livide. Ses doigts se crispent sur l'appareil comme sur une barre qui le maintiendrait debout. Mme Nadia pousse un verre de cognac vers lui et il le vide d'un seul trait.

– Hilda ?

Elle reconnaît tout de suite sa voix et ânonne « docteur, docteur » comme si elle s'adressait à un revenant. Elle renifle, s'embrouille, commence une phrase mais ses mots se mélangent et elle s'excuse. Elle dit qu'elle doit avoir l'air idiote, mais c'est plus fort qu'elle. Elle doit s'asseoir d'abord. Un bref instant, Serge a la vision d'une blouse blanche qui bride sa large poitrine et l'empêche de respirer. Il la conjure de se calmer et de lui expliquer. Elle reprend son souffle et raconte qu'Alice est partie. Elle n'a pas voulu rester à Casa. Leur histoire a fait grand scandale, et tout le monde était aux aguets. Alice ne l'a pas supporté. Elle a vendu la clinique aux docteurs Latif et Petit, pour une bouchée de pain, en plus, et elle est repartie à Marseille, dans l'appartement de la rue du Docteur-Fiolle. Elle a laissé tous ses meubles. Elle ne voulait rien emporter qui fasse souvenir.

Serge l'interrompt et lui fait répéter la vente de la clinique. C'est impossible : elle s'est trompée. Mais Hilda balbutie que non et il ne répond pas. Abattu par une vengeance froide et sans appel. Il n'écoute même plus quand elle ajoute :

– Je la déteste, cette fille qui vous a fait faire ça... Je prie tous les soirs en demandant que ses péchés se retournent contre elle. Hier, j'ai mis un cierge à la Vierge pour que lui soit rendue la monnaie de sa pièce...

Mais Serge a raccroché. S'est rattrapé au comptoir qu'il martèle de coups de pied. Piégé. Piégé. Parce qu'il n'a jamais voulu compter. Parce qu'il avait tout mis au nom d'Alice. Parce qu'il n'avait jamais planqué de fric à l'étranger. Parce qu'il n'avait pas prévu l'irruption dans sa vie d'une barbare aux yeux jaunes...

– Donnez-moi une vodka, madame Nadia. Bien tassée et sans glace.

A la maison, sur la table de la salle à manger, il y a un mot : « Ne te fais pas de souci, tout va s'arranger, tu sais bien que je suis magique, mille sabords ! Anne. »

Il l'attendit jusqu'à sept heures. Mme Nadia lui avait glissé la bouteille de vodka dans la poche et il l'a terminée. Ses yeux se brouillent et il voit une plaque dorée qui ondule. Clinique des Acacias. Les cons ! Quel nom à la con ! Merde ! Elle aurait pu me prévenir avant de dévisser mon nom du mur...

A sept heures, il entendit le bruit d'une Mobylette puis des pas rapides. Elle ouvrit la porte, triomphante, et lança sur la table une boule de billets verts : 3 000 dirhams ! Il lui demanda comment elle se les était procurés. Et elle lui montra, du menton, le mur vide.

– Tu as vendu tes toiles ?

– A des Américains, en vacances à Kenitra. C'est une idée de Mokhtar. Il leur vend du poisson. Ils sont très riches et très snobs. Il m'a emmenée en Mobylette. Je leur ai parlé de Rothko et je leur ai dit que j'avais eu une exposition à Beaubourg. Bôbourg ! Ils ont acheté tout de *chatter.*

sales patter

suite. J'ai même été obligée de monter mes prix après le baratin que j'avais fait !

Elle fait une pirouette, attrape la boule de billets et la jette en l'air. Les billets retombent, petits parachutes verts, et elle leur donne des coups de pied, de poing, elle en attrape un entre ses dents et commence à le mâcher.

– Tu es folle, arrête !

– Un que Mlati n'aura pas ! dit-elle en déglutissant, féroce. Beurk ! C'est dégueulasse l'argent...

Il est fatigué. Il ne veut plus se battre. Plus faire semblant d'être Gengis Khan : il va tout lui dire.

Chapitre 32

Il n'avait pas pu. Ce n'était pas de l'orgueil ou de la lâcheté mais une brume qui l'enveloppait dès qu'il s'asseyait et commençait à parler. Les mots les plus simples perdaient leur sens. Pire même : ils se retournaient contre lui. « Bonjour, je suis le docteur Alsemberg. » Faux ! Ton nom est faux. « J'ai quitté ma clinique pour des raisons personnelles. » Ce n'est pas comme ça que c'est arrivé. Tu n'as pas quitté ta clinique, c'est elle qui t'y a forcé, et la clinique appartenait à Alice. Les mots le narguaient et crevaient comme des bulles menteuses, en sortant de sa bouche. Alors, tout devenait irréel : le fauteuil dans lequel il était assis, l'homme à qui il s'adressait, le bureau, la lampe, le tapis sur lequel il posait ses pieds. MES pieds. Il se raccrochait à des détails grotesques pour débiter, néanmoins, les mots de présentation qu'il avait préparés. Quelquefois, il reconnaissait un visage. Il avait disputé un tournoi avec cet homme-là, la femme de celui-ci avait joué en double avec Alice l'été dernier... Mais la brume persistait et l'isolait de l'homme en blouse blanche.

Au début, ses confrères étaient surpris. Demandaient au téléphone le but de sa visite. Il répondait, sur un ton complice : « C'est personnel, mon cher, je vous explique-rai. » « Bien, mon cher, vendredi quatorze heures. » Il mettait sa cravate, son costume blanc, dont il place le pantalon sous le matelas tous les soirs pour qu'il garde le pli, passait sa main dans ses cheveux devant la glace et partait. Pendant tout le trajet, il se répétait ce qu'il allait dire d'égal à égal, à son confrère. Ça avait du sens dans la voiture. Puis il sonnait, était reçu, échangeait poignées de main et sourires et... tout devenait flou. Il se demandait soudain ce qu'il faisait là. Il bafouillait, se reprenait, expliquait, pensait : « Mais je suis ridicule, pourquoi est-ce que je dis tout ça, je me justifie, je n'ai pas à me justifier, je demande simplement du travail... » Il avait le sentiment que c'était vain et il préférait se taire. Il s'arrêtait en pleine phrase, cher confrère, entre confrères. Il ramenait ses pieds sous le fauteuil, fixait le tapis et attendait. Maintenant il doit se dire que je suis fou, pensait-il. Irresponsable. J'aurais sûrement cru la même chose il y a six mois. Il avait la nausée, les mains moites, la tête lourde et une envie furieuse de se ruer dehors, de redevenir un homme entier. Je vous demandais ça par hasard, poursuivait-il, parce qu'en fait je peux revendre mes parts de la clinique et partir en Amérique ou au Canada. J'ai des propositions là-bas, cher confrère. Il croisait, décroisait les jambes, souriait, prononçait encore quelques banalités puis se levait.

Son histoire fut vite connue à Rabat et on le reçut de moins en moins. En fait, il passait la plus grande partie de ses journées à téléphoner, de la poste. Il connaissait toutes les préposées au téléphone. Il s'adressa à de petits médecins généralistes dans des quartiers populaires mais la méfiance était encore plus grande : il n'était pas de leur monde. Il en voulait à leur gagne-pain. Un jour, en pleine Médina, un jeune médecin, qui venait de s'installer, le chassa comme un vulgaire représentant d'appareils ménagers. A l'hôpital, il se heurta à une froideur hautaine et hostile : un médecin de clinique qui vient demander la charité au domaine public. Même dans les laboratoires, on lui demanda des lettres de recommandation. Partout, il était rejeté.

La nostalgie, l'odeur des couloirs blancs, le bruit feutré des pas des infirmières, les portes battantes qui s'ouvrent et se ferment pour laisser passer les chariots le hantaient et il continuait à sonner aux portes. Ses yeux fixaient les blouses blanches, les classeurs en acier chromé, le Vidal sur l'étagère, le stéthoscope qui traîne. Il avait envie de prendre la place du médecin et de recevoir le prochain malade. Il se retenait. Alors ils penseront que je suis vraiment fou et ils raconteront dans les dîners de Rabat : « Dites, j'ai vu ce pauvre Alsemberg, vous savez, ce chirurgien de Casa qui a tout plaqué pour une petite jeunesse, il est dans un état ! » Et les calomnies ricocheraient : « Il parle tout seul, il a sauté sur mon infirmière, il m'a proposé de faire des avortements, mais oui, mais oui, il ne vit que de ça maintenant... » Une fois pourtant, alors qu'on l'avait laissé quelques minutes dans le cabinet du docteur Micha, il subtilisa un bloc d'ordonnances.

Il eut peur de les rencontrer et évita les abords de leurs cabinets. Mais il n'eut pas peur de l'hôpital. Il prit l'habitude de s'asseoir tous les jours, face au bloc opératoire. Là, il avait encore l'illusion de faire partie du monde en blanc.

– Mais le remplacement ? demandait Anne.

– C'était faux.

– Et les courses ? Et le livre ?

– J'ai vendu le transistor. Ce n'est pas vrai que la radio était cassée...

Anne ne disait rien. Elle ne pouvait s'empêcher de ressentir un vague dégoût pour cet homme voûté, incliné vers le sol, si las qu'il suffirait de le pousser d'un doigt pour qu'il tombe. Elle remarqua aussi les cheveux tailladés, le crâne blanc entre les mèches et éprouva de la pitié pour lui. C'était un homme fini : il n'avait plus de colère.

Elle prit le tas de billets verts et le tendit à Serge en lui disant d'aller payer Mlati.

Ils nettoyèrent la pièce vide. La débarrassèrent des stores, des tapis, des poêles à frire, du barbecue, des lampes, de l'encyclopédie, de la télé couleurs, du tuyau d'arrosage et de son tourniquet, du fer Calor et de la planche à repasser. Ils entassèrent leurs achats dans la petite cour derrière afin qu'ils rouillent à l'abri des regards. Puis ils aérèrent la pièce vide.

Serge y installa une table en bois que Mme Nadia lui prêta, une cuvette avec deux brocs et une natte posée à même le lino.

Vingt dirhams la consultation, décida-t-il, si je les fais payer moins cher, ils ne me prendront pas au sérieux.

Vingt dirhams la consultation, mais le docteur accepte aussi les œufs de poule, les gros pains ronds, les brochettes de viande, les bols de harissa, les dattes, les oranges et les poissons, précisent Mme Nadia et Mokhtar qui lui rabattent ses premiers clients.

Il porte le tablier blanc du cuisinier qui est en vacances jusqu'à la saison prochaine.

Leurs horaires n'ont pas changé. Ils se lèvent à huit heures, boivent leur café et se mettent au travail. Anne peint, Serge pose les pieds sur la table et s'exerce à faire des nœuds avec les cheveux blonds qu'il a ramassés sur la brosse d'Anne. A midi, ils vont chez Mme Nadia qui ajoute des crevettes, des calamars ou de la daurade dans leur riz. Je vais bientôt avoir les yeux bridés, se dit Anne. Ils prennent leur café en jouant au nain jaune. Puis ils reviennent : Anne peint, Serge attend ses malades. Il n'ose pas la déranger. Elle défend qu'on lui parle. Il ne peut pas s'allonger sur le lit : elle s'est installée dans la chambre. Quelquefois, quand il se couche, elle continue de peindre. Sa nouvelle toile s'appelle « Fais attention, mon vieux ». Elle est rouge et noir.

Serge sentait bien qu'il allait à sa perte. Il ne maîtrisait plus rien dans leur histoire. Durant ses longs après-midi vides entre un panaris et un pansement, il cherchait à se souvenir du moment où elle lui avait échappé. Elle était gentille avec lui. D'une gentillesse un peu forcée comme celle que l'on emploie avec un vieux parent qu'on ménage vu son grand âge. Il se disait qu'il était en sursis. Et il échafaudait des plans pour l'étonner. C'était même la seule chose à laquelle il s'occupait vraiment : une tactique pour la reconquérir.

Pour la première fois, Anne se disait qu'elle devrait quitter Serge. Elle n'était pas faite pour la vie à deux. Mais elle avait à peine formulé cette pensée qu'elle prenait peur et s'efforçait de la remiser loin ailleurs. Elle redoublait de gentillesse envers Serge, mais elle constatait avec horreur qu'il s'attachait de plus en plus à elle. Il lui disait des phrases comme « tu es l'amour de ma vie » ou « tu es la chose la plus importante qui me soit arrivée », et tout son corps se rétractait. Elle s'éloignait pour qu'il ne la touche pas, pour qu'il ne sente pas la répulsion sur sa peau. Elle pouvait supporter bien des choses mais pas les déclarations d'amour.

Elle avait le sentiment qu'elle était son dernier recours, que sa vie à lui ne dépendait plus que d'elle, et elle le détestait d'être si dépendant. Elle n'en laissait cependant rien paraître et se forçait même à être tendre. A faire l'amour par exemple. Même si elle ne sentait plus rien et qu'elle comptait les gouttes de sueur sur son front.

Elle faisait des efforts. Elle voulait tenir jusqu'à Noël. Pour qu'il ne soit pas tout seul sans sapin. Elle avait fixé cette date – le 26 décembre – comme jour de sa libération. Mais plus elle s'appliquait à « tenir », plus elle le prenait en horreur. Alors, elle inventait des trucs : elle le laissait marcher devant elle, à midi, quand ils allaient chez Mme Nadia, et elle s'appliquait à trouver ses épaules larges, ses jambes longues, sa manière d'avancer à grands pas troublante... Elle lui découpait une silhouette de héros sur le ciel bleu et froid de Mehdia. Mais quand il atteignait les premières marches du restaurant et qu'il se retournait, un sourire tendre sur les lèvres, elle le reconnaissait et il l'irritait.

Anne, que la vue de piles d'assiettes ou de cendriers débordants laissait auparavant parfaitement indifférente, se précipitait maintenant sur la moindre tache. Il fallait que tout brille. Que rien ne traîne. Un bol de café sur la table ou un rond de verre, et les larmes lui montaient aux yeux. Elle empoignait une éponge et frottait. Du bout de la pièce, elle se levait pour venir ranger une petite cuillère qui traînait... Elle finit même par vouloir se nettoyer à l'intérieur. Elle rêvait de gros boyaux qu'elle curait inlassablement à l'aide d'un goupillon. Tout ce qu'elle désirait c'était extraire le plus de merde possible de son organisme. Elle était fascinée par cette idée-là. Elle en parla à Mme Nadia qui en savait long sur la constipation et lui conseilla les follicules de séné. Anne n'aimait que les moyens radicaux. Elle prit l'habitude de boire, avant de se coucher, une décoction de séné et attendait l'instant libérateur où elle courrait s'asseoir sur la lunette des toilettes. Elle revenait ensuite se coucher, les joues un peu rouges mais l'air victorieux : elle s'était vidée...

Serge assistait, impuissant, à ces extrémités. Il avait beau lui répéter qu'il ne fallait pas abuser de ces tisanes, elle haussait les épaules et continuait à boire ses décoctions brunâtres. De toute façon, pensait-elle, il ne vaut rien comme médecin. Elle n'avait plus aucune considération pour lui. D'abord parce qu'il était incapable de gagner de l'argent, ensuite parce qu'elle lui en voulait de ne pas relever le front et d'enfiler sans protester le tablier blanc du cuisinier. Anne méprisait les vaincus. En règle générale et puis aussi parce qu'ils la dévalorisaient, elle. Qu'ils lui coupaient son élan. Elle voulait bien les supporter mais de loin. Or, Serge l'embarrassait. Elle avait toujours l'impression qu'il traînait dans ses jambes, qu'il l'embrassait là où il ne fallait pas, qu'il avait mal boutonné sa veste ou qu'il disait des bêtises... Elle avait toujours envie de le tirer à droite, à gauche, de le bousculer. Prête à parier que l'Himalaya était en Suisse pour le contredire. Elle savait bien que c'était enfantin, mais c'était plus fort qu'elle. Alors, à défaut de ranger sa vie, elle s'en prenait à ses penderies. A ses couleurs, à son Ajax, à son évier.

Il lui arrivait cependant de réaliser à quel point elle était odieuse, et d'en éprouver des remords. Dans ces moments-là, elle se laissait couler sur ses genoux et lui demandait un baiser, une histoire, un conseil de couleur. Comme lorsqu'elle était petite et qu'il lui racontait sa fuite hors de Pologne. Elle essayait de toutes ses forces de se rappeler l'homme qui lui tirait une rose en plastique. Pendant quelques minutes, elle y arrivait et redevenait gaie et amoureuse. Ce qui n'aidait pas à clarifier la situation.

Un soir qu'ils étaient couchés tous les deux et qu'Anne, machinalement, avait roulé contre Serge, il la repoussa durement en lui disant qu'elle était sale, pleine de peinture et qu'il allait en baiser une autre. C'était ce qu'il avait trouvé pour remonter le temps. Pour faire renaître la magie qui rendait Anne soumise et tremblante, petite fille attachée aux barreaux du lit.

Anne n'eut aucun pinçon au cœur. Elle se retourna, bâilla et répondit qu'il pouvait bien faire ce qu'il voulait, ça lui était complètement égal. Même, pensa-t-elle, ça m'arrangerait bigrement qu'il en ait une autre, je pourrais partir sans attendre Noël.

Ce soir-là, ni l'un ni l'autre ne dormit vraiment.

Serge sut que c'était fini, mais il ne se sentit pas le courage de prononcer les derniers mots. Il voulait profiter encore de quelques matins où il tiendrait son cul dans ses mains.

Anne garda les yeux ouverts et se rappela le message de son père : « Ne subis jamais rien, souviens-toi que tu es reine... » Je dois partir, se dit-elle. M'exercer à suivre la voie qui est la mienne, ne pas marchander avec ma vérité. Même si elle me paraît cruelle et étrange. Je dois tout faire pour ne pas ressembler à ces gens qui se mettent dans la file d'attente et deviennent fossiles...

Elle avait juste besoin d'un prétexte.

Chapitre 33

La scène eut finalement lieu. C'est Serge qui, sans s'en douter, la fit éclater plus tôt que prévu. Anne, au fond, aurait très bien tenu jusqu'au 26 décembre. Les résolutions de la nuit sont souvent plus péremptoires que celles du jour. Et puis, elle n'avait pas fini son tableau et Mme Nadia parlait d'organiser un grand réveillon avec tous les pêcheurs. Anne raffolait des fêtes. Donc, la perspective n'était pas si lugubre et, si Serge avait été un peu plus patient et beaucoup moins amoureux, il aurait eu encore un bon mois et demi de matins à se réveiller collé contre Anne. Mais Serge s'agitait. La froideur avec laquelle Anne avait accueilli sa dernière initiative l'avait rendu fou de rage en un premier temps, puis complètement impuissant. Il s'était habitué à lui donner de petites claques, de lourdes insultes, à la tenir au bout de son poing comme un jeune cheval et il ne pouvait plus faire l'amour sans ce préambule. Elle lui avait révélé une fantaisie, des rites amoureux dont il était privé maintenant et il rongeait son frein en la soupçonnant d'avoir reporté ses ardeurs sur un autre. Il suspectait tous les hommes du village de vouloir la respirer. Son sourcil n'arrêtait pas de se tendre, de se casser quand il la suivait, et il serrait les poings. Il n'allait quand même pas massacrer tout le village à cause de son sillage...

Mais il y en avait un qui l'agaçait particulièrement : c'était Mokhtar. Il y avait entre Anne et lui une complicité qu'ils n'essayaient même pas de cacher. Elle l'appelait « alopécie », il s'inclinait en murmurant « madame la mar-

227

quise ». Quand Serge avait demandé ce que cela signifiait, Anne avait mis le doigt sur ses lèvres et avait chuchoté : « Strictement confidentiel. » Avec Mokhtar, elle riait, tourbillonnait, claquait des doigts et chantait. Avec Serge, elle était raide et dure.

Un jour qu'ils déjeunaient chez Mme Nadia, Mokhtar proposa à Anne d'aller relever les filets dans la soirée. Anne accepta et lui donna rendez-vous sur la digue. Serge attendit qu'ils soient rentrés, puis il alla dans la chambre où Anne peignait. Elle avait relevé ses cheveux en queue de cheval et nettoyait ses pinceaux. Elle avait à nouveau douze ans. Il faillit fléchir, eut envie de poser sa bouche près de l'élastique, là où les mèches s'échappent et bouclent en désordre, puis il se rappela le rendez-vous sur la digue et il lui dit brusquement qu'il ne supporterait pas qu'un Arabe la touche. Comme elle ne cillait pas et continuait à astiquer ses pinceaux, il ajouta d'autres mots : bicots, melons, basanés, crouilles. Cela lui faisait du bien, ça faisait sortir la colère qu'il contenait depuis si longtemps... Il se délectait à prononcer ces mots et à observer le visage d'Anne qui s'empourprait, ses yeux qui lançaient des menaces. Il ne savait peut-être plus la faire jouir mais il pouvait encore la faire pleurer. Il précisa enfin qu'il n'était pas question que le collier à maillons nacrés de sa mère aille se frotter à la peau cradot d'un bicot...

Ce fut immédiat : elle arracha le collier, le jeta à ses pieds, abandonna pinceaux et chiffons, prit son blouson et se dirigea vers la porte. Il voulut lui barrer le chemin mais elle le regarda droit dans les yeux et lui dit que c'était inutile. Il ne lui faisait plus peur. Il pouvait déclencher une scène qui retarderait sûrement son départ mais, de toute façon, elle partirait. Il le savait, ajouta-t-elle d'une voix si douce, si ferme, que le bras de Serge tomba et qu'il la laissa passer. Elle avait dû se préparer pour être si calme. C'était bien fini, alors...

Mais il ne voulut pas y croire : elle était partie sans ses toiles. Elle allait revenir.

La journée passa, la soirée, la nuit et elle ne revint pas.

Anne ne voulut jamais revoir Serge. Elle se réfugia chez Mme Nadia et refusa de répondre à ses questions. C'est mon histoire. Je ne veux plus le voir, plus jamais. Mais il va devenir fou, répondait Mme Nadia, se laisser mourir, fixer le ciel toute la journée comme les pêcheurs fumeurs de kif... Je m'en fiche, répétait Anne, c'est fini. Mais tu l'as aimé cet homme ? Tu as quitté ton mari, ta vie pour lui ? Oui, c'est vrai, constatait Anne, mais il n'a pas tenu le coup et maintenant je suis libre. Libre. Elle étendait les bras et tourbillonnait. Cheveux blonds, jambes longues, bras en croix. Mais, reprenait Mme Nadia, têtue ritournelle, on ne fait pas ça à un homme qui vous aime, qui a tout abandonné pour vous ! Et pourquoi ? criait Anne. Arrête de jouer l'avocate d'une cause perdue et va me chercher mes peintures et mon chevalet. Mais ne me le ramène pas, lui. Index dressé et regard doré. Pas lui.

Mme Nadia obéit et, le lendemain matin, après avoir pris sous le comptoir une bouteille de vodka qu'elle glissa dans sa poche, elle se rendit dans la maison aux cannisses. Il ne s'était pas lavé, pas rasé. Il était affalé sur la table. Mme Nadia haussa les épaules pour ne pas pleurer et repartit avec les toiles et le chevalet. Sans qu'il se réveillât.

Anne resta cinq jours chez Mme Nadia. Elle voulait finir son tableau. Un soir, elle entendit une volée de cailloux contre les volets. Mme Nadia allait mettre la tête au-dehors quand Anne la retint et cria très fort pour qu'il l'entende : « Je t'interdis de lui ouvrir, je ne veux plus le voir, qu'il aille au diable ! »

Il poussa une bordée de jurons, la traita de pute, de salope, de traînée, adjura le ciel et toutes les étoiles de s'abattre sur sa tête de catin... Puis il dut s'éloigner car elles n'entendirent plus rien.

Il alla s'affaisser un peu plus loin, sur un vieux pneu. Le cul dans le pneu, les jambes émergeant comme un bambin qui clapote au soleil. Il avait été fou de croire qu'il la garderait. Tant qu'il ne l'avait pas cru, il n'y avait pas eu de problèmes mais c'est après, quand il avait pris cette histoire très au sérieux, que les ennuis avaient commencé. « Pauvre imbécile de Polonais », se dit-il. « Les Polonais sont toujours raisonnables après », affirmait Hilda. Il avait perdu la raison pour une petite fille qu'il pouvait coucher dans son lit et démaquiller. Il leva les yeux vers le ciel noir et ne vit qu'une seule étoile. Elle m'a même piqué les étoiles, constata-t-il... Ça se terminait d'une manière si brusque qu'il se demandait si c'était bien arrivé. S'il s'était passé quelque chose entre elle et lui. En fait, découvrait-il, ils n'avaient pas vécu la même histoire. Ils n'avaient jamais vécu la même réalité... L'histoire avait eu lieu en souvenir d'un autre. D'un autre qui n'avait jamais envoyé de billets d'avion Paris-Casa pendant les vacances scolaires... Qui autrefois s'était penché sur Anne puis l'avait abandonnée.

Il avait été la doublure de cet homme-là. Il aurait dû être une parfaite doublure et garder ses distances. Mais il l'avait étreinte de trop près et avait dépassé les limites de son rôle. Et c'est pour ça qu'il avait dégringolé dans ce vieux pneu. Il ne l'intéressait plus maintenant qu'il ne jouait plus son rôle.

Et, pourtant, ils avaient eu des moments de vérité.

Au bout de cinq jours, Anne avait terminé son tableau et elle réclama à Mokhtar une voiture pour la conduire à Casa. Puis, elle demanda un numéro en PCV à Paris.

Quand la sonnerie retentit, elle était tout à fait calme. Elle finit de peindre le dernier ongle de sa main droite avec le vernis cerise que lui avait prêté Mme Nadia, souffla sur ses doigts, agita ses mains et, seulement alors, décrocha l'appareil. Elle ne voulait pas s'érafler un ongle.

La téléphoniste lui dit que son PCV était accepté, et elle entendit aussitôt la voix joyeuse d'Alain qui criait son nom.

– Anne, où es-tu ? Que fais-tu ?

– Je suis à Mehdia, un petit village au nord de Rabat. Et je pars toute seule. C'est fini avec lui.

– Tu pars où ?

– A New York. Au pays de Rothko.

Il voulut savoir qui était Rothko et pourquoi elle allait là-bas. Elle lui répondit qu'elle allait peindre, rencontrer des gens et visiter des galeries.

– Tu pars seule ?

– Oui, je t'ai dit : c'est fini.

– Mais lui ?

– Il retournera avec sa femme. Elle est très gentille. Je ne veux plus en parler. Je t'appelais parce qu'un soir, tu m'as dit que si j'avais besoin d'argent, je pouvais t'en demander. J'ai besoin d'argent pour aller là-bas...

Il lui promit d'en envoyer au bureau de l'American Express à Casa, et elle l'assura qu'elle le rembourserait. Il protesta mais elle insista. C'était juste un emprunt. Elle gagnerait sa vie en vendant ses toiles. Elle l'avait déjà fait ici.

Ils parlèrent un peu mais il n'osa pas lui demander quand elle reviendrait à Paris. Ça n'avait pas l'air de figurer dans ses plans. Il lui apprit que Mme Gilly s'était acheté une 104 blanche qu'elle avait baptisée Yseut et qu'elle surveillait de très près. Elle se mit à rire. Il y avait des bruits sur la ligne et elle craignait qu'ils soient coupés, aussi précipita-t-elle les adieux en le remerciant infiniment de sa générosité. Il était vraiment quelqu'un de bien et elle l'aimait beaucoup.

Elle lui avait déjà dit ça avant de partir.

Puis ils raccrochèrent. Il ne savait pas combien de temps il lui faudrait attendre avant qu'elle ne fasse un signe. Mais il comprenait que l'autre avait fait la même erreur que lui. Il avait voulu la garder pour lui tout seul et il l'avait perdue. Il avait compris ça trop tard, et maintenant ils étaient deux à être « trop tard »...

Mokhtar emprunta la camionnette du garagiste de Sidi-Bouknadel, et il chargea les affaires d'Anne à l'arrière. Elle embrassa Mme Nadia très fort et lui promit une revanche au nain jaune dès qu'elle aurait suffisamment d'argent pour la faire venir au pays de Rothko. Mme Nadia pleurait, des larmes roulaient sur la poudre blanche. Elle regarda Anne une dernière fois.

Mokhtar lui avait donné un vieux blouson de base-ball acheté à la base de Kenitra dont les épaules étaient beaucoup trop larges, son jean blanchissait aux genoux et ses baskets étaient jaunes de poussière.

– Tu aurais dû me le dire, j'aurais nettoyé tes affaires ! dit-elle à Anne sur un ton de reproche.

Anne caressa les cheveux mazout, dévissa la Gitane et planta un baiser sur la joue blanche :

– T'en fais pas, madame Nadia, là où je vais, ils sont encore plus sales que moi...

Puis elle monta dans la camionnette et agita la main jusqu'au premier virage. Elle détourna la tête quand ils passèrent devant la petite maison aux cannisses et fit un pied de nez à Mlati qui épousetait son affiche Oulmès. Ce devait être ses dernières images de Mehdia, village balnéaire, centre de vacances international, tout droit.

A Casa, elle s'aperçut que c'était son anniversaire et qu'elle avait vingt-deux ans. « Ça se fête », déclara Mokhtar. Et ils zigzaguèrent toute la nuit dans tous les bars de la ville. Au petit matin, dans la camionnette du garagiste de Sidi-Bouknadel, ils firent l'amour et Anne pensa que c'était la première fois qu'elle faisait l'amour pour l'amour. Elle pensa aussi que c'était bon. Mokhtar l'accompagna jusqu'à l'aéroport puis repartit à Mehdia.

Le lendemain, quand Mme Nadia entra dans la chambre qu'avait occupée Anne, elle trouva un tableau sur le lit. Avec un petit mot : « Pour Serge. » Le tableau était jaune et brun. Il s'appelait : « Fallait pas t'approcher. »

DU MÊME AUTEUR

Moi d'abord
Seuil, 1979
et «Points», n° P455

Scarlett, si possible
Seuil, 1985
et «Points», n° P378

Les hommes cruels
ne courent pas les rues
Seuil, 1990
«Points», n° P364
et Point Deux, 2011

Vu de l'extérieur
Seuil, 1993
et «Points», n° P53

Une si belle image
Seuil, 1994
et «Points», n° P156

Encore une danse
Fayard, 1998
et «Le Livre de poche», n° 14671

J'étais là avant
Albin Michel, 1999
et «Le Livre de poche», n° 15022

Et monter lentement
dans un immense amour
Albin Michel, 2001
et «Le Livre de poche», n° 15424

Un homme à distance
Albin Michel, 2002
et «Le Livre de poche», n° 30010

Embrassez-moi
Albin Michel, 2003
et « Le Livre de poche », n° 30408

Les Yeux jaunes des crocodiles
Albin Michel, 2006
et « Le Livre de poche », n° 30814

La Valse lente des tortues
Albin Michel, 2008
et « Le Livre de poche », n° 31453

Les écureuils de Central Park
sont tristes le lundi
Albin Michel, 2010
et « Le Livre de poche », n° 32281

Premiers Romans
« Points », n° P2707, 2011

Crocos, tortues, écureuils
Albin Michel, 2010
et « Le Livre de poche », 2012

COMPOSITION : I.G.S -C.P. À L'ISLE-D'ESPAGNAC (16)
IMPRESSION : CPI BRODARD ET TAUPIN À LA FLÈCHE
DÉPÔT LÉGAL : OCTOBRE 2012. N° 109346 (70021)
IMPRIMÉ EN FRANCE

Éditions Points

le cercle

Le catalogue complet de nos collections est sur
Le Cercle Points, ainsi que des interviews de vos
auteurs préférés, des jeux-concours, des conseils
de lecture, des extraits en avant-première…

www.lecerclepoints.com

DERNIERS TITRES PARUS